U0450316

我的白莲人设不能掉

檐上春 —— 著

图书在版编目（CIP）数据

我的白莲人设不能掉 / 檐上春著. -- 南京：江苏凤凰文艺出版社，2024.11
ISBN 978-7-5594-8681-3

Ⅰ.①我… Ⅱ.①檐… Ⅲ.①长篇小说－中国－当代 Ⅳ.① I247.5

中国国家版本馆 CIP 数据核字（2024）第 098330 号

我的白莲人设不能掉

檐上春 著

责任编辑	曹 波
责任印制	杨 丹
特约编辑	苏智芯
封面设计	Laberay 淮
出版发行	江苏凤凰文艺出版社
	南京市中央路 165 号，邮编：210009
网　　址	http://www.jswenyi.com
印　　刷	河北鹏润印刷有限公司
开　　本	700 毫米 ×980 毫米　1/16
印　　张	29.25
字　　数	507 千字
版　　次	2024 年 11 月第 1 版
印　　次	2024 年 11 月第 1 次印刷
书　　号	ISBN 978-7-5594-8681-3
定　　价	68.00 元

江苏凤凰文艺版图书凡印刷、装订错误，可向出版社调换，联系电话 025-83280757

目录

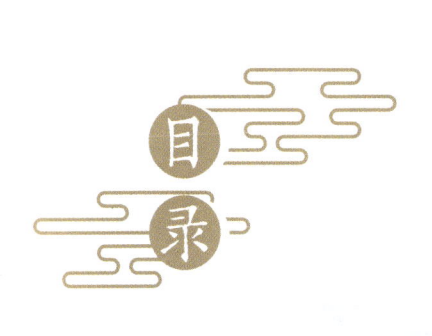

第四章 险境…… 001

第五章 等我回来…… 073

第六章 情愫…… 151

番外…… 221

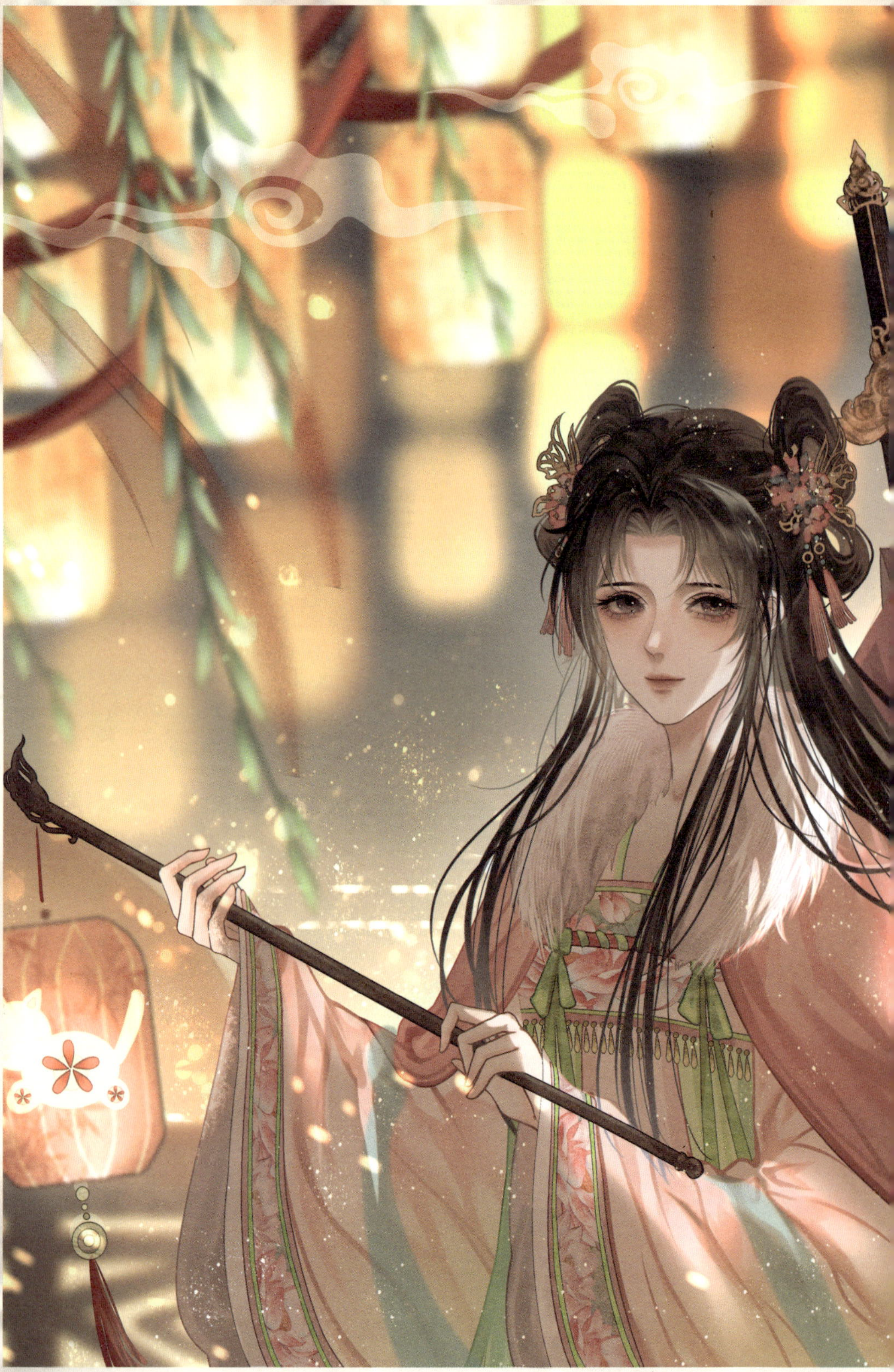

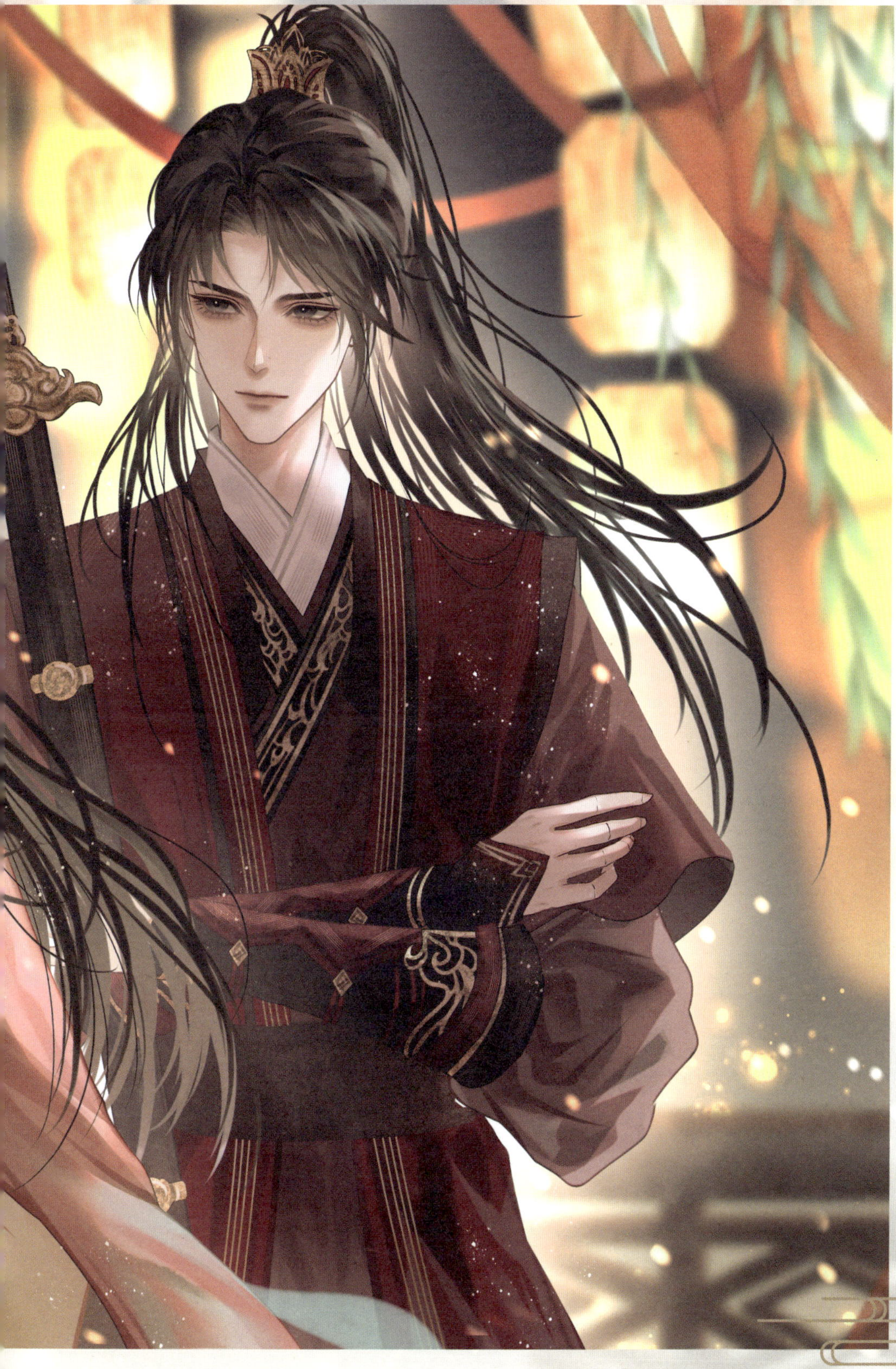

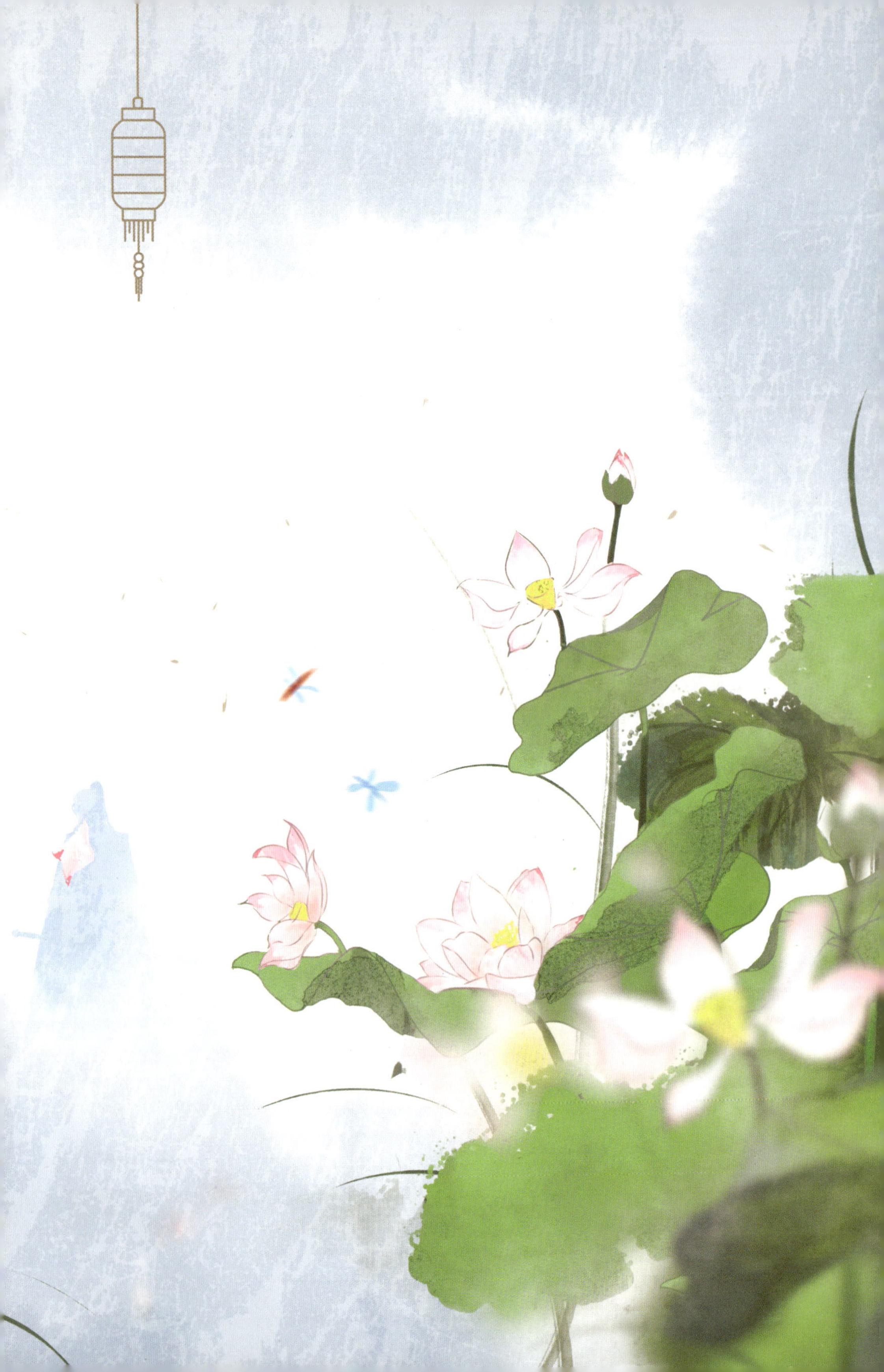

第四章 险境

[39]

谢殊知道此事的时候,是在中毒的前一日晚上。

那日,前去给魏安王送玉佩的属下回来得很快,谢殊就觉得事情不对。

知道是问不出来什么的,谢殊私下派人去查。

可魏安王怕谢殊太早知晓此事,坏了事,所以有心隐瞒。皇威之下,所有痕迹都被抹去,锦衣卫里谁敢言语。

好在谢殊还是查出了此事。

之前魏安王也曾向谢殊提起过此法子,但被谢殊给顶了回来。

派一个弱女子出去诱敌,何等凶险,不论这女子是不是他的表妹,谢殊也不同意让一个手无缚鸡之力的弱女子顶在前头。

魏安王提了几次,就给谢殊顶回来了几次,两人经常因为此事闹得不欢而散。

可谁也没想到,魏安王竟然能舍下脸不要,越过谢殊直接去找了戚秋。

知晓此事之后,谢殊当天晚上就去找了魏安王,却不想被魏安王一句"戚秋已同意此事"给堵了回来。

谢殊回来的时候天色已晚,本想明日去南阳侯府回来之后再跟戚秋说起此事,没想到一场小小风寒竟引得毒发。

再醒来后,谢殊寻了个房间没人的时候,对戚秋说道:"我已知晓王爷私下找你的事,你不用担心,王爷那边我会去说,这件事你不必去冒险。"

戚秋一顿:"表哥,是我自己愿意去的。"

谢殊皱眉:"不论王爷是拿圣旨还是皇权压你,这都是本不该你去涉险的事。你若是害怕因此得罪王爷,我今日也向你说一句话——有我在,定不会让人为难到你头上。"

锦衣卫这么多人,因为抓不到刘刚,就出这样的阴招,让一个不会武功的弱女子去冒险,实在是过于荒唐,也让谢殊不齿。

"客栈一事让你被困许久本就是锦衣卫的失职,抓不到刘刚更是锦衣卫无能,不管怎么说,这事都不应该牵连到你身上。"谢殊合上手里的书,说道,"事到如今,我便直说了。"

谢殊道:"我那日说让你帮我去城郊查账,本就是怕王爷来寻你故意找的借口,没想到还是晚了一步。"

戚秋一愣。

送膳食那日,用完膳,谢殊问她愿不愿意帮他一个忙,去城郊帮他拿一下庄子的账本。

原来这个忙只是为了帮她躲避魏安王寻的借口。

她就说,一个账本而已,怎么还要谢殊亲自向她张口,还要去那么久。

若不是她那日从锦衣卫府出来就被魏安王的小厮堵住,接下了这个差事,故意推托了几日,眼下怕是已经去到了别院。

谢殊那时刚醒过来,脸色尚有些白,轻咳了两声后说:"你若是愿意,今晚就由我的暗卫亲自将你送往城郊的别院。你放心,那座别院里都是我的人,防卫不比谢府差,定然保你无虞。等过了这两日的风头,我再派人将你接回来。"

戚秋抿了抿唇。

若不是系统,她此刻真想点头。

她知道谢殊的这座别院,里头都是谢殊的人不说,还布满了暗卫,真要论起来可比谢府要安全多了。

若不是原著无感情线,这简直是个金屋藏娇的好地方。

她真躲进去,刘刚绝对混不进去,魏安王也不会跑到别院里来找她。

可开弓没有回头箭,她既然已经接了系统任务,便不能反悔了。

无法,戚秋只好坚持说是自己愿意去的:"表哥,刘刚一日不抓,我在京城就一日不安全。若是锦衣卫迟迟抓不到他,我总不能在别院里待一辈子吧。"

谢殊捏了捏眉心。

若是放在以前,还由他掌管着锦衣卫,他可以肯定地回复戚秋"不可能",顶多三日他就能将人抓捕回来。

可他数日前因被陛下调往京郊大营练兵,锦衣卫的差事就交给了魏安王的手下副将。

锦衣卫的差事一向是泾渭分明的,抓捕刘刚原本也是这个副将的差事,谢殊不能插手。如今他又中了毒不能动武，三日之内要抓捕刘刚确实不容易。

戚秋道："有整个锦衣卫在，也有魏安王坐镇，难不成还能出什么乱子，表哥放心吧。"

谁也没想到，还真出了乱子。

好在戚秋虽然这样说，危及自己，心里却总不踏实，自己备了刀和辣椒面，这才拖延住时间逃过一劫。

谢殊冷冷地看着被捆上来的刘刚，没有说话。

倒是刘刚不死心地低吼道："谢殊你别得意，你且等着，就你们这几个人，一会儿都不够死的！"

傅吉敏锐地察觉出刘刚这话不对，大步上前，一把揪住了刘刚的衣领："你这话是什么意思！"

刘刚连连冷笑："你以为我逃出城，只会带一些乌合之众走吗？你们且等着……"

不等刘刚说完，就见一男子驾马飞驰而来，到谢殊跟前时翻身下马，单膝跪地，说道："公子，城郊那群人已经解决完毕，已通知禁军将他们押走！"

刘刚顿时瞪大了眸子。

傅吉也不由得一愣："这是……"

谢殊摆摆手，示意人退下："我的暗卫。"

虽然戚秋坚持，但谢殊仍旧不放心，派了暗卫悄悄跟着。

没想到暗卫跟了一半，却发现还有人跟在戚秋后面。

这伙人跟刘刚带的小喽啰不同，个个身带血气，一看就知是亡命之徒。

这伙人里头有两个武功着实不错，暗卫因急着追赶马车救下戚秋，一时不察而露了踪迹。

眼见这群人冲了上来，暗卫只好一边传信给谢殊，一边和这群人打斗起来。

谢殊接到信，又派人去通知了禁卫军，一前一后，分成两拨。

一拨去救戚秋，另一拨去帮暗卫解决那几个江湖人士。

刘刚见后援已无，顿时心生绝望。

他这次带出来的人被抓了个干净，连个回去通风报信的都没有。

刘刚就算不甘心，却也无济于事。

这一被抓，他的好日子算是彻底到了头。

傅吉他们和禁卫军通了信，不过片刻，一队重骑驾马而来。

为首那个见到傅吉本还没放在眼里，直到看见一旁的谢殊时，赶紧翻身下马过来问安。

谢殊脸色有些发白，挥挥手，示意他们把人带下去。

禁卫军把小喽啰带走，余下一个刘刚被双手捆着由傅吉他们几个押回去。

傅吉正料理着刘刚，扭身见谢殊依旧没有动作，不由得问道："谢大人，您不回京城吗？"

谢殊淡淡地应了一声。

傅吉知道他心情不佳，也不敢招惹，只好专心捆着刘刚。

戚秋坐在后面，看着谢殊高大宽厚的身子挡在前面，这口气总算是松了下来。

今日多亏了谢殊及时赶到，不然后果不堪设想。就是不知这个系统的挡刀模式是什么。

刚心想着，系统就又冒了出来。

系统检测宿主安危，警告超过三次，会激发山峨保护宿主。

戚秋不由得问："怎么保护？"

替宿主挡刀。

戚秋："？"

这还不如没有！

系统不再理会戚秋的吐槽，用冰冷的提示音开始发放任务奖励。

任务奖励一，银子五百两，刘刚线索片段三个，已发放，请宿主查收。

任务奖励二，额外替宿主增加十分白莲值，谢夫人好感度增加十分，已发放。目前宿主白莲总分为三十六，谢夫人好感度四十分。

任务奖励三，系统免费帮忙一次，已存档，会在宿主使用时及时出现。

任务奖励四，金玫瑰三朵已发放，请宿主查收。金玫瑰更改一次任务进度 12/10，更改终极攻略任务进度 12/30。

戚秋顿时心神一震。

没有什么比奔波劳累，差点死掉之后看见自己的任务奖励更让人亢奋的了。

正想着，系统却又响了起来。

经检测，终极攻略目标谢殊此刻对您的愧疚值已达到百分之七十，快上前对他说些什么吧。

戚秋皱眉看向谢殊。

愧疚值达到百分之七十？

谢殊是在自责吗？

戚秋心里很明白，今日这趟死里逃生怎么也怪不到谢殊身上。

反而今日她能逃过此劫，全靠谢殊及时赶到。

不过系统此刻让她对谢殊说话是什么意思？

戚秋纠结了一会儿，犹豫着走上前，走到谢殊身后，轻轻唤了一声"表哥"。

谢殊扭过头来，冰冷的脸色好了一些，问道："怎么了？"

戚秋支支吾吾，自己也不知道这下该说什么，半天也没挤出一句话。

谢殊倒也没有不耐烦，以为她是被吓着了，顿了顿，声音温和下来："先歇一会儿，我们一会儿就……"

不等谢殊说完，戚秋顿时想起了此时可以说什么，双眼一亮，她拉了拉谢殊的衣袖。

谢殊话一顿，低头看着她。

只见戚秋扭扭捏捏地缠着手上的帕子，目带期望地看着谢殊："表哥，我这番也算是立功了，我那些买簪子、头面的银子能不能帮我报销啊？"

谢殊："？"

戚秋觉得再没有比此时更适合说这个的时机了，正是谢殊对她愧疚之时，她提这个要求想来谢殊是不会拒绝的。

戚秋克制着内心的激动："还有……"

还有她这也算是为朝廷立功了，朝廷会不会有奖励给她？

只是戚秋话还没说完，就听一旁搜刘刚身的傅吉诧异道："这胳膊上怎么还有这么深的一道刀伤，都见骨了。"

谢殊今日一直用的是箭，用的也不是刀，这个刀伤一看就是新的，傅吉不由得看向戚秋。

排除所有人，只能是眼前这位看似柔柔弱弱的谢家表妹干的了。

戚秋眨巴了一下眼睛。

傅吉打量着戚秋，心想：不愧是谢大人的表妹，果真是人不可貌相，海水不可斗量。

这么深的刀伤，一看下手就是又狠又准。

谢殊听到傅吉的话，也不禁挑眉看了过去。

这刀伤看起来果真是新伤，还在往外淌着血，又深又长，可见是下手时没丝毫手软。

正沉吟着，谢殊的衣袖就被戚秋拉了一下。

他低头一看，只见戚秋拉着他的衣袖，微微抬起头，圆圆的杏眸里面盈满了泪水。

戚秋声音哽咽，身子微微颤抖，眉头微蹙，好似很是害怕的样子，语无伦次道："还有……我……我……"

戚秋手指着远处的刘刚，眸子里的泪水几番打转，最终还是落了下来："他拿着刀追我，说要杀了我……"

戚秋紧紧拽着谢殊的衣袖，终是哭得不能自已："表哥，他这样，我好害怕。"

谢殊："……"

傅吉："……"

傅吉觉得自己可能想岔了。

这么娇弱的一个女子，就算是拿刀划伤了刘刚，也定是不小心而为之。

[40]

恭喜宿主，"二十日内调查清楚杨彬晕倒的真相"任务已完成，奖励已发送，还请宿主继续加油。

恭喜宿主，成功开启可更改任务模式，接下来的任何剧情任务、系统任务都有可能会随机奖励数量不等的金玫瑰。

恭喜宿主，因此次出色的表现，额外奖励一朵金玫瑰。还请宿主继续努力，努力积攒金玫瑰，美好的生活就在眼前。

接到系统提示音时，戚秋正坐在谢殊京郊那座别院里。

已是深冬，别院里的常青树被盖上一层雪白。

水榭下的涓涓河水并没有结冰，波光粼粼，映照着朱红色的水廊，不紧不慢地微微荡漾着。

他们并没有回谢府去。

如今京城正是大乱，傅吉他们不敢耽搁，利索地捆好刘刚之后便向谢殊行礼告辞。

倒是谢殊，眉头微蹙，下颌紧绷，脸色有些苍白，背身立在一旁，瞧着像是并没有回城的打算。

谢殊不说为何不回城，傅吉他们也不敢问，只好行礼之后先一步策马回了京城。

等傅吉他们的身影远去后，谢殊就带着戚秋去了他在京郊置办的另一座别院。

这里并非谢殊先前说的那座守卫森严的别院，而是藏在半山腰的，位置较为偏僻，府上的下人也没几个，但胜在离他们比较近。

虽然也要赶个几里路，但总比进京要快上许多。

到了别院之后，谢殊翻身下了马，便没忍住咳了两声，身子也轻轻地晃了一下。

进到别院里不过一刻钟，别院的管家就带来了大夫给谢殊把脉。

谢殊中了毒，王老先生早就千叮咛，万嘱咐不能再奔波劳累，可今日这一出，不论是千里奔骑还是弯弓射箭，都没少折腾。

大夫一把脉，眉头当即就皱起来了，看得别院管家和戚秋心惊胆战。

倒是谢殊自己神色平淡，眼皮微微耷拉着。

谢殊的眉眼薄，鼻梁高挺，下颌线清晰锋利，仅是侧颜就给人一种驯服不住的野性，哪怕是淡着脸色不苟言笑的时候，浑身上下那股冷痞也遮掩不住。

尤其是那一双眉眼，生得狭长轻佻，看起来薄情又寡意。

戚秋每当望向谢殊的时候，一对上这双冷淡的眉眼，有时候便会心生怯意地怀疑自己。

她真的有这个本事，能让谢殊俯首称臣吗？

戚秋叹了一口气，将视线移到一旁的大夫身上。

片刻后，大夫把完脉，一连叹了三口气："那日你中毒找上我，我便跟你说过这段时间万不可再奔波劳累，不然毒发的时候有你好受的。你且不听，眼下毒发便知道其中滋味了。"

大夫打开针灸布袋："幸好你还知道转道来别院寻我，不然凭这毒性，你今日铁定是支撑不到京城的。我先为你施针，等这次毒发过去，你再回京城找王老先生把脉。"

毒发了？

戚秋心中一紧，登时看向谢殊。

谢殊此时的坐姿微微懒散，眉宇间终是露出了几分倦意，捏着眉心点了点头。

一路上到现在,戚秋除了见谢殊脸色白些,竟然没有看出旁的丝毫不对。

不用大夫说,想也知道这毒发的滋味不好受。

戚秋抿了抿唇,低下头。

等大夫为谢殊施针时,戚秋和屋子里的下人便被请了出去。

别院的管家给戚秋收拾了一间院子出来,本想领着戚秋先去休息,戚秋却摇了摇头。

戚秋咬着唇,看向屋内。

窗纸遮掩着,戚秋看不见里头的光景,心里更是不踏实。

谢殊今日奔波都是为了她,戚秋心中很是愧疚,不得到谢殊无事的消息,怎么能走。

她也不生事去打扰里面,就站在屋门外面等着。

天上还落着雪,随着寒风一吹,檐下便迎来一阵清雪,挂在檐下的四角铃铛更是被风吹得叮当作响。

这正是风口处,别院的管家见状给戚秋搬来了椅子,又让人送来了袖炉和火炉。

戚秋捧着袖炉,被冻得僵硬的身子终于是暖和了一点。

大半个时辰过去,正屋的门终于被打开了,大夫从里面走出来的那一瞬,寒风也送来了浓重的血腥味。

戚秋心中仍是不敢松懈,上前询问:"先生,我表哥怎么样了?"

大夫躬了躬身说:"毒已经稳住了,但是谢公子还染着风寒,夜里怕会发热,需要有人照料。"

不知为何,这座别院虽然谢殊常来,但里头多是如管家一样上了岁数不能熬夜的老人,丫鬟更是一个也没有。

照料病人是个细致的活,看看府上列成排的下人有些走路都颤,戚秋也不敢用。

戚秋正想做点什么弥补一下对谢殊的亏欠,见状便跟管家提议由她去照顾谢殊。

管家有些犹豫。

抛开男女有别不说,照顾病人可是个累人的活,成夜成夜地熬着,管家怕戚秋撑不住，若是有个闪失，岂不是坏事。

可看着底下没有一个可用的下人，管家即使心知不妥，犹豫了几番也只能点头。

到了夜里，谢殊房间里的下人退去，昏暗的烛光下，戚秋手撑着脸，趴在床边静静地看着谢殊。

此刻谢殊清冷的面容上已露病气。冷淡退去，眉眼间的疲倦如松上寒雪，无法遮盖。

毒发有多疼，戚秋体会过一次，所以她心里更是难言。

谢殊今日……

本可以不来的。

世人和原著都道谢殊桀骜随性、不好相与，可戚秋通过穿书之后的这些相处，觉得这些言论都错了。

一句"不好相与"，实在辱了谢殊披着桀骜皮下的温和。

为了她这个名义上的表妹，谢殊尚能够如此，又怎么会不好相与。

戚秋抿了抿唇。

明月藏在云雾里，藏形匿影。房间里亮着的几盏烛火在呼吸间轻轻摇曳。

外面一片寂静。

戚秋虽然照顾着谢殊，却小心着没敢越矩。

谢殊不喜人靠近，虽没有表现出来，但那日竹林宴回去的时候，戚秋拉了谢殊的衣袖，当时的谢殊并没有说什么，只是再也没有穿过那身衣裳。

若是往常，为了攻略谢殊，戚秋自然不会因此停手。可今日，戚秋不想为了攻略任务而去做些什么。

到了后半夜，谢殊果然发热了。

因前几天跟在谢夫人身边看过怎么照料人，戚秋如今应付起来也不算手忙脚乱。

打了冷水，沾湿毛巾，敷在谢殊额头上，戚秋又喊人去叫了大夫。

大夫早有准备，将煎好的药端了上来给谢殊灌了下去。

一直折腾了一个时辰，大夫才下去，而戚秋后半夜几乎没合过眼，一会儿就要起身给谢殊换一条敷额头的毛巾。

这期间，戚秋连口水都没喝。

到了清晨，别院的管家来替戚秋，戚秋这才回院子歇了一会儿。

已经一夜没回谢府了，也不知道如今府上是何光景。

昨日刚经历了生死逃难，晚间谢殊的身体又不好，戚秋也忘了派人回去递个信。

府上的公子和表小姐一夜都没回府上，说不定刘管家要去找，或者派人去禀告给谢夫人。

戚秋心里有些忐忑。

这事不论是闹得满城风雨，还是被谢夫人知道，都是不好的。

戚秋在心里盘算着说辞，正想劳动别院管家帮个忙时，却得知谢殊已经安排妥当了，借口也替戚秋寻好了。

昨日谢殊都已经毒发，快危及性命了，却还不忘安排这些。

戚秋一时竟不知道该说些什么了。

谢殊是第二日夜里醒过来的。

睁开眼，昏黄的烛火并不晃眼。

谢殊本想坐起身喝口水，可躺久了身上没有力气，他也就没再多动。

知道外面夜深，没有守着的人，谢殊本想等一会儿身上有了力气自己起身去倒茶，就觉得床边有东西动了一下。

谢殊低头一看，顿时愣住。

只见戚秋圆圆的脑袋靠在床上，梳得整齐的发髻已经被折腾得有些乱了。

戚秋的眉头皱着，合上眼像是睡了，又像是没睡。

谢殊一下子就明白了过来。

这座府上都是一些老人，说是伺候的下人，其实是被谢殊放在这座别院养老的。

年纪都大了，老眼昏花，腿脚也不灵活了，照顾他的活只能交给戚秋了。

这冬日的夜里本就凉，屋子里虽然烧着炉火，却也暖和不到哪里去，戚秋身上只披着一件衣裳。

戚秋趴在床边，谢殊也不敢动，望了戚秋后却出了神。

过了半晌，蜡烛晃了几下，谢殊才回过神，看向戚秋。

戚秋肤色白，较好的面容上显疲倦，眼下还有一圈乌青，可见是这两日没少折腾。

谢殊抿了抿唇。

屋子里太闷，窗纸太薄，隐隐能看见外面的一轮明月。

谢殊不敢再去看戚秋，盯了一会儿外面的圆月之后，终是有了力气。

许是这场热烧得谢殊头脑恍惚，等谢殊想要撑起身子坐起来时，才想起应该叫戚秋先回去的。

可他刚轻轻动了一下，戚秋就醒了。

谢殊觉得自己真是病了一场，脑子都不清醒了，戚秋醒来的那一刹那，他竟是下意识地躺了回去，闭上眼。

虽然闭上了眼，谢殊却能清晰地感受到戚秋从床边直起了身。

但是愣了好一会儿，旁边也没什么动静。

就在谢殊刚想睁开眼的时候，身前却投下一片阴影，瞬间一道温热的呼吸便近了一些。

戚秋趴在谢殊跟前，隔了一些距离，在盯着他瞧。

谢殊的身子猛地一僵。

随后，他听见戚秋郁闷地说："没醒，果然是在做梦。"

说着，戚秋半耷拉身子便重坐了回去。

不等谢殊松上一口气，一只软若无骨的手便抚在了他额上，微微有些发凉。

谢殊喉结上下一滚。

好在房间昏暗，戚秋并没有看见。

戚秋的手并没有停留在他额上多久就收了回去，须臾间谢殊只觉床边一塌。

戚秋又趴了回去。

紧接着，一道闷闷的、小小的声音在寂静的屋子里响起。

戚秋的声音带着微微压抑的不安，她小声说："表哥，你又丢我一个人。"

[41]

这座别院虽然不大，前后望去只占了山腰的一个小角，但胜在景致好。

处在半山腰，于这冬日，站在阁楼之上，推开窗户便是素裹银装的千里冰封之景。

湖上的游廊水榭里，此时正烧着炉火，谢殊和戚秋两人坐在里头，一个品茶，另一个看书。

可戚秋哪里是能乖乖坐着品茶的性子，一会儿就要放下茶盏，起身去外头瞅瞅。

倒是谢殊握着一本古书，坐得四平八稳。

戚秋往火炉边放了两三根甘蔗烤着，望着外面飘飘扬扬的岁寒大雪，又忍不住叹了口气："这雪也不知道什么时候停下来。"

雪已经下得厚实，一脚踩上去能陷进半个小腿。

山上的路自然也被雪堆住，路走不通，尽管谢殊已经醒了两日，他们二人还是被迫待在这半山腰处的别院里回不去。

"表哥，你说这雪什么时候会停下来？"戚秋眼巴巴地问。

闻言，谢殊放下书，扫了一眼外面的冰天雪地说："至少这两日应该是不会停的。"

外面的雪下得猛，瞧那劲头也知道这两日停不了。

戚秋心里明白，却仍是不死心："那可有别的下山路？"

谢殊摇摇头，又不解："府里那边我已经找了借口搪塞过去，你不用担心，为何还着急回府？"

刘刚的事，怕他还有同伙留在京城，为了保护戚秋的名声和安全，不能说于人前。

而谢殊和戚秋一男一女同日出府，又于同日不回府上的事，为了避免别人说闲话，总要找个说辞应付过去。

谢府那边，因先前戚秋已将过几日要去庄子帮谢殊拿账本的事告知刘管家，所以眼下可以先用此事搪塞过去。

谢殊这边就更不用说了，一句"去魏安王府上做客几日"，便可敷衍过去。

明明两头说辞已经想好，谢殊不明白戚秋为何一直忧心忡忡、闷闷不乐。

莫不是……

谢殊稍顿，刚要开口解释，就听那边戚秋闷闷地说："再过两日就是你的生辰了，若是不能回去，你的及冠礼怎么办？"

谢殊一愣，随即淡笑道："那都是不打紧的事，及冠礼生辰前后三日都能办，应该来得及。"

戚秋拨弄着火炉里的木炭："可是生辰只有那一日，若是错过二十八日，再过生辰就没那个意思了。"

闻言，谢殊食指弯曲，正漫不经心摩挲着书面的手一顿。

看着前方的鹤形立灯，谢殊沉默下来。

再抬眸时，谢殊深深地看了戚秋一眼，才道："或许还来得及。"

话虽如此，可外面大雪纷纷，仍不见停歇。

戚秋操心完谢殊的生辰，又开始担心京城局势。

炉火噼里啪啦地响着，她把那日刘刚说于她听的话讲给谢殊听，愤愤道："他们竟敢真的烧死人。"

谢殊摇摇头："京城着火的时候，我刚刚出城，虽不清楚火势，但也问过傅吉，并没有烧死人，不然他们几个锦衣卫也出不了城。"

戚秋犹豫了一下，向谢殊打听："真的是锦衣卫放的火吗？"

谢殊身子背对着窗外，他微微侧目，看向明月，脸上不见喜怒。

不等戚秋再问，就听谢殊解释说："因是新年前后，禁卫军巡查得严，发现着火时便立马赶到，到城南那几处宅子时正好遇上纵火之人逃跑，便当场拿下。"

戚秋说："是锦衣卫的人？"

谢殊点头："还是在锦衣卫办差三四年的人，虽职位不高，但确实是个面熟的。"

戚秋在心里咂舌。

这刘刚的幕后之人到底是谁，竟然连锦衣卫都能安插人手。

谢殊扫过戚秋，顿了顿，多说了一句："幸好禁卫军救火得当，若是再晚一步恐怕就真要烧死人了。"

谢殊知道戚秋绕这么一大圈，就是想知道锦衣卫为何没有按魏安王说的那样及时赶到，便主动开口解释说："民宅着火，外面围了不少百姓，纵火那个锦衣卫又穿着锦衣卫的官袍，被禁卫军押回去的一路上被不少百姓看见，为了安抚百姓，也为了少生事端，陛下便下了一道围锦衣卫府的圣旨。"

"王爷得知此事，只好进宫面圣向陛下禀告此事，这一来一回便耽误了时间。"

戚秋心中一紧："皇上也知道此事了？"

谢殊垂眸："君王面前，不能有所隐瞒。"

眼见戚秋沉默下来，谢殊抬眸抿了抿唇，刚欲张口，别院的管家就一溜烟儿地跑了进来："公子，药已经煎好了。"

谢殊即使身子好，这场毒发后有惊无险很快就醒了过来，这两日却是汤药不断。

戚秋一闻到这药味，心里就充满愧疚，站起身眼巴巴地看着谢殊喝完药。

等管家收拾了药碗出去，戚秋移到谢殊跟前，低着头小声道："表哥，对不起，因我连累你毒发。"

谢殊一愣，随即轻扯了一下嘴角。

谢殊笑与不笑时还是有很大的区别的。

谢殊生得冷淡桀骜，不苟言笑时很是唬人，笑的时候这双眉眼的冷淡薄意也不会减退，面上却平白添了一份温和。

谢殊轻笑道："我中毒也不是你害的，此番救你更是应该，何来连累一说。此次你九死一生，若真论起来，我身为锦衣卫应该向你道歉才是。"

说罢，谢殊逗她："表妹，你此番话是不是就是在暗示我？"

戚秋弯了眸子。

戚秋离得近，那芙蕖一般的面容就在眼前，笑意晃眼，让谢殊不由得回想起了昨日……

轻咳了一声，谢殊喉结上下一滚，又垂下了眼。

戚秋也没再说话，而是想起了后头的原著剧情。

按照这个时间点，等谢殊过了生辰，应该很快就要忙起来了。

原著上写，谢殊被皇帝调去京郊大营练兵之后，他手里的差事就被魏安王尽数交给了他的副将。

魏安王这些年手里的权力被放出去不少，仅剩在锦衣卫还能当家做主，但这些年谢殊在锦衣卫里立功无数，职位也越升越高，不少传言都道谢殊要不了多久就会接手锦衣卫。

魏安王听得多了，心中不免不悦，产生隔阂。

他手里就剩这点有用的差事，若再被分出去，那就真成了个闲散王爷。

魏安王自陛下登基便风光不断，如今若真是要做一个闲散王爷怎么会乐意，所以这锦衣卫哪怕就是谢殊这个外甥也不能染指。

借此机会，魏安王想要削弱谢殊手中权力，将锦衣卫牢牢掌握在自己手里。

魏安王虽然不至于针对谢殊，手下的副将却是个不安分的，又有魏安王在他身后不动声色地为他撑腰，这副将行事自然更是无所顾忌。

虽然后来这个副将被谢殊收拾得很惨，但现下谢殊中了毒，又因毒发而身子不好，戚秋就怕会因此耽误谢殊。

这样想着，戚秋却不能多说什么，只能盼着主线剧情不会因为她而改变。

到了傍晚,风雪又大了些。

戚秋恪尽职守地看着谢殊喝了药,这才端着药碗想要出去。

谢殊喊住了她,淡声道:"一起用晚膳吧。"

戚秋微怔。

谢殊垂着眼,放在一侧桌角的手指不自在地动了一下:"这几日辛苦你了,我让元叔吩咐厨房炖了鸡汤,你也补补。"

元叔便是别院的管家。

戚秋坐下来:"表哥才应该补补。"

谢殊不欲在这件事上多纠缠,便敷衍地点了点头:"我们俩一起补补。"

等膳食的时候,戚秋想起杨彬,不由得又问向谢殊:"表哥,刘刚他们为何要向杨表哥下毒?"

谢殊顿了顿:"这要审了才知道。"

撒谎!

戚秋一看谢殊的这副神情,就知他没有说实话。

杨彬中毒这事,戚秋心里一直觉得微妙。

发生得突然不说,且处处充满着怪异。

可谢殊不愿意说,戚秋也不能硬逼着问,毕竟她在众人眼里,只是一个不谙世事的小白花。

打听两句可以,但要是探听得多了,谢殊不免起疑。

好在调查杨彬中毒真相的任务已经完成,她不用再着急,可以慢慢琢磨此事。

正想着,别院管家元叔将炖好的鸡汤端了上来,盖子一打开,香味四溢。

元叔笑得憨厚:"这鸡汤用的是院子里养的土鸡,肉紧得很还不柴,表小姐快尝尝。"

戚秋应声,山峨立马盛了一碗递给戚秋。

鸡汤喝完之后,身上果然暖和了许多。

等用过晚膳,天色也黑了,戚秋站起身离去。

戚秋和谢殊的院子离得有些远,又是雪天,戚秋走得不免慢了些。

路上的积雪根本清扫不完,戚秋和山峨深一脚浅一脚地走着,还险些摔倒了。

因身边只有山峨一个人跟着,戚秋让山峨专心打着油纸伞,自己拿着灯笼照明。

谁知才走到半截，一阵大风刮过，吹得人都站不稳，白雪更是纷纷扬扬地眯人眼。

好不容易等风过去，戚秋手上灯笼的烛火被风吹灭不说，连山峨手里的油纸伞也被狂风给带走了，一路刮到了房檐上。

望着这漫漫长路和浓浓夜色，戚秋和山峨傻了眼。

这府上都是老人，夜里根本不会出屋子，于这冬日，便是檐下挂着的灯笼早已没了烛火也不知道。

天上还在落着雪，青砖白瓦上是厚厚的积雪。

明月早已不见踪迹，下雪的夜晚除了浓重的夜色就是寒冷的白雪。

还没来得及走动，风就又大了些。

北风呼啸，大雪纷飞，在这夜里头四处都是黑的，周遭的房间在黑沉中更是幽暗，多少有些吓人。

戚秋打了个冷战，不敢再看。

本想硬着头皮拉着山峨继续往前走，戚秋突然发觉身后传来了一阵踩雪而来的窸窣脚步声。

戚秋心中一紧，手都哆嗦了一下，猛地转身一看。

顿时愣住。

来人……是谢殊。

[42]

浓稠的夜色像极了幽暗的湖水，冰冷之下，犹见波澜。

谢殊踩着风雪，冒着夜色，玄袍上沾着星星点点的落雪，缓步走了过来。

戚秋惊讶：“表哥？”

谢殊走过来，顿了一下，将手里的伞移到戚秋头顶上空罩着。

他垂着眸，淡声说：“走吧，我送你。”

戚秋不明所以。

谢殊来得这样巧，就好似一直跟在她们后面一般。

抬头看着谢殊，戚秋不由得问道：“表哥，你怎么在这儿？”

风雪加大，谢殊手握成拳掩在嘴边，轻咳了一声：“我去找元叔。”

元叔的院子也在南边，离戚秋的院子不远。

戚秋便点点头，没有再问。

油纸伞不大，戚秋和谢殊站得近，倒是苦了山峨，因伞下挤不下了，只能先一步跑回院子里去。

岁寒大雪，禽鸟俱绝，这样的雪夜，周遭万籁俱静。

两人并肩走着，一路过来，只余下落脚的窸窣声。

戚秋比谢殊矮了一个头，谢殊微微侧眸时，便能看到戚秋毛茸茸的头顶。

这样的场景不由得让谢殊回想起了他刚醒的那日。

那个深夜，他听着戚秋趴在床边叹气，未盘起的乌发滑落在他手边，带起一阵酥痒。

过了许久，戚秋才坐起身。

许是熬了几日太过困倦，戚秋坐着坐着就开始打盹，身子一晃一晃的，谢殊回过神，刚欲张开眼让戚秋回去歇息，戚秋就腾地站起了身。

她迷迷瞪瞪地跑到桌子旁边猛灌了几杯凉茶水，这才坐回来。

几杯凉茶水下肚，人就清醒多了，谢殊能感受到戚秋望着他在愣愣出神。

他身子一僵。

烛火摇晃，细微的呼吸声此起彼伏，不知过了多久，戚秋突然伸出手，隔着被子戳了戳他的手臂。

她轻声说：“表哥，快点好起来吧。”

雪天路难走，又是夜晚，戚秋深一脚浅一脚地踩在雪里，纵使小心着，还是没抵住脚底一滑。

好在谢殊及时伸出手，一把拽住她的后衣领，把她揪了起来。

跟拎小鸡崽一样。

戚秋："……"

谢殊也察觉不对，咳了一声，缓缓松开了手。

等戚秋站稳后，他才慢吞吞地憋出了一句："小心点。"

戚秋正整理着被揪皱的衣领，闻言不自然地抿唇，轻轻地应了一声。

这声音落在风里，就像是被缠绕着的羽毛，晃晃悠悠。

其实这一路也不算远，可戚秋总觉得走了好久。

前路依旧是黑茫茫的夜，幽暗寂静，除了白雪，不见任何光亮。

可看着身边的谢殊，戚秋抿了抿唇，又觉得这夜也没有那么可怕。

与男子宽厚的肩膀相比，戚秋略显娇小。撑着伞，彼此温热的肩头近在咫尺，在这漫漫长夜里，这么安静地走着，寒冷便退了一半。

等到了院子门口，山峨已经提着灯笼等在此处。

戚秋咬着唇，向谢殊福了福身子："表哥，我先进去了，你也早点回去吧。"

谢殊点点头。

戚秋将山峨手里的灯笼递给谢殊，犹豫了一下："我看着表哥先走吧。"

谢殊握着伞的手不知不觉间慢慢收紧，片刻后，他点了点头："好。"

谢殊转身朝原路走去，刚走了没两步，只听身后山峨诧异道："谢公子，您不是要找元管家吗？他的院子在我们后面。"

谢殊脚步停下。

闻言戚秋也是记起了此事，看向谢殊。

顿了顿，谢殊扭过身来，揉着眉心道："我忘记了。"

说罢，谢殊就朝后面元叔的院子快步走去。

山峨看着谢殊急匆匆的步伐，还在感叹："瞧谢公子走得这样急，说不定是有什么急事，别为了送小姐回来耽搁了。"

风雪皑皑，乱雪眯人眸。

戚秋没有接话，静静地看着谢殊的身影消失在拐角处。

翌日一早，天刚亮。

起身的时候，透着窗户戚秋也能感受到外面银装素裹，刺人眼。

这处别院人少，备的炭火不多，偏屋冷得很，戚秋便让山峨和她一起挤在正屋里头。

等两人梳妆完毕，正要推门出去的时候才发现大雪把门都给堵住了。

山峨用力地推了两下，屋门纹丝不动。

透过门缝，只见雪都堵住了半身高。

山峨欲哭无泪："小姐，这可怎么办？"

瞧着外面这阵仗，戚秋也发了愁。

正想着，只听外面传来一阵急促的脚步声，随后元叔的声音就急匆匆地传来："表小姐别急，我这就把门前的雪铲干净。"

戚秋知道元叔身子不好，忙问道："就您自己吗？"

元叔为难道:"其他人的屋子也被雪埋住了,我也是今日早上被公子拽出来的。"

　　戚秋劝道:"您别忙了,我这会儿也不急着出去,左右天也晴了,等一会儿雪化了,我再出去就行。"

　　话落,外面却没了响声,戚秋正想着,就听谢殊的声音在窗户外面响起。

　　谢殊说:"元叔,您去歇着吧,我来。"

　　戚秋一听,快步走到外屋的窗户边。

　　这处窗户设得很高,没有被雪埋住,可也就是因为高,打消了戚秋本想翻窗出去的心思。

　　戚秋刚走到窗户处,就听谢殊手指弯曲敲了敲窗户沿,淡声道:"找个椅子踩上去,把窗户打开。"

　　山峨闻言赶紧小跑搬来一把椅子放到窗户底下。

　　窗户是从里面插上去的,戚秋踩上去,踮着脚勉强把插销打开。

　　即使如此,戚秋依旧看不到外面,只能闷声闷气道:"表哥,然后呢?"

　　外面站着的谢殊闻言抬起头,却见戚秋只能露出个脑袋尖来,顿时一愣。

　　他刚把元叔从屋子里拉出来,忘了元叔虽然已经年迈,腰杆子却不驼,站着比戚秋高出一截。

　　戚秋问完之后,外面一阵沉默,她顿时也敏锐地发现了这个问题,又连忙从椅子上下来,垫了几本书踩上去。

　　书籍没放好,戚秋踩在上面,身子也跟着晃晃悠悠的。

　　等那双眸子从窗户下沿露出,戚秋这才看到外面的光景。

　　只见外头一片白雪茫茫,雪下得恨不得和院子里的墙壁一样高,青色的瓦片也被白雪盖住,放眼望去除了白就是白。

　　元叔应该是辛苦有一会儿了,愣是从院子中央铲出了一条路。

　　左看看右看看,也就檐下这边好一些了。

　　虽然也有积雪,但不深,谢殊就站在朱红的檐壁旁,冷白的肤色好似要和外面的积雪混为一体,清冷的眉眼此时微微垂下,轻挑着眉,嘴角勾着笑。

　　许是身上的蓝色锦袍作祟,于这冰天雪地里,瞧着谢殊倒是多了一丝温和。

　　戚秋双手扒着窗沿,那一双杏眸圆溜溜地打转,像一只鬼鬼祟祟的小仓鼠。

　　在瞧见谢殊时,戚秋赶紧委屈地耷拉下眼,急道:"表哥,我爬不出去。"

　　谢殊失笑。

轻咳了两声，谢殊道："屋子里面没有别的东西能垫脚了吗？"

戚秋又回头望了两眼："只剩下几个案几了，可我跟山峨搬不动。"

谢殊说："那你先下去吧，往后走两步。"

戚秋听话地从椅子上下去，拉着山峨退后几步。

只觉一阵风随着她们退后的脚步进到屋子里，戚秋再抬起眸子的时候，谢殊已经从窗户外翻身进来了。

戚秋顿时抿嘴，暗暗想着谢殊不会是打算着用轻功拦腰把她抱出去吧。

越想越紧张，戚秋扭捏地看着谢殊，心里想着这好歹也是个亲密接触，说不定能增加一下好感度。

这样想着，戚秋一边眨巴着眼睛，一边盘算着自己这阵子重了几斤。

可垂首等了许久，也不见谢殊开口。

戚秋不解地抬起眸子，就见谢殊耿直地在屋子里寻了一圈，最终找了个最高的案几一板一眼地搬了起来。

戚秋："……"

戚秋眼睁睁地看着谢殊将案几轻松地放到窗户下，又往顶上放了几本书，自己率先踩了上去。

这期间还不忘回头嘱咐道："一会儿踩着这个出来。"

戚秋："……"

她无话可说。

是了，谢殊这个直男人设不能掉的男主角怎么会想到把她抱出去。

是她低估却又高估他了。

等谢殊出去后，戚秋麻木地踩着谢殊堆好的支撑物上去。

翻身坐在窗沿上，戚秋看着离地面一个人高的距离，问谢殊："现下怎么办呀？"

总不能让她把里头的东西再搬出来放到外面踩着出来吧。

谢殊颔首："跳下来吧。"

戚秋："……"

谢殊以为戚秋害怕了，神色温和，鼓励道："没事别害怕，下面都是雪，摔不疼的。方才元叔也是跳下来的，一点事都没有。"

戚秋："……"

连一旁的元叔都听不下去了,颤颤巍巍地上前,迟疑道:"虽说雪高摔不疼,但公子要不还是将戚小姐抱下来吧?姑娘家的……"

谢殊皱了皱眉头:"就是姑娘家我才不能越矩,先不论旁的,若是被别人看到了,不会说我的不是,却不免议论表妹。"

戚秋一愣,转而抿了抿唇,心里明白谢殊说得对。

只是……

在这别院里头,满院子除了他俩就是元叔和山峨,谁会说出去?

谢殊说完一顿,显然是也想起了这一茬。

他想了想,走上前去伸出手,一双桀骜淡薄的眸子静静地看着戚秋,说道:"若是你愿意,伸手,我拉你下来。"

戚秋被这双眸子一盯,心里不知为何竟然还有些紧张,手脚都有些不知道怎么放了。

顿了片刻,戚秋犹豫着伸出了手。

山峨见状,赶紧也踩上案几扶着戚秋。

等戚秋的手放入谢殊的一只手里后,谢殊垂在身侧的另一只手不自然地收紧。

抿了抿唇,还不等谢殊用力,只见戚秋身后的山峨身子突然往前一倾,就像是被什么绊倒了一样。

戚秋猝不及防,被山峨猛地往前一推。

戚秋顿时瞪大眸子,身子飞出窗户,直直砸向谢殊。

系统显示:

帮你一把,不谢。

[43]

这一瞬间,摔下来这事发生得实在是太快了,不论是戚秋还是谢殊都反应不及。

便是离戚秋最近的山峨也来不及做些什么,只能眼睁睁地看着戚秋扑了下去。

纵使戚秋轻,可这从上面飞扑下来的力道仍是不小。

戚秋重重砸在谢殊身上,谢殊的身子顿时往后退了两步,好在没有摔倒,稳稳地接住了戚秋。

软香入怀，谢殊的身子陡然一僵。

戚秋许是还没有回过神，趴在他身上喘着气，温热的气息尽数洒在他脖颈处，顿时激起一片涟漪酥麻。

谢殊下颌微紧，面色闪过一丝不自然。

方才惊险时刻，为了不让戚秋掉下去，他双手还揽着戚秋的细腰，此时它就如冬日里滚烫的茶水一般，温软的触感让他的手脚都不知该如何去放。

呆愣只是一瞬，反应过来的谢殊立马就想要收回手。

没想到这时的戚秋却突然死死地搂紧了他的脖子，将头埋在他肩窝处低声地啜泣起来。

戚秋："表哥，我好怕。"

谢殊："……"

戚秋在被山峨推下来的那一刻，为了避免自己脸着地，只好牢牢地搂住谢殊的脖颈不松手。

余惊未定地搂着谢殊，听着系统的提示音，戚秋暗暗磨牙。

系统真是对这样的剧情偏爱得不得了，不论是刚开始的捡手帕，还是现在的飞扑，系统都没少在后面推波助澜。

既然扑都扑了，戚秋寻思着也不能浪费这次机会，当即把自己代入到白莲人设里，抱着谢殊啜泣起来。

只是可惜了她没有带那条沾满洋葱汁水的帕子，现下只能干打雷不下雨，哼唧了半天都没有挤出一滴眼泪来。

而这段离开洋葱水就不怎么精湛的哭戏，显然还是触动了谢殊。

虽然他的第一个动作是赶紧把戚秋扒着他脖子的手松开，并且不等戚秋反应又把她从怀里放了下来。

但对上戚秋不解的眼神，谢殊喉结上下一滚，还是安慰了她。

薄唇抿成一条直线，谢殊犹豫着抬起左手拍了拍戚秋的肩膀，如同鼓励好兄弟一般说："不要怕，已经没事了。"

戚秋："……"

哭了半天就得到了这样的反馈，戚秋气得哭声戛然而止。

安慰完戚秋，谢殊轻咳了一声，尚还没有回过神的元叔和趴在窗沿上的山峨这才赶紧收敛起错愕的神情。

等山峨也从窗户边跳下来之后，谢殊没再多留，向元叔吩咐了一声后，转身离去。

外面日头已经出来了。

这场大雪来得突然，停得也突然。本以为至少还要再下两三日，没想到仅一夜的工夫就去了踪迹。

早膳的时候，戚秋一句话都没有跟谢殊说。同样地，谢殊也没有主动跟戚秋说一句话。

两人沉默着用完了早膳，各自回了各自的院子。

雪虽然停了，可积雪犹在。元叔亲自去山路口看了一圈，发现路上的积雪仍是厚实，要想下山恐怕还要再等上一两日。

不过只要雪停了，信鸽就能出来传递信物了。

晚膳的时候，谢殊手边就飞来一只爪子上绑着字条的信鸽。

接下来的两日，戚秋就没再见过谢殊。

明明人就在府上，却连用膳的时候也不见人，也不知道是不是在躲着她。

哭了一回，却得到这样的结果，戚秋自尊心严重受挫。

本想就此罢休，谁知系统却送来了任务提醒。

经检测，"三个月内给男主角谢殊送自己做的饭"任务进度为 10/20。

"三个月内亲自给男主角谢殊送绣品"任务进度为 1/5。

"三个月内提高男主角谢殊好感度"任务进度为 27/30。

任务时间仅剩半个多月，请宿主继续努力，争取在规定时间内完成任务。

戚秋一听顿时坐不住了，思索了一番后，特意缓了两日，拿上自己做好的点心去了谢殊的院子里。

谢殊屋子的窗户没关，半敞开着，正好能看见里面的场景。

戚秋到的时候，谢殊正在西侧书房坐着。

听见响动，谢殊抬眸，两人四目相对，身子齐齐一顿。

谢殊率先反应过来，站起来，很快就撩开厚重的门帘走了出来。

出来的时候，却是连自己手里的书也忘了放下。

等看到戚秋将视线移到他手里的书上，谢殊这才想起将书本合上。

顿了顿，谢殊问："你怎么来了，可是有什么事？"

戚秋垂下眸子，露出半边侧脸，咬着唇道："我听元叔说表哥晌午没吃东西，所以做了点吃食送过来。"

谢殊将戚秋领了进去，看着戚秋放下食盒，将里头的几碟点心端了出来。

这几碟点心都是他爱吃的。

谢殊抬起眸子不动声色地看着戚秋。

戚秋将几碟点心端出来之后，没有坐下来，而是故作紧张地低下头对谢殊道："表哥你尝尝，看合不合你的口味。"

停顿片刻，谢殊好似才听见戚秋说的话，捏起一块核桃酥，却没有直接放进嘴里，而是颔首淡淡道："别站着了，坐下吧。"

戚秋却是摇了摇头，没有坐下，瞧着好似还有些委屈。

谢殊手上动作一停。

缠着手里的帕子，戚秋垂下眸子难过道："表哥，是不是这几日我做错了什么，你为何一直躲着我？"

谢殊顿了顿，没有说话。

戚秋轻抿着唇，眼眶都红了一圈，更是一副委屈的模样："连着几日用膳都见不到你。"

见戚秋这副模样，本不打算说什么的谢殊还是揉着眉心解释道："并不是躲着你，只是这几日事有些多，无暇出屋。"

戚秋有点不信谢殊的这个说辞。

她方才来时，分明就看见谢殊在那儿拿着书发呆。

若真是忙得连膳食都顾不上吃，又怎么还会有发呆的工夫。

不过戚秋此次来也不是为了找谢殊讨个一二三四的说法，虽然不知谢殊这两日因何躲着她，但凡事松弛有度，急也要一步一步慢慢来。

见谢殊吃了一样糕点，任务进度加一，戚秋便没有再久坐纠缠。

这日过后，谢殊自然也不会再刻意躲着戚秋，虽还是疏离客气地保持着距离，但好歹没有再避而不见了。

天气晴朗，树上的冰凌依旧透明。

冰凌虽然没有化开，但又过了两日，山道上的雪化得差不多了。

路上虽有泥泞雪水，但趁着没结冰，也能过路走道了。

和谢殊商量了一番后，戚秋决定先回谢府。

不然两人若是一起回去，怎么看都让人起疑。

收拾好了东西，元叔也找好了车夫，等用完午膳之后，戚秋便打算回谢府。

元叔忙着帮她张罗，连午膳都没来得及用。不仅如此，就连谢殊晌午也没来用午膳，眼下更是连人在哪儿都不知道。

等到上马车的时候，眼见着是等不到谢殊了，戚秋叹了口气，转身进了马车。

元叔本也以为谢殊会来送戚秋，还特意让车夫多等了一会儿，谁知两刻钟过去了却仍是不见人。

想起昨日一连飞进来的几只信鸽，元叔想着许是谢殊真的忙起来了，便叹了口气替谢殊送戚秋出了别院。

戚秋这次没见着谢殊人，倒是没怎么多想。

昨日院子里飞来几只信鸽的时候，她正巧看见，瞧这阵仗就知不是什么小事。

算算日子，这两日应该就是原著里谢殊和魏安王争斗的开始阶段，谢殊忙得顾不过来也是正常的。

放下车帘，车夫驾着马车在山路上缓缓行驶了起来。

山路陡峭颠簸，戚秋和山峨对这样的路仍是心有余悸。

在车夫突然停车的时候，戚秋和山峨更是吓得差点跳起来，还以为又要生出什么幺蛾子了。

谁知等戚秋掀开车帘一看，只见车夫利索地下车朝前面的亭子走去。

亭子的栏杆上拴着一匹马，谢殊着一身玄袍立在里头，身姿挺拔，看样子是等了有一会儿了。

车夫走过去行了个礼，就见谢殊翻身上马，朝这边过来。

等与戚秋并行之后，谢殊微微侧头，淡声说："我来送你。"

戚秋一怔："表哥，你今日下山了吗？"

谢殊点点头。

戚秋心道，怪不得方才元叔找不到人。

只是……

方才谢殊等在亭子里，是在特意等她吗？

想起谢殊这几日的躲避，戚秋没敢再问。

路上冰封雪盖，积雪茫茫。凛冽的寒风时不时地掀开帘子往里头钻。

谢殊骑着马和戚秋并行，马车的布帘不断被风吹开，两人只要一侧目就能透过车帘看到彼此。

可谁都没有侧目回视。

谢殊手里握着缰绳，身子微微紧绷，目视着前方，薄唇轻抿好似在想些什么。

等快到了城门处，谢殊这才停下马。

不等戚秋说话，谢殊就屈指敲了敲马车壁沿："马上就要进城了，周遭人多，我就送到这儿了。"

戚秋掀开帘子，精致的小脸从马车里露出来，她点点头说道："山路滑，表哥回去的时候记得慢一些。"

谢殊垂眸应了一声，刚要打马往回走，却又想到什么似的突然勒紧缰绳。

不等戚秋询问，谢殊又骑着马朝戚秋那边靠了靠。

身子微微倾斜，谢殊侧身弯腰，摸着鼻尖对马车里头的戚秋扬唇一笑："表妹，我毒发的事情，回去可不能告状。"

[44]

风雪严寒之处，湖面上已经结了一层厚厚的冰。

除了连着湖中央的水廊之上站着一男一女，周遭再无旁人。

天寒地冻的时节，又站在风口处，落在后头走着的女子被风吹得一直咳嗽。

男子走在前头，身上披着厚厚的羔裘。人已经到了中年，腰杆子却依旧挺直，身子也还算强劲。

他蹙着眉头，衣袍被风扬起，边走边问："戚家那个怎么已经上京了，派去的人呢？"

后头跟着的女子年方二八，衣着华丽富贵，模样惊艳可人。那一双勾人的桃花眸微微上扬，像极了春日里的佳酿，多瞧一眼便醉人。

女子手里捧着两枝红梅，轻步走着，与身后的雪景相得益彰。

她正漫不经心地摆弄着花枝，闻言摇头慢悠悠地说："不知道，安家亲自动的手灌的药，怎么着也不应该没事。"

中年男子斜睨了她一眼："戚家跑出去一个，你就这么干看着？"

女子轻哼了一声："戚家的事可一直是由你们负责的，我这边最多也只是帮帮忙罢了。自己手底下的人不争气，怪得了谁？"

中年男子的脸色登时不好看了起来。

女子仍是不罢休，悠悠说道："与其在这儿责备我干看着，不如先将你手底下的那群废物清理干净。连一个女子都处理不了，还有什么脸面为大人效力？"

中年男子额上青筋直跳："人在你们客栈里住了那么多天，你们竟也不知道！若是当时把人杀了，哪有现在的麻烦？一会儿到大人跟前，且争论争论，看看谁有理！"

提起此事，显然是触了女子的霉头，女子的脸色也不好看了起来。

抿了抿唇，女子摔下手里的红梅枝，没再争论，而是脚步加快，径直走向湖中水榭。

马车进入城中之后，明显就快上许多。

路上刚化雪，冷得很，街上自然也没多少行人，马车一路畅通无阻地停到了谢府门前。

刘管家正在门口清点着年货，见状探头一看，发现戚秋从马车上下来后，顿时一喜。

"哎哟，表小姐，您终于回来了！"刘管家小跑上前，顶了山峨亲自来扶戚秋下马车，"您都不知道，这几日大雪封路，老奴和夫人都担心坏了。"

戚秋一顿："姨母也回来了？"

刘管家点点头："杨公子那边已经好了许多，南阳侯夫人也能直起身子来。眼见马上就是公子的生辰了，夫人就先回府置办了。"

戚秋点点头。

见戚秋回来，已经有心思巧的下人前去通传，不等戚秋走到谢夫人院子，就见到谢夫人急匆匆的身影。

快走到戚秋跟前后，谢夫人一把拉住戚秋左看右看，确认人无事这才松了口气。

谢夫人道："我看到刘管家的传信时吓了一跳，唯恐大雪已至你还没有走到庄子，万一被困在半路岂不是坏事。雪天路滑，这两日我也不敢传信给你，就怕你着急回来，万一在路上有个好歹可怎么办。"

戚秋低下头："让姨母担心，是我的不是。"

谢夫人拉着戚秋往院子里走，闻言顿时怒道："与你何干，都怪殊儿，好端端的非要你去帮他拿账本，是府上下人不够他使唤吗！"

戚秋回说："表哥说这个账本很重要，需要派个有身份的人去拿。"

谢夫人也知其中利害，闻言叹了一口气："好在你没事，不然我都不知如何向你父母交代。"

两人一路说着，进到了谢夫人屋子里。

谢夫人怕冷，屋子里烧了好几盆炭火，烘得整个屋子暖洋洋的。

戚秋一进来身上的寒意就退了大半。

谢夫人又让嬷嬷给戚秋端上来了一盏热茶，轻声劝着戚秋喝两口热热身子。

戚秋听话地抿了两口，这才让山峨把早就准备好的账本拿出来，佯装不知谢殊人不在府上："这是表哥要的账本，不如我给表哥送过去？"

一听这个，谢夫人顿时叹了一口气："送哪儿去？他人也不在府上。"

戚秋露出微微讶异。

谢夫人身边的嬷嬷解释道："公子去了魏安王府别院做客，结果大雪封路，现下也没回来。"

戚秋这才了然地点点头，又将账本递给了谢夫人："那这个账本还是由姨母先收着吧，等表哥回来了还请姨母代为转递。"

谢夫人也没推辞，让嬷嬷收下了账本。

谢夫人体谅戚秋一路舟车劳顿，便没留她久坐，问了两句之后就让她回去歇着了。

水泱得到信，一看见戚秋回来就赶紧迎了上去。

旁人不知道戚秋到底干吗去了，她心里可是清楚，没得到信那几天她连觉都不敢睡，日日提心吊胆着，唯恐戚秋出现什么意外。

憋了一肚子的话，在看见戚秋疲倦的脸色之后，水泱又给咽了回去，只是小声给戚秋讲着这几日府上和京城里发生的事。

戚秋这回来的一路虽然算不上累，但颠簸是有的。此时她一边听着水泱说，一边卸着妆发准备去床上躺一会儿。

说着说着，翠珠便进来了，和水泱一起给戚秋拆着发髻。

水泱顿时想起了什么，跑去一边拿了一封信递给戚秋："这是井小姐让庆和送来的信，小姐得空看看。"

正卸着妆发，左右无事，戚秋便将信打开。

刚扫了两眼，戚秋的目光瞬间凝住。

水泱一愣，问道："怎么了小姐？"

戚秋将信收起来，抿了抿唇："没事，只是字太多了，看得我眼疼。"

见状，水泱便没再问。

等水汲和翠珠走了之后，戚秋又拿出信，躺在床上一目十行地看了起来。

片刻之后，看完信，戚秋揉着眉心，备感无奈。

她怎么把这么重要的原剧情都给忘了，险些被打个措手不及。

握着手里的信，戚秋长叹了一口气，心道，谢殊生辰那天，怕是有场硬战要打。

这样想着，戚秋便有些睡不着了，又从床上坐起来，把信放在炭火里烧了。

等到傍晚，谢夫人身边的嬷嬷去叫戚秋用晚膳。

许是体谅戚秋这几日没吃好，谢夫人吩咐厨房做了一桌子的菜，都是戚秋爱吃的。

用着膳，戚秋便开了口："姨母，过两日表哥生辰，我可以邀请明月来府上做客吗？"

戚秋和井明月经常递信往来，谢夫人也是知道的，闻言也不惊讶，笑道："知道你跟她关系好，我已经向安府递了请帖。"

戚秋却垂下眸子："下午回来后，我看到明月前两日递过来的信上说安夫人没打算带她来，只带安府的几位小姐来贺生辰。"

谢夫人一顿。

她递过去的那张请帖上可是明明确确写着请安府所有男眷女眷一同赴宴。

安府怎么会如此行事？

戚秋抿唇道："姨母，可以再单独给明月递上一张请帖吗？京城中我也就与她相熟了。"

左右这也不是什么大事，谢夫人点点头："放心，明日我就让王嬷嬷亲自去一趟安府，将请帖递过去。"

戚秋心里顿时松了一口气，连忙又给谢夫人夹了两筷子菜。

翌日，安夫人刚用完膳不久，正和养在膝下的两个女儿说着话，便听府上的下人通传，说是谢府的嬷嬷来了。

安夫人一愣，随即赶紧派身边的嬷嬷将人请了进来。

王嬷嬷这些年没少替谢夫人跑腿，这些活已经干得熟门熟路了，一番客套之后，王嬷嬷掏出请帖："前几日奴才疏忽，漏了给井小姐的请帖没送来。这不，夫人知道以后，特意派老奴再给夫人送来。"

安夫人顿时傻了眼，便是一旁的安二小姐、安三小姐也没忍住对视一眼。

安夫人看着这请帖，勉强笑着："这、这不过是一件小事，劳烦谢夫人挂念。"

王嬷嬷微微一笑："我们府上的表小姐与井小姐一见如故，很是投缘，这几日就巴巴地等着井小姐上门。"

话说一半王嬷嬷稍稍一顿，看着安夫人变了脸色这才继续说道："表小姐惦记，夫人自然也惦记，我们这些做奴才的更是不敢疏忽。这误了信，就赶快又送了过来。"

这便是不紧不慢的警告了。

安夫人心里很清楚，若是生辰宴会上见不到井明月，就会惹谢家不悦。

咬着牙送走了王嬷嬷，安三小姐便顿时不满地跳脚："这井明月何时搭上了谢家？连请帖都能让谢家送两次！"

安夫人也压不住眉眼间的烦闷："她不是搭上了谢家，而是搭上了谢府那位表小姐！都告诉你们了要多去戚家那个跟前凑凑，你们偏不听，这下让她得了便宜。"

安三小姐撇了撇嘴。

安二小姐倒是没管这些，蹙眉道："母亲，既然那日井明月要去生辰宴，陈家那边该怎么办……"

安夫人挥了挥手打断安二小姐的话，却也无可奈何，只能暗骂一声解解气。

而戚秋这厢，系统的提示音也及时响起。

即将进入原著剧情，现下发布任务。

任务一，帮助井明月逃离危险。

任务二，帮助自己免于被陷害。

请宿主努力完成任务。任务一失败，扣除二十分白莲值。任务二失败，谢夫人好感度清零。

戚秋无奈地长叹了一口气。

[45]

眼见雪停，天也放晴了，虽然不知道谢殊何日回来，但谢夫人也一直没闲着，这几日忙得脚不沾地就为了布置谢殊的生辰宴。

翌日，戚秋起身的时候，就见府上早早挂上了喜气的红灯笼，一片张灯结彩之下，不知道的还以为府上有成婚的大喜事。

戚秋一路走着，发现府上的下人也个个都是眉开眼笑的样子，一问才知道原来是谢夫人赏了全府上下，便是山峨、水泱和郑朝也没落下。

戚秋到谢夫人院子里的时候，正好南阳侯夫人也在。

杨彬昨日已经醒了，虽然还是要躺在床上静养着，但人到底是没事了，还一直嚷嚷着要找谢殊。

于是南阳侯夫人便来了。

这几日，杨彬的事在京城闹得沸沸扬扬，南阳侯府的脸面都要被人笑烂了，所以南阳侯夫人此次前来也不光是为了找谢殊去南阳侯府。

她带来了一箱贺生辰的礼品交给谢夫人，算是提前给谢殊贺生辰了，等到谢府开生辰宴那日就打算托病不来了。

避避风头，也省得让人笑话。

这还是因为南阳侯夫人领了谢夫人替她操劳几日的情，若是换了往常不想来，便是直接等生辰那日让下人送来贺礼便罢，哪里还会亲自提前登门。

谢夫人倒是也明白南阳侯夫人的难处，心里纵使不悦但也不好多说什么，只能点点头，收下了贺礼。

南阳侯夫人见谢夫人没说什么，也是松了一口气。

她们两个堂姐妹生疏多年，以前一见面就要吵起来，如今经过这一遭，关系虽缓和了不少，但坐在一起也没什么好说的。

两人都不说话，气氛一时僵起来。

直到戚秋来了，这才打破了这个僵局，两人找到了话头，一起说起了戚秋来。

南阳侯夫人不咸不淡地关心了戚秋两句，得知谢夫人正在为戚秋寻良缘，便顿时也起了兴致。

她和谢夫人膝下都没有女儿，没张罗过这种事情倒也觉得新奇，愣是和谢夫人说到了快响午，这才起身离去。

人虽走了，却也将此事记在了心里。

南阳侯府和韩家是有亲戚关系的，南阳侯夫人一听戚秋仰慕韩言，便也起了心思，有意撮合。

临走时南阳侯夫人还许诺过了戚秋和谢夫人，说过这阵子就将韩家约到府上，到时候三家人一起坐着吃顿饭。

谢夫人一听，自然也乐了。

就是苦了戚秋，以往只应付谢夫人一个人就好了，现在又多了一个南阳侯夫人。

送走南阳侯夫人之后，戚秋陪着谢夫人用完了午膳，就跟在谢夫人身边一起张罗起来后几日宴会上的事。

谢夫人有心教戚秋："以后你嫁人了，执掌中馈，这些都是要学的。"

戚秋虽然不想学，但还是乖乖地点了点头。

不过等到了晚上，谢夫人便没心思再教戚秋了。

谢殊回来了。

谢殊人刚下马，守在门口的小厮就赶紧跑进谢夫人跟前通传。

等谢夫人拉着戚秋走过两道门，这才见到谢殊的身影。

谢殊毒发又病了两日，人自然瘦了一些，下颌越发凌厉。他又穿了一身黑袍，即使戚秋不告状，谢夫人也一眼能看出谢殊脸上残留的病态，当即心疼了起来。

拉着谢殊，谢夫人好一顿唠叨，又连忙吩咐人去准备了一桌菜。

一直到用完膳，谢夫人才停止了喋喋不休，转而说起了戚秋的事："我跟你姨母说好了，等忙过这段时间就张罗韩家一起到府上用膳。"

谢殊一顿："韩家？"

谢夫人眉开眼笑："就是礼部尚书家。"

谢殊放下筷子，不动声色地挑了一下眉。

谢夫人自顾自道："你这些日子也别闲着，帮我出去打听打听这个韩言的脾性到底如何。毕竟传言不可信，万一有一点疏忽，岂不是坏事了。"

谢夫人含笑扫了戚秋一眼："毕竟这可不是小事。"

这话的意思便很明显，就差明说了。

谢殊手放在桌子上，抬眸不咸不淡地扫了一眼戚秋，没有接话。

谢夫人抿了口茶，再抬起眸时也不见谢殊回话，登时不乐意了："我跟你说话呢，你发什么呆，可听见我说什么了没？"

谢殊垂眸，这才回神一般，揉着眉心淡淡地应了一声。

谢夫人虽不满谢殊漫不经心的态度，但也只当是他赶路回来太累了，便也没有再多说什么,挥挥手让他们两个下去。

戚秋和谢殊一路出了谢夫人院子。

两人不同路,出了院子就分道扬镳。

戚秋自谢夫人说起韩言的事就一直偷偷打量着谢殊,却见谢殊一如往常也没什么反应,登时也摸不准谢殊的态度。

这二十七分的好感度看着也没什么用处。

戚秋不免沮丧地想。

至少对谢殊来说,没什么用处。

叹了口气,戚秋回到院子里,就见山峨领着郑朝已经等在那里了。

戚秋现在手边能用的人实在是太少了,只能靠郑朝一个人东跑西跑,便没让郑朝跟在身边伺候,而是让他住在了府外,跑腿也方便些。

因此郑朝也没领谢府的令牌,进出只能靠山峨和水泱去接送。

让郑朝进屋之后,戚秋就问:"怎么样了?"

郑朝这几日一直帮戚秋盯着映春,如今冒夜前来肯定是发现了什么。

郑朝垂首说道:"这几日映春姑娘都待在梨园没出来,也没人去找。倒是奴才偶然发现那日与映春见面,脸上带疤的姑娘是春红楼名妓尚宫燕身边伺候的丫鬟。"

"尚宫燕?"戚秋不解。

郑朝知道戚秋要问,早就打听清楚了:"尚宫燕是京城这两年新起的名妓,卖艺不卖身,是春红楼的当家花魁,身价千金。"

戚秋低下头,眉头紧皱。

尚宫燕,又是一个原著里没有出现过的人物。

这剧情到底都跑偏到什么地步了?

坐在炉火旁思索了半晌,戚秋却仍是整理不出来什么头绪,只好让郑朝继续盯着。

郑朝领命刚想走,不想又被戚秋叫住。

戚秋道:"先别忙着走,我正好也有事找你。"

戚秋又喊来水泱,吩咐水泱以她的口吻给戚家写了一封信问候。

戚秋这几日不论怎么思索都觉得戚家一定是出了什么事,可戚家远在江陵,戚秋就是有心打探什么,也苦于没有任何门路,只好先写信回去旁敲侧击地试探一下。

可她不了解原身写信的习惯，为了避免露馅，只好让水泱代笔。

在水泱不解的目光中，戚秋随便扯了个借口："那日出去伤着手腕了，不方便动笔。"

水泱一听，紧张地看了一眼戚秋的手腕，也顾不上代笔这件小事了。

吩咐完了水泱，戚秋让郑朝也写了一封信回家里。

戚秋记得原著里曾一笔带过说郑朝是家生子，父母都是戚府的老人。想来若是戚府有什么风吹草动，郑朝父母应该也会知道些什么。

水泱和郑朝虽被戚秋这突如其来的一遭整得摸不着头脑，但都乖乖落了笔。

翌日一早，戚秋就没在府上见到谢殊了。

一问才知道，是天刚亮的时候，锦衣卫千户曹屯跑来将谢殊叫去了锦衣卫。

谢夫人就是再不乐意，一听是宫里传来了圣旨也不好多说什么，只能放人。

谢夫人可惜这一早就起来准备的一桌饭菜，便是一旁的戚秋也有些心不在焉。

戚秋心里明白，就是这一道圣旨彻底拉开了谢殊和魏安王争斗的序幕。

谢殊马上及冠，谢府世子之位是跑不了的了。

为了彰显谢府的尊贵，谢殊被皇上加封，在锦衣卫的官职又上一层，直逼魏安王。

魏安王岂能坐得住。

为了巩固自己的地位，也为了大权尽数掌握在自己手里，魏安王连夜将自己的副将叫去，几番商讨之后，一连提携了身边几名副将，就是为了制衡谢殊。

剧情也就开始最精彩的地方了。

戚秋看着手里的鱼白青瓷的茶盏，叹了口气。

谢殊一早出去，到了晚上也没有回来用膳，因为被南阳侯夫人叫去了南阳侯府。

等谢殊回府的时候已经入夜了。

戚秋等在他院子附近。

谢殊一愣，停下脚步，等戚秋上前。

戚秋将糊弄谢夫人的账本还给谢殊："本已经交给了姨母，可姨母方才进宫去了，便又让我拿给表哥。"

谢殊没有说话，接过账本只点了点头。

戚秋还了账本却也没有走："表哥，生辰你想要什么礼物呀？"

不论是原著还是这些日子的相处，戚秋左思右想都没发现谢殊缺什么，决定还是跑来问问谢殊。

当然戚秋也没指望谢殊真的说出个一二三，不过是趁机跟谢殊说两句话，看能不能涨好感度。

谢殊没有接话，垂下眸子，像是思索了起来。

戚秋见状，安静地等在旁边。

清风徐徐不断，戚秋的衣裙被风微微扬起。

这一等就是一刻钟。

戚秋等得都有些不耐烦了，暗暗想着这会不会是谢殊在故意捉弄她。

正想着，一旁的谢殊终于抬起眸子，开了口。

只是他回的话和戚秋问的问题大不相同。

谢殊站在雪色前，月光下，神色淡淡："表妹，你真的属意韩言吗？"

[46]

戚秋院子里的烛火还没有灭，她从床上爬起来，趴在桌子上暗暗出神。

袅袅升起的熏香在屋子里四散开来，泛着一股清香。

戚秋明明昏昏欲睡，可脑子里全都是谢殊的那句——

"表妹，你真的属意韩言吗？"

戚秋越想越窒息。这分明就是个送命题。

她已经在谢夫人面前说自己仰慕韩言了，谢殊也听到了，这时候如果出尔反尔算什么。

可当着攻略目标的面说自己确实喜欢韩言，好像更不是一回事。

戚秋整个人尬在原地。

谢殊却是点了点头："我知道了。"

戚秋到现在都不明白他到底知道了什么，她明明什么都没说。

寂寥的冬日，月光如水。

当时眼见谢殊抬步就要走，戚秋顿时也急了。

她一下上前，拉住谢殊的衣袖，柔柔地唤了一声"表哥"，却又没支吾出别的。

谢殊脚步停下来，沉默了一瞬后无奈道："你若是喜欢，我便帮你打听。我也不是要为难你，更不愿探究你的心事，我只是怕你并不喜欢韩言，却为了顾及母亲颜面不说。"

戚秋抿了抿唇，故意露出一副无措的样子："我、我……"

谢殊见状一顿，随即垂眸说道："罢了，我已经明白了。我问这个也没有别的意思，你不用觉得难为情。"

戚秋垂下眉眼，握着谢殊袖子的手一点点收紧。

半响后，戚秋像是终于鼓起了勇气抬起头，眸中仿佛盛着水盈盈的月色。她抿唇道："我只是听过韩公子名讳，那日竹林宴是我头一次见到韩公子。"

言下之意很明显。

只听过名讳，都没有见过，何来仰慕一说。

谢殊想起那日竹林宴，戚秋刚见到韩言时没什么反应，还是等他提醒之后，这才反应过来。

放在身侧的手紧了紧，谢殊不动声色地点点头："好，我知道了。你也别多想，我没有别的意思……"

不等谢殊说完，系统就送来了任务进度条。

恭喜宿主，谢殊好感度提升，"三个月内提高男主角谢殊好感度为三十分"的任务已完成，奖励随后发放。

戚秋："……"

看着眼前嘴里说着"我没有别的意思"的谢殊，戚秋冷笑一声。

呵，口是心非的男人。

不过……

戚秋看着屋子里开得正盛的水仙花，心里其实也明白谢殊当时说的话出自真心。

他确实是怕她不好意思拒绝谢夫人，所以才多问了一句。

毕竟这好感度刚刚到三十分。

离谢殊吃醋捶墙、借酒消愁还远着呢。

饶是这样想着，戚秋却还是有些睡不着。

漫漫的攻略之路，她的进程还不足二分之一。

戚秋愁得睡不着觉。

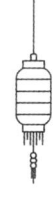

而今夜睡不着觉的人又何止戚秋一个。

月色挥洒，夜深露重，临近宵禁，街上便是猫猫狗狗也不见踪迹。

谢夫人从皇宫里回来时，昏昏沉沉的夜色已经垂下，府上的灯火也灭了大半。

卸下一身钗环，谢夫人疲倦地倚在软榻上，眉眼微垂，悠悠地叹了口气。

王嬷嬷正在里头铺着床，闻声宽慰说："夫人放心，就算李家那个回来又如何？都过去多少年了，李家也早就落魄，还怕她能掀起什么波浪来吗？"

谢夫人看着眼前幽幽跳动的烛火，没有说话。

王嬷嬷继续说道："公子马上及冠，圣旨过两日也就下来了。您与其操心李家那个，不如多替我们公子物色物色，寻个满意的儿媳妇才是。"

谢夫人勉强勾了勾唇："我也想，但殊儿那孩子你也知道，我喜欢有什么用，也要他点头才行。哪里跟秋儿一样，说什么都好。"

王嬷嬷笑道："公子虽然已经及冠，这事却也急不得。慢慢来，总能找到跟表小姐一样性情好的姑娘。"

谢夫人垂下眸子说："其实若是……"

话说到一半，谢夫人又住了口："罢了罢了，说这些干什么。"

王嬷嬷却是已经领悟到谢夫人话中意思，心中一凛，没敢接话。

谢夫人拨弄着白玉瓷瓶的红梅，不知想到了什么，目光陡然凌厉起来："殊儿生辰，瞧皇后娘娘的意思是李家那个也会来，真是平白惹晦气。"

一听这个，王嬷嬷也叹了口气："李家那个就是这性子，这么多年了却又不见改。"

谢夫人咬牙："殊儿这次生辰我不仅要办，还要大办，谁要是敢在宴会上跟我生事，我绝对饶不了他！"

王嬷嬷连忙说："夫人放心，我明儿就让下人都打起精神来，准把公子的生辰宴办得热热闹闹的，让李家那个眼红。"

谢夫人这才敛了神色，站起身来。

可熄了灯，躺在床上，谢夫人回想起往事，依旧是辗转反侧。

翌日一早，天还没大亮，谢夫人就早早地起了身。

梳妆过后，谢夫人没等戚秋和谢殊来问安，就去了淮阳侯府。

这一去，就是半天。

再回来的时候，淮阳侯老夫人也跟着回来了。谢夫人的眼眶红着，像是哭过的样子。

戚秋见状，便没有多留，请过安之后就退下了。

回去的路上，山峨好奇地问："谢夫人怎么把老夫人给请过来了，可是府上出什么事了吗？"

戚秋叹了口气："还能出什么大事，无非是生辰宴罢了。"

水泱疑惑："即使生辰宴再隆重，也不值得把老夫人请过来坐镇吧？"

戚秋低下头，没再说话。

生辰宴不值得如此劳师动众，可从襄阳回来的李氏让谢夫人不得不紧张。

若不是这李氏，谢夫人也不会如此忧心这场生辰宴，更不会因为原身在宴会上闹出丑事而一度冷落原身数月。

这一桩事，不过是一环扣一环罢了。

正屋里，谢夫人垂首一言不发。

淮阳侯老夫人叹了口气："你何苦这样？那李氏当年就是再厉害，现如今李家落魄，她也张狂不起来了，你何须顾忌她？"

谢夫人抬起头，说起伤心事来满脸泪痕："母亲，您又不是不知道李氏当年的猖狂样子。若不是当时我已经怀上殊儿了，现如今我还不知在哪个尼姑庵里待着。当年可是先帝指的婚，她也敢这般作践我。"

淮阳侯老夫人恨铁不成钢，拿拐杖杵着地："当年李家得势，又与关家是连襟，背后有人撑腰，她自是无所顾忌。可如今不一样，李家已经不成气候了，关家更是被抄了家，你怕她做甚！"

谢夫人垂首默默地擦着脸上的泪痕，没有再说话。

淮阳侯老夫人瞧着，叹了一口气，也没再说什么："罢了，知道你怕她，这几日我替你看着就是。"

谢夫人心中顿时一喜，坐起身，这才收了泪珠。

冬日冰天雪地，人哪儿也去不了，整日只能缩在屋子里，日子倒也过得慢悠悠的。

这几日有淮阳侯老夫人坐镇，府上的下人都不敢造次，守着规矩行事，一点疏忽都不敢有，便是山峨和水泱这几日也格外安生。

只是临近生辰宴这日，府上却来了两位不速之客。

下人来通传的时候，戚秋正坐在谢夫人院子里听淮阳侯老夫人说话。

谢夫人本还笑着，一听下人的通传脸色却瞬间就拉了下来。

"李家？李家哪个？"谢夫人皱眉问。

下人战战兢兢："刚回京那位，李大人的三妹妹，李……"

不等下人说完，谢夫人就霍然起身，冷了脸色。

下人一见这阵仗，哪里还敢说话，顿时缩了脖子。

淮阳侯老夫人叹了口气，挥手示意下人把人迎进来："早晚有这一天，你急什么？"

一把拉着谢夫人坐下，淮阳侯老夫人咳了一声后说："我今日就在这儿给你撑着腰，且看看她如今还能翻出什么风浪！"

话罢，下人就退了出去。

片刻后，两道身影就掀开帘子进来。

为首那个女子瞧着与谢夫人年纪相仿，一身紫色的袄裙穿在身上，云鬓高绾，虽是徐娘半老，却风韵犹存。

她身后还跟着一名女子，着一身素白衣，头上只斜插了一支翡翠玉簪，却难掩其绝美姿色。

两人齐齐走过来，为首那个女子见到谢夫人便笑了："谢夫人，我们真是许久未见了。"

而身后的女子则是规矩地福了身子，盈盈说道："给谢夫人请安，给老夫人请安。"

说话间，女子抬眸，露出半张侧颜，眉心那颗痣如此醒目。

别说是老夫人和谢夫人了，就是戚秋也大吃一惊，震惊地看着眼前人。

……这个女子，她见过。

在蓉娘的回忆片段里。

是跟在蓉娘身后，叫蓉娘"堂姐"的那个小女孩。

虽然一个是孩童模样，另一个已经出落大方，可这没怎么改变的眉眼和眉心的这颗痣，戚秋是不会认错的。

这人又是从哪儿冒出来的？

戚秋心里不免咯噔一下。

正想着，就见老夫人站起了身，吃惊地看向底下的女子："冬颖？"

关冬颖抬起眸子，浅浅一笑："这么多年过去，老夫人还记得我？"

淮阳侯老夫人没再说话，惊疑不定地看着关冬颖，眉头紧蹙。

一时之间谁也没再说话，屋子里的空气就好似结了冰一样，又冷又硬。

片刻之后，终是李氏上前笑道："冬颖，你养在老夫人膝下两年，老夫人当年那么心疼你，又怎么会不记得你？"

[47]

寒冬腊月的节气，外面天寒地冻，滴水成冰。

正屋里头，炉火烧得正旺，摆放在中央的四角掐丝金珐琅熏炉在缓缓吐着清冽的香气。

本该是慵倦的午后，此时屋内的气氛却冰冷静谧。

李氏说完话，屋子里谁也没再吭声。

当年淮阳侯府和李家还没有闹翻，与关家关系也不错，关冬颖作为关家旁系嫡女也曾在老夫人跟前养过两年。

与蓉娘这个曾被关家送往庄子养了数年不曾露过面的庶女不同，关冬颖身为嫡女，自小就活跃在京城贵女圈子里，所以即使这么多年过去，谢夫人等人不认得蓉娘，却能一眼认出她来。

眼见屋子里又恢复了一片寂静，没有人接话，李氏便自顾自地说道："想当年，我们几家交好，冬颖也是我和谢夫人一同看着长大的。前几年陛下大赦，冬颖也在大赦人员的名单当中，千里迢迢跑来襄阳投奔我了。"

闻言，谢夫人似是意识到李氏想要说什么，脸色当即掩饰不住地难看了起来。

淮阳侯老夫人咳了两声，打断说："这些陈年往事，如今说起来不免伤心，还是莫要再提了。"

谢夫人也冷冷道："王嬷嬷，给两位奉茶。"

见状，李氏倒也真的没再继续说下去。

笑着和关冬颖坐了下来后，李氏品着热茶，却是将视线放在了戚秋身上。

朝戚秋微微一笑后，李氏好奇地问道："这位姑娘是？我瞧着眼熟，可好像从来没有见过。"

不等戚秋站起来自报家门，淮阳侯老夫人便道："这是单瑶的独女。"

戚秋福身："戚家戚秋，给夫人请安。"

李氏眸子一闪，随即笑道："原来是单瑶的女儿，我说怎么看着如此眼熟。

你长得很像你母亲。"

戚秋垂下眸子，没有再接话。

倒是李氏继续说着："你既在这里，可是也举家搬回京城了？算算日子，我和你母亲也许多年未曾见过了，改日一定要登门拜访才是。"

戚秋摇了摇头："家父家母仍在江陵，此番是我一人上京。"

李氏眉梢微挑："独自上京，那你可是一人住在戚宅里？"

不等戚秋回话，谢夫人就撂下手里的茶盏说道："她住在谢府，和我做伴。"

闻言，李氏顿时就笑开了："原来如此，这不就巧了。"

指着关冬颖，李氏故作为难地叹了一口气，说道："我此番回京实在仓促，老宅也没修整好，我自己一个人将就一下也就罢，怎么好让冬颖跟着我一起吃苦……"

李氏一笑："你看不如这段时间也先让冬颖暂居在谢府，其他的倒也罢，主要是还能跟秋儿做个伴，两姐妹说说笑笑岂不正好。"

一听这话，谢夫人的脸色铁青，便是淮阳侯老夫人也冷了脸色，什么话也没说。

见这两人都不说话，李氏又转头看向戚秋，笑意盈盈："秋儿，你说呢？你一个人住在谢府也没个年龄相仿的姐妹说话，定是无趣。今后有你冬颖姐姐陪着，你俩年岁差得不多，日日说个体己话，两姐妹在一起以后互相也有个扶持。"

这话落，谢夫人便再也听不下去，坐不住了。

谢夫人站起身，按住桌子沉着脸道："够了！"

因起身得急，桌子上的茶盏都被震倒了，茶水洒了一地。

瞧着谢夫人沉不住气的样子，淮阳侯老夫人叹了一口气。

李氏的脸上倒是闪过一丝得意，轻轻地挑了一下眉，故作惊讶地看着谢夫人，没有再说话。

一时之间，屋子里陷入僵局当中。

下人们埋着头，连大气都不敢喘一下。

戚秋自然知道谢夫人为何如此生气。

当年，她和谢侯爷也算青梅竹马、两小无猜，又有先帝下旨赐婚，风光无限，谁人不羡慕。

可是谢老夫人不满意。

虽也是侯府，但当年淮阳侯府已经落魄多年，府上几乎无人在朝中当官，仅靠老侯爷撑着两分侯府体面。

那时的谢家虽算不上鼎盛，却也称得上"尊贵"二字，淮阳侯府这样有名无实的侯府着实不合老夫人的意。

就在这时，李家递来了橄榄枝。

当时先皇病危，大皇子一家独大，李家趁势攀上大皇子这根高枝，大权在握，显赫一时，便是谢家也要暂避锋芒。

而更重要的是，李家还是谢老夫人的娘家。

于是，明知李家三小姐李氏心悦谢侯爷多年，谢老夫人还是在谢侯爷和谢夫人成婚不久后将李氏接进谢府，想要让她和谢侯爷私下培养一下感情，对外还美其名曰是给谢夫人做个伴。

谢夫人和李氏自小一起长大，关系本也算不错，得知李氏要来府上居住，也曾悉心款待，哪曾想人家别有用心。

好在谢侯爷对李氏没什么情意，这才没有让她得逞。

不过之后谢老夫人在李氏的挑拨下越发看谢夫人不合眼，处处刁难谢夫人，幸好谢夫人后来有了身孕，看在子嗣的面子上，谢老夫人这才收敛了一些。

只是李氏哪肯罢休。

仗着李家得势，李氏行事起来更无顾忌。

无奈之下，谢侯爷只好等谢夫人生下孩子后自请往外调任，带着谢夫人和孩子离开了京城。

几年过去，大皇子谋逆被捉，身边的世家更是接连被废。

关家首当其冲，李家也难逃此劫。当今陛下登基之后，李氏就被嫁去了襄阳王家，离开了京城，此事也才算落下帷幕。

而如今李氏借着关冬颖说这些话，分明就是在故意戳谢夫人的心窝，谢夫人岂能坐得住。

屋子里暗波涌动，过了片刻，李氏笑着开口："这好端端地说着话，谢夫人怎么动怒了？可是我说错了什么吗？"

眼见谢夫人脸色铁青，李氏本想再添一把火，就听一旁突然响起一道声音。

戚秋温婉一笑："多谢李夫人好意，只是我是家中独女，自幼一个人惯了，如今又有姨母陪着，并不觉得无聊，也不敢劳烦关小姐来作陪。"

李氏没想到戚秋会突然接话，顿了顿，身子转过来，嗔怪道："你这孩子真是的，就算你独惯了也要替你冬颖姐姐想想，为她寻个去处。"

戚秋低头，故作难为情："原来李夫人是在替关小姐寻去处，方才听夫人的话，我还真以为是夫人要给我寻个做伴的姐妹，是我会错了意。"

李氏脸色一僵。

倒是上头坐着的淮阳侯老夫人慢悠悠地说道："这孩子是个实心眼的，没有那些弯弯绕绕的心思，旁人说什么她都信。"

李氏放下手里的茶盏，没有说话。

戚秋知道，自己的这几句话定是得罪了小心眼的李氏，可这些话她不得不说。

因为，她也不想让关冬颖住进来。

在原著里，蓉娘现下依旧活蹦乱跳，年底回京的只有李氏，今日来的也只有李氏一个人，从始至终不见关冬颖的身影。

而如今蓉娘入狱，关冬颖就不知从哪儿冒了出来，还要住进谢府，这怎么看都像是来者不善。

说不定……

戚秋低下头，不动声色地抿了抿唇。

说不定便是关冬颖知道了什么，此番就是冲她来的。

眼下正是她提高谢夫人好感度的时候，若是此时放关冬颖进府来搅天搅地地坏事，岂不是阴沟里翻了船。

见李氏吃瘪，谢夫人的脸色虽然还是冷硬，却也缓缓坐了下来。

一旁沉默许久的关冬颖却是突然惶恐地抬起头："姨母是见我无处可去，一时心切这才唐突了。其实我被流放这些年，在哪儿都能住，几位长辈莫要因为我而不愉快，那便真是冬颖的不是了。"

长辈的恩怨跟小辈无关，虽然关冬颖是跟着李氏一道来的，但谢夫人和淮阳侯老夫人身为长辈也断然没有无缘无故为难她的道理。

缓了神色，谢夫人虽然没有说什么，但到底还是给了她面子。

李氏却誓不罢休："冬颖，今时不同往日，你还不明白吗？谢府如今尊贵，哪里还会认你我这些落魄的亲朋旧友。"

戚秋知道，李氏这是存了心思要让关冬颖住进谢府，却又不愿意向谢夫人低头。

这话一听便是故意说的。

淮阳侯老夫人眯起眼，手中的茶盏冒着徐徐热气。

不等她说话，守在门外的下人却是突然跑进来通传："夫人，公子回来了。"

谢夫人一愣："不是说今日不回来用晚膳了？"

下人摇了摇头："奴才也不清楚。"

李氏眸光一闪，不动声色地微微侧身和关冬颖对视一眼，两人都齐齐地勾了勾唇。

这一幕正好叫戚秋看个正着。

戚秋顿时心中一紧，心道，这两人怕是又要弄出什么幺蛾子了。

果然只听李氏笑道："殊儿回来了？我当年离京的时候他才几岁大，许久未见，我怕是走在街上都不认得他。"

正说着，屋门的帘子被掀开，谢殊的身影出现在门口。

许是刚从锦衣卫府回来，谢殊手上还捧着官帽，身上的官服也没有换下来，身后的雪景和艳红的飞鱼服衬得他脸色更加淡漠。

他刚跨了门槛走进来，就见关冬颖站了起来。

咬着唇，关冬颖蹙着眉，满目忧伤地看着谢殊缓缓说道："谢公子，年前一别，今日终于得以相见。"

[48]

戚秋在心里"哦嚯"了一声。

只见关冬颖盈盈上前两步，幽怨地看着谢殊："春分那日，公子救了我，却连姓名都不肯留下。这数月过去，我几经打听，百般挂念，只怕公子是早就忘了我吧？"

又是英雄救美。

戚秋默默地扫了谢殊一眼，无言以对，心道，这还真是一点创新都没有。

老套剧情一次又一次地上演，看都看累了。

不过映春那个顶多算自我臆想，就是不知道关冬颖口中的英雄救美又是怎么一回事了。

戚秋暗暗想着，又抬头看向关冬颖。

只见关冬颖咬着下唇缓缓说道："这数月以来，我、我一直记挂着公子，时刻想着有朝一日能见到公子报恩，可……"

关冬颖红着脸低头搅着手里的帕子，扭捏着"可"了半天，却也没"可"出下一句。

李氏见状趁势走上前来，故作一脸惊讶道："这是怎么一回事？冬颖，你和殊儿可曾见过吗？"

关冬颖脸上浮出一抹绯红，低着头，声如蚊鸣："年前遇到劫匪的时候，谢公子曾救过我，我、我甚是感激。"

李氏故意扫了一眼上头坐着的谢夫人后捂嘴笑了起来，幽幽说道："这真是无巧不成书，没想到，你和殊儿竟还有这样的缘分。"

不顾屋内凝固的气氛，李氏还在喋喋不休："这般好缘分，可真是难得，今日你们再度重逢，可要好好……"

可要好好什么？

谢夫人听得咬牙切齿，再也坐不住了。

刚欲发作，却扫见一旁的谢殊一直紧皱着眉头，颇为不解地看着羞红了脸的关冬颖。

谢夫人张了张口，又是一顿。

等李氏说得口干舌燥，停口喘息的时候，谢殊也终于得了空隙能插上一句话。

看着关冬颖，谢殊疑惑道："你是？"

垂着眸娇媚羞怯的关冬颖："……"

在一旁滔滔不绝的李氏："……"

两人傻了眼。

屋子里也顿时陷入一片诡异的寂静当中。

谁也没想到谢殊会冒出来这么一句话。

戚秋沉默着，有点想笑。

顿了好半天，关冬颖才终于回过神一般，委屈地看着谢殊："谢公子，你真的不记得我了？"

谢殊也很费解。

揉着眉心，谢殊无奈道："我确实不记得你了。"

关冬颖的眼眸中顿时盛满了泪水："今年开春我去投奔舅母，途中经过柳城县的时候被当地的地痞拦住，是你蒙面救了我，你怎么可以都忘记了。"

谢殊表情有一丝松动。

关冬颖见状松了口气，继续委屈地诉道："当时你穿了一件陛下御赐的飞鱼服，腰间佩带着绣春刀，脸上虽然戴着虎头面具，可放眼望去除了你，谁还够资格穿这身飞鱼服。"

"还有王爷。"谢殊淡淡说道。

关冬颖："？"

谢殊说："当时救你的不是我，是王爷。"

关冬颖："……"

关冬颖眉头紧蹙，难以置信："怎么可能！"

"当时我和王爷去柳城县办差，因王爷身份不便泄露，便会在人多的地方戴上虎头面具以作遮掩。"说到这会儿，谢殊也有些倦了，"我好端端的，为何要戴虎头面具。"

魏安王身为执掌锦衣卫的人，飞鱼服自然穿得。

"怎么会……"关冬颖眸中续上泪水，瞧着仍是不愿相信的样子，"公子，你是因为谢夫人在此处，所以才不认我的对吗？"

关冬颖低头擦泪："我明白的，都明白的，你也是身不由己……"

这便是硬要将此事扯到谢殊头上了。

旁边的戚秋杏眸一眨，故作好奇地看着关冬颖："关小姐，你也说当时救你的人戴着虎头面具，并没有看清脸，怎么就一口认定是表哥救了你？"

锦衣卫特制的金铁虎头面具说是面具，其实和面罩差不多，把整个脑袋都罩住，连根头发丝都不往外露。

在这么一丝不漏的情况下，就能生生认准谢殊是恩公，实在奇怪。

关冬颖一顿，随即回道："是附近的老伯伯告诉我的，锦衣卫的谢大人这几日经常在那处徘徊。我与老伯伯相识多日，老伯伯是不会骗我的。"

话落，戚秋却是一副不解的样子："关小姐，老伯只说表哥经常在那处徘徊，并没有说是表哥救了你。况且怎么一个认识几天的老伯说的话你信，表哥这个当事人说的你却又不信？"

戚秋这话一落，关冬颖就垂了泪："戚小姐你这话是什么意思，难不成你是觉得我在骗人吗？我关家现在确实落魄，可你也不能这般欺辱我。"

李氏见势不妙，也赶紧上前："戚小姐，冬颖怎么说也算你姐姐，你怎能如此欺人？！"

眼见李氏和关冬颖将矛头指向了戚秋,屋子里的气氛又一下僵住了。

淮阳侯老夫人和谢夫人生起不悦。

两人刚要开口,就见戚秋眼里也涌出来泪,要掉不掉的样子,瞧着比关冬颖委屈多了。

戚秋微微哽咽:"关小姐和夫人何苦这样说我,我只是见关小姐报恩心切,这才想着赶紧帮关小姐找到恩公是谁。怎么我说恩公可能不是表哥,就变成了欺人了……"

戚秋这一落泪,谢夫人更是心疼不已,连忙对她招手。

戚秋走过去,坐在谢夫人身下,委屈地抬起小脸,上头满是泪痕:"姨母,我没有欺负关小姐的意思。"

谢夫人为她擦着泪,哄道:"姨母知道,不哭了。"

看着戚秋这副做派,李氏气得瞪大眼睛。

可不等她开口,一旁的谢殊就淡淡道:"在柳城县我确实从未见过你,更不曾救过你,此事还是后来听王爷说起的。你既然不信我说的话,我带你见王爷说清楚也未尝不可。"

这话一落,满堂皆静。

关冬颖和李氏都惊了一下。

咬着下唇,关冬颖怎么也想不明白谢殊为何为了这点小事,竟然敢惊动王爷。

魏安王府她们哪里敢去。

此事若真的闹到魏安王妃跟前,她们可就不好收场了。

可如今……

眼见众人都静静地看着她和李氏,等着她俩回话。

这可真是骑虎难下。

屋子里安静下来,炭盆里的炉火烧得正旺。

站在中央嚷嚷半天的李氏,脸色一阵红一阵青,瞧着有些难堪,却也不敢应声。

过了半响,淮阳侯老夫人咳了两声终是开了口:"倩茹,身为你的长辈,今日我且也说上两句。这么多年过去,李家就剩你们几个小辈,把自己的日子过好就行,何苦还惦记着那些陈年往事,与自己为难。"

李氏本就难堪的脸色一下子更加难看。

淮阳侯老夫人叹了一口气："不是你的终究不是你的，你再折腾也无用。时过境迁就要学会认命。旁的不说，你身边还跟着小辈，怎么也不能带坏小的。"

这话明里暗里都在说李氏无端生事，带坏小辈。

当着满屋子下人的面被这般说，李氏脸皮一下爆红，气得浑身直哆嗦。

还不等她甩袖就走，一旁的关冬颖却是不动声色地拉了拉她的衣袖。

她怒火一顿，喘着粗气，却愣是又将火给压了下来。

咬了咬牙，李氏一下跪了下来："是，晚辈自知自己脾性不好，也不敢带坏小辈，所以恳请老夫人和谢夫人将冬颖留在谢府。"

淮阳侯老夫人没想到李氏竟是生生吞下了怒火，还舍了脸面不要就为了留下关冬颖。

顿了顿，淮阳侯老夫人缓缓地放下了手里的茶盏。

关冬颖咬着唇，流着泪，也跟着跪了下来。

两个小辈跪在自己面前，饶是淮阳侯老夫人也不好再说什么。

李氏垂下的长睫掩住眸中的怨恨，继续说道："您身为长辈，就是不念在李家，也请您念在关老太傅的面子上，给冬颖一个去处。"

关冬颖泪珠子止不住地往下落，跟着就磕了个头："还请老夫人和谢夫人可怜。"

顿了片刻，老夫人开口淡淡道："如今谢府事多，冬颖留在谢府不合适。"

关冬颖的哽咽声顿时大了起来。

李氏不依不饶："如何不合适？谢府这么人，戚家的能住进来，却容不下一个冬颖吗？"

这话说得便有些不客气了。

淮阳侯老夫人沉下脸。

李氏愤愤道："当年我们三家交好，冬颖尚养在老夫人跟前过，如今却连伸把手帮一下都不愿意，也不知是我行事不端得罪了老夫人和谢夫人，还是您两位见我两家落魄不愿再结交！"

李氏是算准了谢夫人不会拿当年的往事来说。

这番话一出，谢夫人若是不点头答应，怕是明日谢府就会被扣上一个"踩低捧高，不念旧情"的名声，被人私下指指点点地议论。

谢夫人心头一梗，气得握紧了手里的帕子。

正想着，戚秋和谢殊却是同时开了口。

戚秋："倒是奇怪，夫人既然如此疼爱关小姐，不惜跪在姨母跟前求人，为何不来时就为关小姐找好去处？"

谢殊："那就去南栈吧。"

倒是异口同声。

两人说完齐齐一顿，看向对方。

[49]

南栈是备选宫人居住的地方。

宫里每五年会从民间挑选一批宫人进宫，凡是报名成功，第一轮挑选又被留下来的女子就会被安排到南栈里头去，等待后面的几轮挑选。

戚秋看了谢殊一眼，心道，这是想到一块儿去了。

可底下的李氏和关冬颖的脸色就不那么好看了。

李氏怒道："南栈？你这话是什么意思？"

戚秋微微一笑："夫人，您既然把关小姐带到了京城，就该为关小姐想好以后。"

眼见事情朝自己预期外发展而去，关冬颖垂着的眸子里闪过一丝幽光，可不等她说话，李氏便开了口。

李氏根本不懂戚秋说这番话到底所谓何意，只能道："这件事是我考虑不周，贸然带着冬颖进京。可眼下冬颖已经来了京城，还能怎么办？哪怕是看在故去的关老太傅面上，你们也不能撒手不管。"

关冬颖顿时皱眉，心道，糟糕。

果然上头的淮阳侯老夫人开了口。

"现在谋划也不晚。"淮阳侯老夫人已经明白了戚秋接下来想说的话，便开口说道，"冬颖虽然得了大赦，但现在依旧还是罪臣之女的身份，不宜在人前露面，这日后总不能一辈子都这样。不若趁着今年宫女选举，进宫去。"

李氏立马瞪大了眸子："这怎么行？怎么能让冬颖去当宫女！"

淮阳侯老夫人慢慢地看了一眼下头跪着的关冬颖，淡声说："有什么不行的？不要争一时意气，想必你也不愿意看冬颖一直顶着罪臣之女的身份过一辈子吧。"

李氏有些急了："可……"

挥挥手，淮阳侯老夫人径直打断道："眼下哪里还有比宫里更适合冬颖的去处？如今宫门大开，南栈正挑选着进宫去的宫人，正是个难得的机会。只要冬颖在宫里待满五年，出来便是清白之身，到时候婚嫁走动不也能少些艰难？"

按照本朝律例，凡是被大赦过的罪臣子女只要通过选拔进入宫中，伺候满五年，便可脱去贱籍，自行选择是否出宫重新过活。

对于关冬颖一个罪臣之女来说，确实没有比宫里更合适的去处，眼下正好临近宫中侍选，是个难得的机会。

淮阳侯老夫人对李氏说道："这事你不能只按自己的性子来，也要听听冬颖的想法。"

话罢，淮阳侯老夫人不等李氏反应，就看向关冬颖道："冬颖，这是你自己的路，你不能一味躲到你姨母身后，要不要进宫，由你自己选。你若是愿意，明日我就亲自去南栈说，定让你赶上此次侍选。"

这话说是让关冬颖自己做主，实际上却让李氏不能再开口替关冬颖说话。

不然就是按照自己的性子乱来，就是不为关冬颖着想。

李氏又气又急，却也只能闭嘴。

见矛头对准自己，关冬颖咬了咬下唇，抬起来脸时眸中还往外涌着泪，却是没有说话。

好似正在犹豫。

淮阳侯老夫人呷了一口茶："我知这事来得突然，你一下子也做不出抉择来，罢了，你先回去想想，想清楚了再来回我便是。"

李氏一听这话就知道是在打发她们两个回去，脸上顿时写满了不情愿，刚要再说，一旁的关冬颖却是已经弯腰磕了个头。

关冬颖瞧着倒并无不满，这个头也磕得实实在在："多谢老夫人，冬颖明白了，回去定会好好考虑的。"

淮阳侯老夫人点点头，让身边的嬷嬷下去把两个人扶了起来，此事也算就此揭过。

起身后，也没什么好说的了，李氏和关冬颖勉强坐了一会儿就起身告辞了。

她们走后，虽然天色还早，但谢夫人经这一遭也没什么心情再说什么，便挥手让戚秋和谢殊先回去了。

成功阻止了关冬颖住进来，戚秋心情还不错，和谢殊朝外并行。

路很短，两人谁都没有先开口说话。

到了院子门口，戚秋向谢殊福身之后，刚准备扭身离开，却又被谢殊叫住了。

朝霞已现，橙黄的余晖尽数落在院子里，影影绰绰。

院子门口养着的金银花在西去的日头下暧昧地交织着，白砖青瓦上还存留着盈盈雪水，正时不时地往下面滴落着。

门口静悄悄的，东风吹过，只余"吧嗒吧嗒"的落水声。

戚秋疑惑地看着谢殊，就见谢殊将身后东昨提着的一份牛皮纸包着的糕点递给了戚秋。

谢殊眼眸微垂，神色带着几分漫不经心，温声说："这是余香阁卖的福糕，我今日路过便买了一些，你拿去吧。"

每临近新年，余香阁就会卖福糕，味道好不说，寓意也很好，因此经常刚一出炉就被一抢而空。

戚秋一愣，看着谢殊。

夕阳垂暮，寒鸟赴园林。

谢殊站在枯树前，夕阳将他挺拔的身影拉得很长，桀骜的眉眼也因为这一抹余晖显得温和。

戚秋抿了抿唇，从谢殊手里接过糕点。

或许是夕阳过于晃眼，交接时两人手指不小心触碰在一起。

顿了一下，谢殊很快收回了手。

戚秋抱着糕点。

糕点许是刚出炉，即使折腾了这一遭，依旧留有温热。

两人都没再说什么，各自转身离去。

夕阳西下，万物温柔宁静。

谢殊垂在身侧的手不自然地逐渐收紧，薄唇抿成一条直线，泛红的耳尖在夕阳下不甚起眼。

刚走了没两步，身后却突然传来一道急促的脚步声。

谢殊一愣，转过身来。

只见戚秋气喘吁吁地跑过来，绣着海棠花的淡色披风在落日余晖中随着脚步像被激起一片涟漪。

看着他转过来，戚秋脚步一顿，又抬步走了过来。

"表哥。"戚秋抬起眸子看着谢殊，认真地问，"这糕点只有我一个人有吗？"

谢殊一怔，没想到戚秋会这么问。

眼见谢殊沉默下来，戚秋抱着糕点的手渐渐收紧："还是其他人也有？"

不等谢殊说话，戚秋就幽怨地看着他道："表哥，你的妹妹好多。"

谢殊："……"

戚秋继续幽怨地说："今日映春，明日关小姐，这个糕点不会是我们一人一份吧。"

愕然之后，谢殊看着戚秋愣是被气笑了："映春和关小姐何时成了我的妹妹？映春，我和她话都没说过几句，关小姐更是今日第一次见，我与这两个人有何联系让你口出此言？"

"那淮阳侯府的其他小姐呢，她们不也都是你的表妹吗？你给她们送糕点了吗？"戚秋继续问。

谢殊喉结上下一滚："没有。"

戚秋："为什么没有送？"

谢殊："……"

戚秋："为什么单……"

戚秋话还没说完，谢殊就木着一张脸将糕点从戚秋手里拿了回来："你别吃了。"

拿过糕点，谢殊转身就走。

戚秋忍了又忍，还是没忍住弯唇笑了起来。她连忙追上谢殊的脚步，想要拿回糕点，软着声音求饶："表哥，我错了，我真的知道错了……"

戚秋跟在谢殊身侧，脸上的笑又软又糯。

她身上的淡色海棠披风随着脚步不时地碰撞着谢殊的玄色衣袍，一浅一深形成鲜艳的对比，却又意外地和谐。

落日跟在身后，留住二人逐渐远去的身影。

一切尽显温柔和煦。

两日后，十二月二十八日，谢殊的生辰到了。

谢府梅园的红梅早早就开了，冷风时不时地送来幽幽的梅香。

旭日不紧不慢地从远处山尖探出半个身子，相国寺里的钟声响彻京城的边边角角。

天还未亮时，府上的下人就忙碌了起来，外面传来窸窸窣窣的响动。

戚秋卯时一刻就被水浼叫了起来,开始梳妆。

翠珠在一旁笑道:"今日来的贵女不少,小姐可要好好梳妆一番,不能输了她们。"

为着翠珠这句话,便是在一旁偷偷打盹的山峨也跑了过来,愣是折腾了半个时辰,戚秋这才梳妆完毕。

今日府上忙,便不用去谢夫人院子里用早膳了。

小厨房准备的膳食倒也丰盛,翠珠给戚秋盛了一碗红枣金米莲子粥:"今日早上小姐要多吃一点,一会儿可有得忙。"

这话不假,等刚过了辰时,受邀的宾客便一拨一拨地来了。

府上也热闹了起来。

从正门到宴请宾客的梅园,无处不见欢声。

戚秋跟着谢夫人一同站在梅园口,对来往的宾客一一见礼。

来的夫人小姐大多眼熟,几乎都在长公主府的花灯宴和竹林宴上见过。

自然,戚秋的老熟人也跑不了。

井明月、霍娉、沈佳期便不说了,张颖婉、秦家小姐也都来了。

秦仪一看到戚秋就鼻子不是鼻子,眼不是眼的,被秦韵拉了一下这才收敛一些。

除却这几个,其他的夫人小姐看在谢夫人的面子上,对戚秋倒是客客气气的。

等到了巳时一刻,受邀的宾客便来了大半。

井明月一直站在挨着梅园口的地方,压抑着激动看着戚秋,等着她一会儿过来。

而今日的戚秋却是心事重重。

嘀——经检测,已经进入原著剧情,请宿主完成任务。

任务一,帮助井明月逃离危险。

任务二,帮助自己免于被陷害。

请宿主努力,任务失败将会得到惩罚。

[50]

今日的宴席在梅园的四角水榭里。

宴席分为男、女两席,等到晌午用膳时再合为一席,男席那边先由刘管家招待。

梅园在谢府东侧一角，离戚秋的院子里有些远，戚秋也不怎么常来此处，因此井明月过来拉她的时候，戚秋也没敢带着井明月乱转，而是领着她去了侧角不远处的小亭子里面。

这处小亭子虽然不远，但有些偏，周围没几个人，倒也正好说话。

等坐下来之后，井明月就感激道："戚秋，请帖的事多谢你，若是没有你，我今日来不了谢府，恐怕就要去和……"

话说到一半，井明月就止住了话音，悻悻地低下了头。

戚秋趁势问了下去："恐怕什么？"

井明月欲言又止地犹豫了一会儿，最终还是摇了摇头，什么都没说。

戚秋没有就此罢休，而是道："明月，你若是遇到了什么难事自己又没有办法解决，可以先告诉我，我或许会有法子。"

井明月本就不是什么能藏住心事的人，又被戚秋"我们是朋友应该互帮互助"的言论一忽悠，在奇高好感度的加持下，当即就没能再憋住，什么都给吐露了出来。

"我姑母想要让我嫁给荣郡王的庶长子，给那个出了名的色坯子做填房。"井明月低着头，眸中垂着泪，"我不同意，她就派人把我关在府里，也不让我的下人出府。那日还是安今晔生了病，府上去请大夫的时候，庆和手疾眼快地混了出去，不然连给你的那封信也送不出去。"

安今晔就是安府的二小姐。

戚秋皱眉："伯父伯母知道此事吗？"

井明月摇头："姑母不敢告诉我父母，我写的信也送不出去，我父母定然不知道此事，他们也绝对不会同意此门婚事的。"

戚秋见井明月被风吹得打了个冷战，把自己手里的袖炉递给她："安夫人敢瞒着你父母帮你寻亲事，还先斩后奏，不怕你父母知道后怪罪吗？"

井明月眼里闪过一丝愤恨："她当然不怕。如今我家因为我父亲升迁的事有求于她安家，她自是得意的时候，更何况那边还是郡王之子，我家哪里能跟郡王相提并论。到时候由郡王出面，我家还能说什么，只能吃下这个哑巴亏。"

戚秋沉默下来，回想着原著剧情。

在原著里，井明月可不是因为此事被害。

荣郡王府原著里虽然也曾提到过，可从始至终都不见和井明月有任何联系，怎么她穿书之后，这么多剧情都变了。

戚秋不免有些头疼。

井明月见戚秋沉默下来，便也不再说什么，看着捧在手心里的袖炉，暗暗伤神。

这会儿有些起风了，红梅随着阵阵冷风落下来，沾染在青丝上便不愿意下来。

等几阵冷风吹过，前面突然又进来了一个人。

戚秋正低头思索着，本对前头的动静无所察觉，身旁的井明月却是突然慌张地站起了身。

戚秋这才抬起头。

只见走进来的那个男子衣着富贵，身材圆润，扬着下巴走了进来，脸上的横肉随着脚步轻颤。

已分男女席，这边坐着的都是女子，见有男子闯了进来，不免愕然。

井明月身子一抖："他怎么来了！"

戚秋一看便明白了过来："这就是荣郡王的庶长子荣星？"

井明月咬着唇，神色慌乱地点了点头。

戚秋也站起了身："据我所知，谢夫人并没有递帖子去荣郡王府，他怕是冲你来的。"

荣郡王一家在京城名声素来不怎么样，连陛下都下旨训斥过好几回，却也不见有丝毫收敛之意，久而久之便没几户人家愿意搭理。

谢夫人曾与荣郡王的郡王妃起过争执，两家更是早已不往来，这次自然也不会递请帖过去。

荣郡王妃自恃身份，没有要紧的事，自然也不会登谢府的门。

果然，戚秋话音刚落地，不等她领着井明月躲起来，那边的荣星就大摇大摆地走了过来。

这处亭子隐在红梅树下，不好看见，这位荣世子却连找都没找就径直地往这边来了，可见是有人提前通风报了信。

井明月的脸色都白了，身子往戚秋身后挪了两步，却又咬牙停住。

荣星明目张胆地过来，梅园里坐着的女眷虽然没说什么，但都随着荣星的步伐一路看了过来。

等到荣星停到井明月和戚秋跟前后，不少贵女一阵愕然，纷纷交头接耳起来，议论着荣星到底是冲谁来的。

荣星走过来之后就一屁股坐在了井明月身前的石凳上，拿目光幽幽地打量着井明月："你倒是架子大，本世子相邀你竟也敢不来。"

荣郡王府没有嫡子，即使荣星只是个庶长子却也在及冠那年被荣郡王请旨封为了世子，将来可是会继承爵位的。

也正因如此，安家才在荣郡王府递来橄榄枝的时候这么想要将井明月嫁过去。

在安夫人眼里，恐怕还会觉得井明月不知好歹。

荣星的脾性早在京城里传遍了，井明月一对上他不免害怕。

低着头，周遭都是若有若无的目光，井明月几番张嘴，却什么话也说不出来。

戚秋第一次怀疑原著人设设定，眼前低头不语的井明月跟原著里嚣张跋扈、无法无天的井家小姐哪里有一点相似之处。

眼见井明月低着头不回话，荣星便有些不耐烦了。

眉头一皱，他敲着大理石桌面，刚要开口，井明月就被一旁的人给拉到了身后。

荣星这才注意到井明月身旁的女子。

上下打量一眼，只见一抹俏粉映入眼帘。

女子模样清秀可人，眉眼上扬，带着几分勾人的灵动。衣着华丽婉约，身上戴着的首饰也不俗，瞧着可不像是能够随意驱赶的主。

即使没在京城见过，却也让荣星心里顿了下，没敢出言不逊："姑娘是？"

戚秋没有直接回话，而是对着候在一旁的谢府下人招了招手："荣世子喝醉走错了地方，把他扶回男席那边吧。"

荣星顿时瞪大了眸子："什么喝醉了，本世子好好地坐在这儿，你哪只眼看见本世子喝醉了！"

戚秋像是没听见一般，继续对着谢府下人道："瞧着都说醉话了，赶紧将荣世子扶下去休息吧，惊扰到附近的夫人小姐就不好了。"

荣星站起来拍桌："你什么意思！本世子没喝醉！"

戚秋并没有被吓到："你喝醉了。"

荣星气得抬高音调："再说一遍，本世子没有喝醉！"

戚秋依旧淡然，并肯定道："你有。"

荣星："……"

荣星愣是被戚秋睁眼说瞎话的本领给气怒了，扶着大理石桌一角，胸膛上下起伏。

不等他再喊，谢府的小厮就一左一右地上前，架着他胳膊不由分说就往外拖："荣世子您喝醉了，奴才扶您下去歇着。"

谢府上前的这两个小厮力气大，荣星这个酒囊饭袋挣扎了两下却根本挣脱不掉，愣是就这么被拖着往前走去。

因他是趁着谢夫人不在自己偷溜进来的，唯恐被发现，身边也没带什么下人，如今被拖着，连个上来帮忙的人都没有。

满园子的夫人小姐都看着，荣星哪里丢得起这个人，气得脸红脖子粗，当即就大喊了起来："没喝醉，我、我没喝醉，放开我，我不走！"

亭子那边没站几个人，满园子的人压根就听不见戚秋那边说的什么，只见荣星走过去坐下没一会儿就被谢府小厮架着往园子外面走，嘴里还一直喊着"我没喝醉"。

若是没喊这话也就罢，可这话一喊，再看着荣星面色通红、口齿不清的样子，怎么瞧都像是真的喝多了。

荣星恶名在外，喝醉了大闹宴席，随意调戏女子的事也不是没有过，这样想着，倒也觉得没什么新奇的。

眼见着荣星被拖出了梅园，园子里的众位贵女也就收回了视线。

谢夫人换完衣裳回来时，园子里已经是风平浪静，恢复了刚才的欢声笑语。

谢夫人松了一口气。

方才她听到下人来报，说是荣星跑到梅园女眷这边，她着实是被吓了一跳。

荣星这个人不规矩惯了，谢夫人唯恐他生事惊扰了在座的女眷，潦草地梳了妆，连唇脂都没抹就直接冲过来了。

好在走到半道，她就听见下人回来禀报说人已经被戚秋请出去了，不然可有得折腾。

听下人说荣星是喝醉了闯进来，谢夫人也没怀疑，上前致歉时也是用的这套说辞。

眼见主家都说是荣星喝醉了，其他人便是觉得不对，也不好在宴席上再说什么。

此事便也只能先暂且翻篇过去。

井明月松了一口气。

这边欢喜那边愁。

井明月放下心来，安夫人却是气得坐不住。

安家二小姐安今瑶也是气得直跺脚："荣世子被请了出去，这下我们可怎么办？"

安今瑶恨恨地甩了一下帕子："也不知道这井明月脑子里到底装的什么？她嫁给荣世子，等过两年说不定就是郡王妃了，以她的家世，还有什么不满意的！"

安今晔也皱了皱眉头，回头看着安夫人，轻声道："母亲，再这样下去可不行。别这门亲事没攀上，反而得罪了荣郡王府。井家天高皇帝远不怕荣郡王，我们安家可就在京城里，跑都跑不了。"

闻言，安夫人眸子里闪过一丝寒光，握着帕子的手一点一点地收紧了。

[51]

梅园的西侧不只种着红梅，也种着白梅。

白梅不如红梅娇俏，却自有一股洁白无瑕的淡雅。

这地方偏僻，离梅园的中心湖更是远之又远，就算有人知道这一角种着白梅，却也很少人来此处瞧。

如今，西侧一角的一株白梅树下，却站着两个人。

为首那个少女衣着华贵，头梳云鬓，盯着头顶的白梅半晌，才抬手摘了一瓣下来。

握着自己手里的花瓣，少女缓缓地叹了一口气："安夫人，主子很生气。"

安夫人咬了咬牙："本来我已经安排好了，等荣世子过去后我便向众人宣告井明月和荣世子即将定亲的事。有荣世子在，为了井家，井明月也不敢说什么，怎么着今日也会让此事板上钉钉，没想到却是被戚家的那个横插一脚给坏了事。"

"今日的事可不止主子一人生气。"少女转过身来，姣好的面容不见喜怒，"为着井明月的事，荣世子这几日可是忙前忙后地张罗，若是此事不成……"

安夫人手心冒着冷汗。

少女淡淡地瞥了她一眼，不紧不慢地说："荣郡王现在虽然没有什么要职在身，可若是想要为难一个京官谁也拦不住。"

安夫人心一紧，没敢应声。

少女见状，这才从腰间荷包里拿出一个小纸包递给安夫人，微微一笑："安夫人，相信你知道应该怎么做。"

安夫人手一抖，震惊地看着少女，没敢接过来："这可是在谢府上，哪怕是等回了自家府上后我再约荣世子来也稳妥一些。"

少女脸色淡了一些："你觉得是主子等得起，还是荣世子经过这一遭还愿意登你安府的门？"

安夫人依旧有些犹豫："可这毕竟是谢府，又有这么多人在……"

"就是因为有这么多人，才要在谢府。"少女径直打断说，"若是在自家府上，你要如何捉奸在床，板上钉钉？"

见起风了，少女裹紧身上的披风，不咸不淡道："你可要想清楚，什么才是你该操心的。耽误了事，害的可是你自己和你的一双儿女。"

这话一出，安夫人身子顿时一僵。

深吸了一口气后，安夫人不再犹豫，颤抖着手将纸包接了过来。

少女见安夫人接过纸包，咳了两声后，转身欲走，身后却突然传来安夫人急急的声音。

"可若是戚家那个小姐又横插一脚捣乱怎么办？你也知道的，她和井明月关系好……"

不等安夫人将话说完，少女站在白梅树枝下，手一松，手上的花瓣就径直落进了脚下的泥土里。

少女侧眸轻轻一笑："慌什么，今日自然有人收拾她。"

霍娉在京城没什么交心的玩伴，临近晌午再也没忍住跑到亭子这边，同戚秋说话。

见到戚秋身边跟着的井明月后，她虽然有些不自然地摸了摸鼻尖，但倒也没说什么。

好在她是个心大的，没一会儿就手里捧着茶，和戚秋抱怨起前几日去的宴会上吃了张颖婉一个哑巴亏。

抱怨着抱怨着，安家两位小姐走了过来。

霍娉只好先闭了嘴。

"戚小姐。"安今眸上前福身，浅笑道，"早就听明月说起过你，今日也来凑个热闹，还望戚小姐不要嫌弃。"

话落，井明月就撇了撇嘴。

人笑着上前，也不知是何用意，戚秋自然也不能将人拒之千里，便也笑着点点头："明月也常向我提起两位。今日来者都是客，快请坐吧。"

安今眸拉着安今瑶坐了下来，安今瑶眸中一闪，笑着问道："不知明月姐姐都向戚小姐说起我们什么？"

安今瑶捂着嘴笑，故作打趣道："可别是说我和姐姐什么坏话。"

说完，她自己咯咯地笑了起来。

笑了半天，眼前这几个却无人应声。

她尴尬地咧了咧嘴，又不得不收敛起了笑容。

戚秋这才微笑着说："怎么会，两位小姐待明月如同亲姐妹一般，明月感激还来不及。"

井明月也跟着笑着点头："可不是，两位姐姐待明月的好，明月一定谨记在心。"

安今眸和安今瑶面色同时一僵，没有再说话。

霍娉也明显感受到气氛不对，目光在井明月和安家这两位身上打转，也跟着沉默不语。

停顿片刻后，安今眸才笑着道："明月能这样想，我们也就放心了。"

说话间，前头的亭子里，一直和谢夫人说话的几个夫人同谢夫人一起走了出来。

谢夫人笑道："快到晌午了，我们先去席面上吧。"

众人自然没有异议。

谢夫人身为主家，走在最前头。戚秋这边因为站得远，只能跟在最后头。

安今眸同戚秋并肩走着，轻声说："戚小姐，你是个心思巧的人，你应该明白有时候一些事我们也是为了明月好。我们和她打断骨头还连着筋，又怎么会一心只想害她？"

戚秋没有说话。

安今眸叹了一口气："我知道明月方才定是向你说了不少话，肯定也提及了她和荣世子的事，我们也是……"

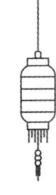

戚秋抬眸打断道："荣世子？明月和荣世子有什么事？"

安今晔一顿。

戚秋淡淡一笑："明月方才只向我说了在府上的趣事，不曾提到什么荣世子，我正也觉得奇怪，不如安小姐说与我听？"

安今晔捏着帕子的手顿时紧了紧。

戚秋催促："安小姐？"

安今晔没想到戚秋会不认账，准备好的说辞哽在喉咙间不上不下，最后只能道："没什么，是我多话了，戚小姐不要在意。"

戚秋笑了笑。

水榭里早就烧上了炭火，里头暖洋洋的，戚秋将披风取了下来，交给山峨。

座位是早早就安排好的，即使井明月不愿意也没有办法，只能跟着安家两位小姐去了对面的席位。

这边刚落座，男席那边也陆续往这边来人了。

只是看来看去，却不见谢殊的身影。

谢夫人左顾右盼地等了一会儿，仍旧是不见人，只好遣人去问刘管家。

刘管家赶紧上前回道："公子被宁家几位公子灌了酒，眼下回院子里歇息去了。奴才已经命人去准备醒酒汤了，一会儿亲自给公子送过去。"

谢夫人皱眉："这是他的及冠宴，临近晌午却不见人，怎么能行？"

刘管家也顿时为难起来："可是公子……"

"罢了罢了。"谢夫人挥了挥手，"只要别耽误下午的及冠礼就行。"

刘管家忙应了一声。

霍家的席面紧挨着戚秋，霍娉就坐在戚秋的旁边，见拥进来的戏班子，缓缓说道："今日宴席上谢夫人竟没请舞娘，而是请了梨园的戏班子来唱曲，倒是新奇。"

戚秋道："谢夫人喜欢听曲。"

霍娉点点头，看着最后走进来的人顿时大吃一惊："连映春姑娘也请来了？"

戚秋看着走在戏班子最后的映春，沉默了一下，点点头。

今日来的人可不少。

映春、张颖婉、秦家二小姐、安家、李夫人，该来的不该来的都来了。

就是不知道……到底是谁要动手。

戚秋低下头，缓缓地叹了一口气。

原著里，在晌午用膳的时候井明月和原身一同出去，过了没多久，谢府的下人就急匆匆地跑来宴席上，高喊"湖边出事了"。

谢夫人吓了一跳，连忙起身去看，其他宾客自然也跟着。

走出水榭一看，只见湖边站了不少下人，原来是井明月落了水。

而湖边还站着手足无措的原身。

将人救上来之后，湖边的下人指着原身说亲眼看见原身把井明月推入水中，原身自然辩解，却也是有口说不清。

这一闹，宴会自然也没办法好好地进行下去。

草草地过了一遍谢殊的及冠礼之后，宴席便散了。

谢殊好好的及冠礼被搞成这样，谢夫人在李夫人跟前也丢了好大一个人，便从那日不待见起了原身。

戚秋想着，扫了一眼对面的安家，正好对上了安夫人的目光。

顿了顿，戚秋对安夫人轻扯了一下嘴角。

晌午时分，宴席开始。

映春多年不出梨园，如今扮上妆，吸引了不少目光。

众人听着戏，水榭里鱼贯而出的丫鬟手里端着托盘，上面放着精致的菜肴。

酒过三巡，宴席上逐渐热闹起来。

不知过了多久，井明月就和安夫人站起身来出了席面。

戚秋看着，却并没有拦。

井明月出去没多久后，一个眼生的丫鬟就急匆匆地跑了进来。

宴席上人多，谁也没注意到她。

小丫鬟跑了进来之后，径直走到戚秋这边，神色慌张道："戚小姐您快出去瞧瞧吧，井小姐跟人吵起来了。"

戚秋抬起眸子，脸上不见慌张，淡淡地问："跟谁吵起来了？"

丫鬟没料到戚秋会是这个反应，咬了咬唇道："跟李夫人吵起来了。"

戚秋又问："明月跟李夫人互不相识，怎么跟李夫人吵起来了？"

丫鬟默了一下："这奴婢就不知道了。"

戚秋这才点点头，颔首道："我知道了，马上就去。"

丫鬟顿时在心里松了一口气。

等丫鬟走后，戚秋看着丫鬟匆匆远去的僵硬背影，缓缓地叹了一口气。

戚秋心道，来了。

[52]

水榭建在梅林中央的湖心上，大理石面的栏杆上面结了一层薄霜。湖边种着几棵柳树，树枝上挂着冰凌，在微光下闪烁。

眼下水榭里头正是热闹，映春的戏腔从水榭里头传来，温婉动人。

安夫人却领着井明月朝水榭外面走去。

"姑母，你到底要带我去哪儿？"井明月跟着安夫人一道出了水榭，眼见越走离水榭越远，井明月不由茫然地问道。

安夫人手里紧紧攥着帕子，闻言顿了一下说："你安姐姐的丫鬟方才同我说，你安姐姐在湖西边磕伤了腿，现下站不起来，丫鬟一个人也搀扶不起来。你和我先去瞧瞧，若是不严重的话就先不要惊动谢夫人了，这毕竟是及冠宴，平白扫了诸位宾客的兴就不好了。"

方才安今晔说是要出去透透气，确实只带着一个丫鬟离开了席面。

井明月点点头，又有些不解："怎么不叫今瑶跟着一起？"

安夫人皱起眉："今瑶的性子你又不是不知道，咋咋呼呼的，她跟着去只会添乱。怎么，现在我连这点小事都使唤不动你了吗？"

井明月垂眸看着路，闻言撇了撇嘴，没有接她这个话。

安夫人缓了缓，又叹了一口气："明月，我是你姑母，安家也算你的娘家，我们是真心为你好。荣世子……并没有京城传闻里那般不堪。你嫁过去，等荣世子袭爵后，你就是郡王妃，这有什么不好的？到时候你就是皇室宗亲，想提携你父亲就提携你父亲。若是记得我们的好，也可以提携提携我们……"

"既然这桩婚事这么好，姑母为何连我的父母都不敢告知？"井明月听不下去了，带着不耐烦打断道，"况且若是真这般好，姑母又何不让自己的女儿嫁过去？今晔姐姐可比我大两岁，怎么着婚事也该排在我前头，让今晔姐姐嫁过去岂不是正好。"

这话一落，安夫人的脸色就不怎么好看了："荣世子指名道姓看上的是你，关我们家今晔什么事？"

井明月不罢休，仍是继续问："那若是荣世子看上的是今晔姐姐，姑母会把今晔姐姐嫁过去吗？"

安夫人的面色顿时一僵。

她家今晔怎么可能会许给荣星这个纨绔子弟，这不是羊入虎口？

井明月还在旁边一声催促着："姑母，您怎么不说话了？"

想到接下来的事，安夫人心里到底还是有些心虚胆战，见井明月不依不饶，安夫人皱着眉心不在焉地敷衍着："眼下这都是你的事，若真有荣世子看上今晔的那一天再说。"

见安夫人不耐烦的样子，井明月也停口不再问了。

一路绕着湖走，却始终不见安今晔的身影，井明月走得有些累了，便停住了脚。

井明月左顾右盼问："不是说在湖边吗，安姐姐人呢？"

安夫人眸光一闪："或许是被扶进梅林里面的凉亭里了，我们两个进里面去瞧瞧。于嬷嬷你领着明月的丫鬟去对面找找。"

于嬷嬷当即应声，井明月一顿，奈何于嬷嬷已经带着丫鬟走了，她只能点点头："那好吧。"

等于嬷嬷领着井明月身边的两个丫鬟过了桥，去了对面，安夫人这才不动声色地擦了一把汗，领着井明月转身进了梅林。

梅林比较大，安夫人领着井明月越走越深，人也眼见越来越少，又往里面走了两步，便是连下人都看不见了。

井明月走着走着，头却越来越晕，一脚没踩好，腿一软险些就栽倒在地。

安夫人手疾眼快地扶住，嘴里赶紧问："明月，你怎么了？"

井明月喘着气，眼前模糊一片："姑母，我、我有点晕。"

安夫人偷偷地松了一口气，连忙道："前面有一处厢房，我先扶你进去休息休息。"

井明月勉强点了点头。

安夫人扶着井明月，还没走到厢房，井明月就歪倒了过去，安夫人见状赶紧对身后的丫鬟使了个眼色，低声喝道："快点把荣世子叫过来，就说井家小姐相邀。"

丫鬟看了一眼不省人事的井明月，咬了咬唇，朝外跑去。

安夫人和身后另一个丫鬟把井明月架去厢房，放在床上。

看着晕倒在床上的井明月，安夫人踌躇了一番后终是咬了咬牙，心道，这都是你自找的。

好好的姻缘给你，你不要，非要折腾一些么蛾子，这下便怪不得别人了。

想罢，安夫人终是下定了决心，扭过身对一旁低着头惶恐不安的丫鬟吩咐："你且去门口守着，等荣世子快过来时再藏起来，里面若是有了……动静你再回来。路上小心些，避着人。"

丫鬟低低地应了一声。

安夫人又回头看了一眼，缓缓叹了一口气后快步走了出去。

小丫鬟见状也跟着出去，关上门，守在门口。

戚秋出了席面没两步，早先那个过来传话的小丫鬟便又走了过来："戚小姐，您跟奴婢来吧，奴婢为您领路。"

戚秋看了一眼四周："李夫人和明月在哪里吵起来了？"

小丫鬟低着头回道："在梅林西侧里头。"

"席面还没结束，明月好端端的怎么跑去了梅林里头，又和李夫人吵起来了？"戚秋问，"两人因为什么吵起来的？"

小丫鬟心里正是慌乱，这些话又没有人教，只能摇着头，故作一问三不知的样子。

戚秋便没有再问这些，而是道："你看着眼生，不像是谢府的下人，你是哪家的？"

小丫鬟走在前面，闻言抿了抿唇，声如蚊鸣道："奴婢是秦小姐身边伺候的丫鬟。方才奴婢和小姐偶然撞见井小姐和李夫人争执，井小姐相托我家小姐来找您。"

戚秋点点头，看了一眼她的着装："原来如此。"

话落，又走了两步，戚秋的脚步猛然一停。

小丫鬟也是跟着一停，心都提到了嗓子眼里："怎么了，戚小姐？"

戚秋顿了顿，想往回走："我肚子有些疼，想要回去如厕。"

小丫鬟哪里敢放戚秋回去，顿时一急，指着旁边说："戚小姐往那边多走几步也有溷藩的，奴婢带您去。"

戚秋脚步一顿，随即点点头："好。"

小丫鬟一路将戚秋领到附近的一间溷藩里，紧张地在门口守着，片刻后，见戚秋从溷藩里面出来，这才松了一口气。

小丫鬟低声催促着："戚小姐我们快些走吧，迟了怕井小姐吃亏。"

戚秋点了点头，配合地加快了脚步。

等走到梅林深处，却依旧不见争吵声，山峨不禁问："人呢？怎么还没见井小姐和李夫人？"

小丫鬟身子一僵，闭了闭眼，抖着声音说："戚小姐，对不起了。"

话音刚落，一个人便从树上跳下，不等戚秋和山峨反应，一块帕子便利索地捂上了戚秋的嘴。

一股刺鼻的气味一下子涌上戚秋鼻腔，戚秋身子滑下来的那一刻，只听到了山峨的一声尖叫。

"快把这个人抬进厢房里面。"将山峨也捂倒之后，那个从树上跳下来的丫鬟打扮的蒙脸女子当即道。

一旁的小丫鬟不敢反驳，赶紧上前帮忙。

两人一人架起一个，把戚秋和山峨拖到了不远处的厢房门口。

守在门口的安夫人丫鬟见状顿时惊呼了一声："怎么、怎么，你们是谁！"

不等丫鬟看向歪倒在地上的两人，那个蒙面女子就一跃而上到跟前，手起刀落，安夫人的丫鬟便晕了过去。

"把这两个小丫鬟抬到隔壁的厢房里面。"蒙面女子吩咐完，自己架起戚秋率先走进正面的厢房里，把她和井明月放在了一张床上。

等出来之后，她又跟着那个小丫鬟把山峨两人一起放进了隔壁厢房里面。

小丫鬟浑身还哆嗦着："这里可是谢府，我们不会被发现吧。"

蒙面女子瞥了她一眼："你小点声，我们就不会被发现。"

小丫鬟一听赶紧伸手捂住了自己的嘴。

蒙面女子说："放心吧，路上没几个人看到，人都在水榭里坐着。就算有人看见你领着戚家小姐往梅林里头走了，只要你按照我吩咐你的说辞说，就不会被此事牵连。等事成之后，答应你的东西也绝对不会少。"

事到如今，已经上了贼船，小丫鬟只能压下心里的惴惴不安，点了点头。

"好了，你在这里守着吧，等荣世子快到了再走。"蒙面女子吩咐说。

小丫鬟看了一眼屋内，提心吊胆说："万一……万一里头的两位小姐醒过来了怎么办？"

蒙面女子哼了一声："醒不过来的，若无人去泼醒，那些迷药能让她们昏睡两日。"

小丫鬟依旧心神不定，可再抬起头时，蒙面女子却已经抬步走了。

没有办法，小丫鬟只能站在门口守着。

回头扫了一眼，小丫鬟叹了一口气。

等会儿喝得醉醺醺的荣世子来了，屋子里又点着香，一男两女共处一室，再折腾出点动静出来，等谢夫人领着众位宾客过来，这两位小姐便也算完了。

而等蒙面女子走了没一小会儿，里头号称"中了迷药至少昏睡两日"的戚秋和井明月就齐齐地从床上坐了起来。

两人面面相觑，一阵无言。

而前面不远处也终于传来了脚步声，一道男子的声音随之响起。

[53]

听到外面传来的脚步声和男子咳嗽的声音，井明月被吓得猛一哆嗦。

她顿时抓住戚秋的手，还来不及站起身，只听门口"哐"的一声，守在门外的小丫鬟就靠着门框瘫倒在地，晕了过去。

本轻掩着的门被推开，却是郑朝大步走了进来，肩膀上还扛着一个人。

井明月几番喘气，这才缓过神来。

"这……"可等看见郑朝肩膀上扛的是谁后，井明月又猛地倒吸了一口凉气，"这、这不是……"

这不正是安今晔吗！

井明月被吓了一跳，心惊肉跳地看向戚秋。

戚秋却是很镇定："把人放到隔壁屋子里吧，顺便把山峨喊进来。"

郑朝点点头，转身去了隔壁屋子，只听门一关一合的声音，山峨便从隔壁的房间走了过来。

"原来那个蒙面的丫鬟已经走了。"山峨抱怨道，"安夫人那个丫鬟压在我身上，压得我气都喘不过来。我怕人没走，也不敢起身把她移开，差点没把自己憋死。"

既然知道今日及冠宴会上有事要发生，戚秋怎么能不提前做准备。

那个小丫鬟找的说辞蹩脚又漏洞百出，戚秋自然不会相信，这番故意过来也不过是为了引蛇出洞罢了。

就是一旁的井明月这会儿垂着头,脸上说不上是愤怒还是失望。

过了好半天,她叹着气跟戚秋说:"你之前告诉我姑母可能对我不利,让我小心提防的时候,我虽然将你的话听进心里去了,却也不相信姑母竟然真的会这么对我。"

"可刚才,我亲耳听到她……"话说到一半,井明月突然站起了身。

"戚秋,我们快走!"井明月急道,"我怎么把这茬给忘了,姑母方才通知身边的丫鬟,要以我的名义把荣世子给骗过来。"

井明月说着赶紧拉了戚秋一下,却不见戚秋站起身。

不等井明月疑惑,郑朝就笑道:"奴才一直守在梅林里头,方才已经将安夫人派去给荣世子报信的下人打晕,由下人看着跑不了的,井小姐放心。"

井明月顿时松了一口气。

重新坐下来,井明月又看向戚秋,眸子里溢满感激之情:"戚秋,今日多亏有你,不然我说不定真的就……"

戚秋拍了拍她,心里却有些不踏实。

井明月也看出了戚秋的心不在焉,不由得问道:"怎么了?"

戚秋沉吟着没有直接回话,片刻后却是突然站起身来:"快,四处找找。"

井明月几人被戚秋的突然起身吓了一跳,闻言虽不知何意,却也神色慌张地跟着在屋子里四处寻摸起来。

还是山峨问了一句:"小姐,我们要找什么?"

戚秋眸光幽深,轻轻地吐出一个字:"人。"

山峨和井明月顿时错愕地停住了手,震惊地看着戚秋,还不等问是什么人,就听那边郑朝猛地退后两步的声音,随后郑朝艰涩的声音就缓缓吐了出来:"小姐……荣世子在这边。"

山峨和井明月一听下意识地退后了两步,人都傻了。

好半天井明月才找回自己的声音,震惊道:"我一直在屋子里,不曾见到荣世子进来过啊。"

戚秋淡淡地扫了一眼蜷缩在屏风后面的椅子下面,醉醺醺到不省人事的荣星:"那么人只能是在你之前就被放了进来。"

闻言,井明月狠狠地打了个冷战。

水榭里头依旧热闹,映春的戏腔和笑声不时从水榭里面传出来。

等映春的一出戏唱完，众人正喝彩之时，安夫人却面色慌张地跑了进来，仪态尽失不说，还险些摔了一跤。

安家虽然算不上什么高门大户，却也是京官出身，安夫人素日里的举止也是规矩，如今这般失了礼数的做派还真是头一次见。

在座不少宾客都纷纷侧目看了过来。

谢夫人也赶紧上前问道："安夫人，这是怎么了？"

"谢夫人，您可要帮帮我。"安夫人轻喘着气，好似十分慌张的样子，"方才明月觉得闷要我跟她一起出去转转，谁知我转个身的工夫，人就不见了。我找了半天也没寻到，还请谢夫人帮忙找找。"

谢夫人心里立马一咯噔："安夫人别急，我这就让府上下人去找找。"

说着，谢夫人挥挥手，示意身边的王嬷嬷领着府上的下人赶紧去寻。

安夫人被相熟的夫人扶着坐下，这才稍稍缓了一口气。

王嬷嬷遣派了不少下人去找，没一会儿一个小厮便跑了进来。

快步走过来，小厮回禀道："夫人，方才奴才瞧见井小姐、表小姐去了梅林里的东厢房。"

还不等谢夫人松上一口气，就听那小厮抖着声音继续说："可在这之前奴才还曾瞧见荣世子也进到了里头，一直不曾出来……"

小厮的声音虽然越来越小，可他说的每一个字都被在场的人听得一清二楚。

方才还热闹非凡的水榭里顿时安静得掉一根针都可闻。

安夫人惊愕地站起身，哆嗦地说："怎么会……怎么会这样……"

不等她话说完，小厮却是猛地磕了个头，咬牙道："而且……而且自表小姐和井小姐去那个厢房已经过去了一炷香时间，三人至今还没从房间里出来。"

水榭里的众人跟着惊了一下，登时又是一片哗然。

谢夫人只觉得脑袋"嗡"的一声就空白了，眼前一黑，险些就歪倒在了身后的嬷嬷怀中。

"这……"饶是众夫人见多识广，眼下却也愣了。

安夫人也傻了眼。

戚秋也在里面？何时跑进去的？

安夫人脑子里一片混沌，想好的说辞卡在嘴里却是再也说不出来了。

有夫人上前小心问谢夫人："可要……可要去看看？"

谢夫人又急又慌，一时之间竟也慌了神，拿不定主意。

"这不去看看，岂不是……"有看热闹不嫌事大的夫人便捂嘴笑了起来。

不等谢夫人动怒，得知此事走过来的淮阳侯老夫人便斩钉截铁地说："去看看！"

谢夫人一愣，却也知道无法。

事情已经闹开，就算现在不去，戚秋的名声又能好到哪里去。

不如去瞧瞧，万一——

谢夫人抿了抿嘴，她不相信戚秋会干出这样的事。

淮阳侯老夫人已然说了去，瞧着谢夫人也没反对，众位夫人便纷纷起身，跟在谢府下人后面，一行人浩浩荡荡地朝梅林里的厢房走去。

路上，不少人都想起了荣世子上午贸然闯进来跑到戚秋和井明月跟前的事，不由得又心照不宣地感叹了起来。

顾及着前头走着的谢夫人和淮阳侯老夫人，秦仪拉着秦韵小声地说："依我看，荣世子上午一定是冲着戚秋来的，想必他们俩早有奸情。"

秦韵没接腔，一连瞪了她好几眼，秦仪这才撇了撇嘴止住了口。

只是就算秦仪不说，旁边也自有管不住嘴的，一路上便没少拉着身边的人小声议论哄笑。

眼下不是计较这个的时候，谢夫人只好压着怒火加快脚步。

倒是霍娉实在听不下去了，怒道："八字都还没一撇，乱嚼什么舌根！"

几位正议论的贵女怕她，闻言顿时收了声，倒是一旁的张颖婉不紧不慢地笑说："一男两女共处一室，半天都不出来还能干什么？下棋吗？"

她冷冷地笑着，话落，身后便跟着传来一阵哄笑。

见霍娉哑口无言，张颖婉本正得意，却见前头的谢夫人突然扭过头来，凌厉地瞪了她一眼。

张颖婉一顿，这才悻悻地敛起了笑，收起了作妖起哄的心。

一路走到厢房门口，只见一间厢房门口站着一位小厮，正在左顾右盼，看见这么一拨人过来，顿时缩了脖子。

马上就有人认了出来："这不正是荣世子身边跟着的小厮吗？"

这话一出，厢房前顿时陷入一股微妙的气氛当中。

李夫人哼笑着："这下看谢家还能说什么。"

谢夫人深吸了一口气："你是在荣世子身边伺候的小厮？"

站在厢房门前的小厮好似有些慌乱,闻言匆匆地点了点头,眼睛一直忍不住地往里面瞄。

谢夫人抿了抿唇又问:"荣世子可在里头?"

小厮踌躇了一会儿,回道:"世子喝醉了酒,正在里头醒酒。"

谢夫人顿时只感一阵天旋地转,身后的王嬷嬷赶紧上前扶着。

"这……"李夫人捂嘴笑道,"还是赶紧进去看看吧,省得谢夫人还觉得是一场误会。"

说完,不等谢夫人说话,眼前的小厮却是慌乱了起来:"不可,里面……里面世子正在休息,怎可打扰?"

李夫人冷哼一声:"还嘴硬呢,里头有什么事我们眼下都一清二楚了。"

李夫人这话说得轻飘飘,却也不知道是在说荣世子的小厮,还是在说谢夫人。

眼见谢夫人不说话,李夫人还记着那日在谢府的仇,当即又添了一把火催促着:"别一会儿人听见动静跑了,我们还是赶紧推开门看看吧。"

谢夫人双眸当即迸射出一道冷光:"不可!"

后面还跟着那么多男客,若真是推开门看到什么不该看的,戚秋就真的完了。

李夫人哪肯就此善罢甘休,当即就要再说。

刚张开嘴,她身后却突然传来一道温婉的女声:"众位宾客怎么都站在这儿?"

李夫人身子顿时一僵,谢夫人猛地转过头来。

众人也跟着回头一看。

只见人群最后面站着五个人,为首的三人两女一男,衣着华丽。

两位女子正是戚秋和井明月,可男子却不是荣星,而是……

谢殊。

第五章 等我回来

[54]

除了戚秋、井明月和谢殊，刘管家和山峨也跟在后面。

五个人往这里一站，便瞬间让厢房门前安静了下来。

"秋儿，你在这里？"已经顾不上谢殊，谢夫人快步穿过人群径直走到戚秋跟前。

拉着戚秋，谢夫人着急地问："你方才去哪儿了？"

戚秋故作惊讶："我方才回了院子。姨母，怎么了？"

谢夫人没有说话，视线从戚秋身上一路移到在最边上站着的刘管家身上。

沉默了一瞬后，谢夫人回头看向刚才跑进水榭里回禀说看见戚秋、井明月和荣世子独处一间房的小厮。

在场的人也都被突然出现的戚秋、井明月和谢殊搞昏了头，也纷纷看向前面领路的小厮。

在场都是高门大户的贵人，齐刷刷的数道目光移过来，颇有威慑力。

那小厮何曾见过这样的阵仗，冷汗直下。

他心里本就发虚，现如今见火烧到自己身上更是慌得不行。双腿打着战，他只能强装镇定。

还不等他上前说话，后面有人便急了。

张颖婉故作惊讶地说："方才这小厮还明明说看见戚小姐、井小姐和荣世子……怎么转眼两位小姐又出现在了这儿，莫不是……"

反正方才上前报信的小厮也是谢府的下人，今日又是谢殊的生辰宴，张颖婉拿定主意谢夫人不会因为此事和在场的宾客翻脸。

更何况……

张颖婉撇撇嘴，更何况她说的也是实话。

张颖婉此话也算是说出了在场所有人心中的疑虑。

不等戚秋说话，站在厢房门口的小厮就顿时惊了一下："张小姐这是什么话，奴才一直守在厢房门口，自始至终都未曾见到过戚小姐跟井小姐，还请张小姐慎言！"

张颖婉却是微微一笑，不慌不忙说："我也没有别的意思，只是方才见你慌慌张张的样子，有些好奇罢了。"

这话一说，众人便跟着点了点头。

若是里头真没有什么事，方才小厮又为何一副慌慌张张的样子。

小厮一顿，半响后无奈地垂首对众人说道："我家公子经常在醉酒后会……故而奴才不好让诸位夫人小姐瞧见，可张小姐方才所言绝对没有，还请诸位明鉴。"

小厮话音一落，他身后厢房的门就猛地被人从里面踹开。

荣星带着酒气，晃晃悠悠地从里面走出来，大着舌头不耐烦地说："睡个觉都不安生，是谁在门口生事！"

荣星面色通红，眼神迷离，一看就是醉了酒还没醒。他一站出来更是传来浓重的酒味，惹得前头站着的几位夫人小姐纷纷捂鼻。

房门被他踹开，里头的情景也一并映入眼帘。

只见这间厢房布局简单，里头连个窗户也没有，除了荣星从里头出来，便也再无旁人。

小厮赶紧上前去扶走得歪歪扭扭的荣星，并低声提醒说："世子，诸位宾客都在跟前，您别失礼。"

荣星半个身子倚在小厮身上，眼都没睁开就道："什么失礼不失礼的，赶紧扶我进去休息，叫外头的人都给我安静一些！"

小厮顿时为难地看向谢夫人。

荣星等了半天见小厮不动弹，顿时不乐意了。

伸手敲了他一下，荣星瞪眼："本世子的话你没听见吗？还愣着干什么！"

谢夫人这才开口说："先扶荣世子进去歇着吧。"

"这也不能证明，我们没来之前里头只有荣世子一个人，说不定就是有人通风报信，见事情不对跑了……"等荣世子进去后，人群中不知是谁嘟囔了一句。

谢夫人的脸色顿时沉了下来。

就在这时，前方不远处却突然传来一声女子的笑骂："你们三个泼猴走得可真快。"

这声音耳熟，众人立马抬眼望去。

只见前方梅林里头走出一位女子，那女子眉眼上扬，穿戴富贵，身披锦绣，头梳云鬟，头上的金丝头面更是在红梅雪景下熠熠生辉。

众人一惊，赶紧弯腰下跪："给王妃请安。"

眼前的女子正是魏安王妃，当今陛下的生母，也是谢侯爷的妹妹，谢殊的姑母。

李氏顿时有些惊魂不定，侧眸看了一眼身旁的关冬颖，却见她低着头，一副心不在焉的样子。

安夫人更是惊恐不安，从她看见井明月好端端地出现在众人面前的时候就知道事情已经败露，身子克制不住地轻轻颤抖。

现如今又看见魏安王妃从梅林里出现，她做贼心虚，当即腿一软就跟着跪了下去，头深深埋着，一动不敢动。

魏安王妃缓缓地扫视了一眼下头跪着的人后这才摆摆手，笑道："都起来吧，今日你我都是客人，不必拘礼。"

谢夫人一头雾水地上前，问刘管家："王妃来了怎么也不通传一声？"

魏安王妃忙说道："是我不让刘管家去通传的，我来迟了，怎么好再派人通传去打扰你们雅兴。"

谢夫人嗔怪说："既然来了怎么不去水榭，跑到梅林里头吹风做甚？"

魏安王妃也是一脸无奈，摆摆手："本是要去的，结果一听里头在唱戏，我便跟殊儿他们几个小的说，还是先陪我在梅林里头转转吧。"

魏安王妃自小就不爱听戏，一听就打瞌睡，故而常常躲着戏腔走。

谢夫人一听，却迟疑道："方才秋儿这几个孩子是跟王妃在一起？"

魏安王妃点点头笑说："这是自然，我刚进王府就碰见了殊儿，走了没两步又撞见秋儿带着井小姐从她的院子里出来，便一道跟着走了。"

说着，魏安王妃还看着戚秋笑说："早就听说谢府来了一位表小姐，我也是今日才见到，是个脾性好的小姑娘。"

戚秋闻言害羞一笑，又抬眸主动对谢夫人道："姨母，方才听了半天似是有事情与我有关，不知到底是何事要劳动这么多宾客围在厢房门口。"

谢夫人还在犹豫着说不说，淮阳侯老夫人却是先开了口，将方才的事叙述了一遍。

说完，戚秋的眼眶瞬间就红了："我、我许久不见明月，便将她拉到了我的院子里说话，怎么就被说成这样……"

井明月也顿时跟着激动地说："到底是谁要毁我的名声，这种事也怎么好乱说！"

魏安王妃当即接道："无稽之谈，两位姑娘方才一直与我在一起，何曾与荣世子共处一室！"

那个小厮再也顶不住了，一下跪了下来，伏在地上慌张道："小的、小的……确实是看到了两位姑娘去了东厢房，还请夫人明鉴！"

"满嘴胡言！"魏安王妃大怒，"你还敢嘴硬！来人，把这个满口胡言的小厮拖下去，重打……"

谢夫人闻言刚想拦，魏安王妃身旁的丫鬟就一脸迟疑着说："其中是不是有什么误会？方才奴婢和籍盈一同去了这边厢房，别是这个小厮看错了……"

魏安王妃一顿，眯着眸子问："方才你说你瞧见了戚小姐和井小姐过来，是瞧见了正脸还是只看见了背影。"

小厮缩着脖子，哆嗦地回道："是、是背影。"

魏安王妃身边的丫鬟松了一口气，笑说："方才王妃走累了，想到厢房里休息，便遣奴婢二人过来收拾，谁知一问原来荣世子在这边，便也就作罢了。奴婢和籍盈今日穿的衣裳与戚小姐和井小姐的衣裳颜色相同，又体形相似，怕是这小厮邀功心切又没有看全，误会了。"

众人一瞧，果然如此。

魏安王妃身边的这两个丫鬟一个粉衣，另一个青衣，虽然与戚秋和井明月的衣裳布料、花纹、富贵程度不同，但确实颜色相同。

背过身去，离得远些也看不清花纹，眼中只有一团粉和一团青，还真不一定能分辨清谁是谁。

谢夫人顿时松了一口气："原来是这样。"

淮阳侯老夫人也说："不过是一场误会，接到信我就派人去梅林口守着，这厢房连个窗户也没有，只能从门口出来，我们来得又急。若真是三人共处一室，她们两个姑娘家能从哪里跑？"

井明月跟着愤愤说："况且谁会傻到跑来人家宴席上，趁着这一点工夫干那些……又不是疯了！"

众人一听，顿时也觉得在理。

宴席上人来人往的，只要是没被鬼迷了心窍，谁会干出如此出格的事。

眼下民风开放，女子又不是不能出府。若真是要偷欢，何不找个安静的地方，跑来宴席上干这些事，这不是巴不得被人发现？

魏安王妃摆摆手："罢了，都是一场误会，且都回去吧。及冠礼何等重要，别为了一场误会搅了兴致。"

众人一听，便齐齐应声，跟着走了。

一直提心吊胆以为被发现的安夫人顿时也松了一口气，擦了擦额上的冷汗，心道，逃过一劫。

午膳经过这么一遭，席面便也撤了。

众人一同回到水榭，因魏安王妃，谢夫人将戏曲换成了歌舞。

一直唱到夕食一刻，魏安王终于赶在谢殊及冠礼的前一刻来到了谢府。

众乐停，人齐聚，晚霞灼目似添彩。

及冠礼上由魏安王亲自为谢殊换了玉冠，陛下的圣旨也随之来了。

众人一起俯首接旨。

这是一道宣读谢殊正式被封为世子的诏书，圣旨一落，谢殊的世子之位也算是板上钉钉了。众人起身送走了宣旨公公后便纷纷围上来，向谢殊贺喜。

一直到晚霞散去，这场及冠礼便也算好好地过去了。

等到落日彻底隐下山尖，众人就要纷纷散去的时候，关冬颖和李夫人却被还未走的魏安王妃叫住了。

二人心里齐齐咯噔一下。

一同留下来的还有安夫人。

安夫人哆嗦着手，身子直颤，害怕地看着魏安王妃。

……她的今晔不见了。

[55]

夕阳西下，余晖不再。

夜幕已经悄然笼罩在街上，马蹄轻扬，少女坐在马车里，幽然的熏香徐徐上升，清甜的果香四溢。

少女缓缓地叹了一口气："安家果然不中用。"

少女身边的丫鬟剥了一个橘子递给她,闻言犹豫着说:"小姐今日贸然生事,还打着主子的名号,若是被发现,主子一定会怪罪的。"

少女接过橘子:"我又有什么办法,谁让父亲起了那个心思。我实在不想嫁进荣郡王府,只能找个人替我了。只可惜安家舍不得自己那两个女儿,井家那个又不听她的话,这下算是竹篮打水一场空了。"

丫鬟也跟着叹了一口气:"也不知老爷怎么想的,小姐如此才识相貌嫁给荣星那个酒囊饭袋岂不是……"

少女没接话,低头看着手心橙黄的橘子瓣,眸子里闪过一丝厉光。

"不过……"丫鬟担心道,"安家那个会不会供出小姐来?"

少女嗤笑了一声,扬手将手中的橘子扔进了跟前的炭火里:"她不敢,除非她不想活了。"

丫鬟眼睑着心中顿时一凛,不敢再说话了。

马车晃晃悠悠,只剩下少女那句:"安家算是不中用了,我们去向主子认罚。"

谢府的宾客已经散得差不多了,刘管家风风火火地吩咐着下人打扫剩下的残席,水榭这边已然失了白天的热闹,临近夜晚,湖水倒也寂静。

在月亮还没出来之前,谢府已经点上了灯,正厅里面更是灯火通明。

魏安王妃端坐在正厅上座,头上的金丝孔雀嘴里吐出的流苏串随着举止微颤,一袭靛蓝色锦袍也更显威严。

魏安王妃身边坐着谢夫人等人,戚秋和谢殊站在一侧。

关冬颖从外面进来的那一刹那便和戚秋的视线对上了,没等她垂下眸子,气定神闲的戚秋就不动声色地朝她扬眉一笑。

关冬颖的手一下子握紧,勉强垂下眸,却是气得连身子都忍不住轻颤。

抿了一口茶,魏安王妃这才抬眸看向下头站着的三人,不冷不热地慢慢说道:"知道我叫你们留下来所为何事吗?"

一见这阵仗,李夫人就自知不好。

她有些心慌,转头想要去看关冬颖又生生忍住。

一旁的安夫人却是再也忍不住,一下跪了下来:"王妃娘娘,臣妇的眸儿是无辜的,还请娘娘放了她。"

自厢房前的事被说成一场误会,随着众人回到水榭,安夫人还来不及松上一口气,跟在安今眸身边伺候的两个丫鬟便齐齐冲了过来,着急地对安夫人说安今晔不见了。

这话一出，安夫人顿时慌了神。

慌到险些站都站不稳，安夫人被身后的嬷嬷扶着，抬步就想要赶紧去找。

她心里发虚，一刻也坐不住，一边吩咐身边的丫鬟赶紧去找人，一边想要去找魏安王妃和谢夫人帮忙。

可万万没想到，她人还没走到魏安王妃身边就被拦了下来。

不等她说话，魏安王妃身边的丫鬟就似笑非笑地说："凡事都有因果，王妃让奴婢告诉您，这有时候做的恶事多了，可是会回报到自己身上的。"

安夫人一听就知是今日谋划之事已被魏安王妃知晓，顿时眼前一黑，一番天旋地转之后歪倒在了身后的嬷嬷怀里。

她嘴唇嚅动了几下，却什么话都说不出来，满脑子的"完了"。

敢在谢殊的及冠礼上生这样的事，不论是魏安王妃还是谢夫人都不会饶了她的。

这样一想，安夫人只觉得连站起来的力气都没有了。

见状，魏安王妃身边的丫鬟却是轻轻福了一下身子，逐人道："夫人请回吧，眼下王妃没空招待您。"

安夫人心如死灰。

在众位宾客都在水榭里说话的时候，安夫人仍是不死心，一遍又一遍地找了梅林，却依旧不见安今晔的人影。

接下来的宴席安夫人如坐针毡，心慌到手都是抖的。

宴席结束后，纵使魏安王妃并没有请人将她留下来，安夫人却是依旧不敢走，巴巴地等着。

"你既然知道你女儿是无辜的，怎么害井家小姐的时候你就如此心狠手辣？"魏安王妃重重放下手中的茶盏，怒斥说，"在生辰宴上设计下药'捉奸'，你也真是位好姑母！"

安夫人狠狠一哆嗦，头伏在地上，丝毫不敢抬起来。

魏安王妃挥了挥手，一旁的下人便将藏于正厅后面的安今晔带了出来。

安今晔嘴上被塞着布团子，刚被扯下来就急急地喊了一声："母亲！"

安夫人这才如梦方醒，霍然抬起头。

连滚带爬地跑到安今晔跟前，安夫人一把搂住被捆起来的安今晔泪流不止。

魏安王妃冷笑着说:"知道你女儿先前被关在哪儿吗?就在荣世子隔壁的厢房里!"

安夫人瞪大了眸子。

"白日你若是还敢在厢房门口争闹不休,"魏安王妃冷哼一声,"我便派人去隔壁屋子里搜人!今日你家姑娘穿的也是一身青衣,到时候且看你有几张嘴能说得清楚!"

安夫人顿时哀号一声,松开安今晔,跪行到魏安王妃跟前使劲儿磕头:"多谢王妃宽宏大量,多谢王妃,多谢王妃。"

魏安王妃嫌恶地移开眼:"不必给我戴高帽,你的罪行你女儿没替你抵,你却跑不了。"

安夫人一顿。

魏安王妃冷冷道:"即日起你被褫夺诰命,关入府中不得外出。我会去静安司请一位教习嬷嬷回来,亲自看管着你,嬷嬷什么时候说你知道悔改了,什么时候你才能解了禁闭!"

安夫人身子又开始哆嗦了起来:"娘娘,娘娘……"

女子诰命难得,安夫人这身诰命还是险些用命给换回来的,如今若是被褫夺诰命,朝廷还会明发诏书,简直就是往她脸上打。

这也就罢,可还要被静安司的嬷嬷管教!

静安司可是宫中专门关押犯罪女眷的地方,里面刑罚多,条件艰苦,嬷嬷凶狠,比牢狱还要折磨人。

不论是贵妃还是诰命夫人,一旦进去,脱层皮出来都是轻的,竖着进去横着出来的更是常有。

眼下她虽然没有被关进去,可在自己府上被静安司不近人情的嬷嬷时时刻刻拿鞭子管教着,无疑是要了她的命!

安夫人当即就想去攀魏安王妃的腿求饶,却被魏安王妃躲了过去:"你若是不愿意,那我便送你去见官!且看看到时候你是被关牢狱脸上刻字来得好,还是这样好!"

安夫人一听,顿时什么话都不敢说了,只能跪下来含泪谢恩。

挥了挥手,魏安王妃示意下人将安夫人带下去。

等安夫人走后,魏安王妃又看向一旁哆哆嗦嗦站着的李夫人和关冬颖。

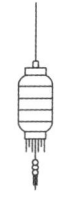

"怎么样，你们俩可想好了我留下你们所为何事吗？"魏安王妃淡淡地问。

李夫人咬牙："臣妇今日老老实实地参加宴席，自是不明白。"

魏安王妃怒而拍桌："好一个不明白！"

王妃动怒，李夫人和关冬颖赶紧跪了下来。

咽了咽唾液，李夫人还想辩解，谢殊就将一人扔了过来。

此女子是李府下人的打扮，放在腰间香囊里的蒙面纱已经被拿了出来。

李夫人一看，顿时面色一白："这……"

不等李夫人反应过来，一旁的关冬颖却是磕了个头大声说道："此事都是臣女一人所为，是臣女看不惯戚家小姐所以出此下策，还请王妃责罚。"

"你这时候倒是认罪认得挺快。"魏安王妃冷笑着。

关冬颖咬了咬唇。

"认了就好，也省得我再费事。"魏安王妃眯着眸子，"你小小年纪，心思竟然如此恶毒，这种事也计划得出来，简直心术不正！关老太傅一生英明，关家却尽毁在了你们这些小辈身上。"

一提关老太傅，关冬颖的手一点一点地攥紧。

说起关老太傅，魏安王妃也多有感慨，叹了口气，止住了满腔训斥："罢了，我听谢夫人说你近日无处落脚，以你的德行也别入宫了。打十大板，去静安寺里多念些经，赎一赎你这满身罪过！"

静安寺是远在数十里地外的静安山顶的寺庙。

静安寺和静安司同属一门，却比静安司好上一些。静安司里管教人的是嬷嬷，行事起来无所顾忌；静安寺里管教的人是尼姑，到底不会动手打人。

李夫人却依旧心一慌，可不等她喊冤，一旁的关冬颖就赶紧磕了个头："多谢王妃宽宏大量，臣女一定在静安寺里认真修行。"

关冬颖一边磕头，一边暗暗咬牙，当着满屋子下人的面被拖出去的时候脸皮火辣辣地烧。

很长一段时间，她都没有这般丢脸过了。

可是没有办法，自她派去捂晕戚秋的丫鬟一直没回来，她就心里明白此事怕是已经败露了。

等看到魏安王妃来，她就已经知道自己的结局了。

她现在唯一能做的就只有认罪，不然凭着魏安王妃的手段，有的是办法逼她认罚。

好在这一局,她还没有败得彻底。

正暗暗想着,一板子便狠狠地打了下来,关冬颖顿时痛叫了一声,冷汗瞬间滑落。

打板子的嬷嬷却并没有就此住手。

这嬷嬷可是从宫里出来的,知道怎么打最疼,还不至于要了命。

几板子下去,关冬颖的惨叫声渐渐消去,人彻底晕了过去。

没打完的板子却依旧没有停。

送魏安王妃出府时已经天色不早,纵使有很多话要说,谢夫人却也没有多留戚秋和谢殊,而是挥了挥手让两个人先回去休息,自己去找了淮阳侯老夫人。

从二道门进来,谢殊跟戚秋并肩走着。

夜色已凉,枝头上的那一轮明月皎洁如水。

谢殊却突然开口说:"表妹,今日下午你把我约出来怕是别有目的吧?"

[56]

夜幕降临,冬夜的寂静笼罩在京城的街街巷巷、角角落落。

今晚的夜色出奇地好看,不是泼墨般的黑,而是浓重的深蓝。明月高悬在头顶,树叶在昏暗中轻轻摇动,模模糊糊之间只觉得月色凉如水。

谢殊的这句话一落,戚秋的身子一顿,抿了抿唇,脚步随即停了下来。

谢殊也缓缓地停下了脚步,抬眸沉默地望着远处的灵山山尖。

夜晚的灵山山尖上还亮着烛光,躲在京城的幽暗之下,就像是落在水底的月牙倒影一般,影影绰绰。

静静地看了一会儿,谢殊便收回了目光。

谢府里外都掌着灯,唯独这个地方处在风口,烛光经常被风吹灭,眼下便是漆黑暗淡的,只有山峨提着的灯笼能退去一点黑。

空气也半是凝着,一时之间两人谁都没有说话。

今日白天在宴席上他借着喝醉酒的名义回了院子,不过是因为昨日他回府的时候戚秋把他拦住了。

昨日,天上还飘着小雪,戚秋撑着一把油纸伞站在二道门一侧的拱门下,身上的那袭浅黄色的绣花袄裙在青砖白瓦下格外显眼。

见到他回来，戚秋兴奋地小跑过来，身上的衣裙轻扬。

两人并肩往后院走去，没说两句话，戚秋就红着脸问他可否在明日正午三刻去往梅林口的那座凉亭，她想要送给他一份自己准备很久的及冠礼。

谢殊此时还记得自己当时心猛地跳了一下。

今日晌午的时候，宁和立几人非要缠着他灌酒，临近晌午要去席面也不放人，无奈之下他只好装醉酒这才被扶回了自己的院子。

等人都走后，他便出了院子想要去梅林，却没想到一出院子便撞见了悄然入府的魏安王妃。

魏安王妃叫住了脚步匆匆的他，还没等说上两句话，他的暗卫却赶了过来。

等他走到一侧，暗卫便将梅林所发生的一切事情禀告给了他。

不论是安家二小姐晕倒在梅林里头的事，还是蒙面女子和安夫人在梅林里谋划的事。

听到已经被扔进东厢房里不省人事的戚秋，他心里顿时一慌，甚至顾不上在后面叫他的魏安王妃，和暗卫一路赶到了梅林。

没想到刚一走进梅林深处，却见戚秋和井明月安然无恙地从厢房里面走了出来，厢房里头只剩下荣星一个人躺在里面。

而一直守在暗处的暗卫告诉他，原来戚秋和井明月只是装晕。

像是早有预料一般，蒙面女子走后没过一刻两人就清醒地坐起了身，并且还将晕倒的安二小姐放到了隔壁屋子。

看着毫发无伤走过来的戚秋，他心里松了一口气，却也猜到戚秋昨日约他来梅林怕是不只要给他送生辰礼那么简单。

那一刻，他心里有着说不出来的滋味，以至于现在没有忍住问了出来。

又静了片刻，戚秋挥了挥手，示意山峨先回去。

"表哥。"等山峨走远之后，戚秋抿了抿唇说道，"今日白天一事不是我故意要瞒你，我也是今日才知晓此事。"

戚秋既然这样做了，自然也想好了说辞。

她一早知道这片梅林里有谢殊的暗卫，本来还想要利用这些暗卫摆脱自己被诬陷的罪名，只是没有想到今日的事竟然没有按照原著剧情往下走。

她初听到系统布置的那两个任务，还以为依旧是原著的那个剧情——

井明月落水昏迷不醒半年之久，而原身在这半年期间也一直被指为是推井明月下水的那个人。

所以自发布任务之后，她就一直在回忆着原著剧情，思索着如何找到这个局的幕后主使，又如何化解此局。

可原著里丝毫没有提过这个局的幕后之人，这场戏好似只是为了惩罚原身和井明月这两个恶毒女配角而设计的一般，没有浪费任何笔墨去描写。

无奈之下，戚秋只好自行谋划，想要先完成任务再说。

她几日前就把郑朝叫回了谢府，又特意提前一天和谢殊约定好要到梅林见面，就是为了强制走原著剧情的时候，能有个稳局面的筹码。

而不是一群人像没头苍蝇一般在湖边瞎嚷嚷，过了半天才把井明月救起来，愣是让井明月因为这次落水昏迷了半年之久。

却万万没想到，原著剧情改变得如此之大，竟然无缘无故地换了一个戏码。

紧急之下，她只好换了筹谋。

"明月昨日偷听到安夫人和安小姐的对话，说是安夫人要在今日的生辰宴上给她下蒙汗药……促成她和荣世子的事。"戚秋将早就想好的说辞说出来，"明月今日本想躲着不来的，却硬是被安夫人给逼着来了。她实在无法，心里又害怕，便将此事告诉了我。"

这是戚秋和井明月早就串通好的说辞，就是为了避免有人问起。

"我一下子也蒙了，想告诉姨母，又怕是明月听错了，反而将事情闹大了。左思右想之下，我只好让郑朝赶紧买了份解药交给明月，嘱咐她一定要小心一些，必要的时候可以装晕试探一下安夫人。"

戚秋抬眸看了谢殊一眼后，又很快垂了下来："若是误会一场最好，若不是，我也时刻让郑朝跟着她，真有个万一我也好及时去救她，却没想到……"

戚秋眼眶里盈着泪："却没想到关小姐……好在今日听了明月的事我也心有戚戚，给明月的解药自己也吃了一份，不然就……"

戚秋说着，眸子轻轻一眨，眼泪便掉了下来，抿着唇，瞧着楚楚可怜的样子。

只是……

戚秋又抽泣了两声，却依旧不见谢殊开口说话。

四周除了她的轻泣，任何响动都没有。

戚秋不免有些忐忑，咬着唇，开始在心里盘算着是不是自己有哪里没有想到，没把这个谎给圆上。

安静的气氛总是折磨人的，顿了顿，戚秋故意露出一副可怜兮兮的模样："表哥，你是不是生我的气了？我今日真的是因为不想破坏你的及冠礼，所以才一直不敢告诉姨母这件事。安小姐晕倒也跟我一点关系都没有，是……"

在原著里，安今晔因为身子不好晕倒在了这场及冠礼上，所以戚秋今日特意盼附水泱在安今晔晕倒的附近站着，装作等她，其实就是为了能第一时间找到晕倒的安今晔。

她本来想用安今晔威胁安夫人，反将一军，却怕林子里的暗卫将此事回禀给谢殊从而崩了自己的白莲人设，这才只能作罢。

没等戚秋说完，谢殊就叹了一口气："我没有生气，也知道安小姐的晕倒和你没有关系。"

戚秋委屈地抬起眸子："那表哥为何不理我？"

顿了顿，谢殊又沉默了下来，薄唇抿成一条直线，挺拔的身子也有些僵硬。

戚秋手里紧紧地握着帕子，心里更是忐忑不安，等了片刻才听到谢殊说："你既然说是今日才知道此事，那昨日你来找我，约我今日正午三刻去梅林口的凉亭便只是为了给我送生辰礼吗？"

自然不是。

戚秋心里顿时一紧，暗道：难不成谢殊知道了什么？

心里这样想着，戚秋面上却是认真地点了点头，一派真诚无辜："正是。只是没想到今日出了这一遭事，便没有顾得上。"

谢殊抬眸问："那礼品呢？"

戚秋被谢殊这么一盯，顿时有些慌张，结巴说："在、在我院子里，我见今日事多便让山峨先给放回院子里了，打算等宴席之后再拿给你。"

谢殊没有片刻犹豫，接着问："那方便现在去拿一下吗？"

戚秋不解："啊？"

走在去院子的路上，戚秋怎么也没有想到事情竟然是这般的走向。

她挖空心思找的说辞，谢殊都不知道听没听，满心满脑竟然都是生辰礼。

戚秋默默无言。

这会儿已经开始变天了，天上不知何时开始飘雪，纷纷扬扬地往下落着，好在还只是小雪花。

前院离后头戚秋住的院子不近，可这不短的距离两人一路走着，只能听到轻微的脚步声和呼吸声。

戚秋猜不透谢殊此举到底是何意，正在心里思索着不敢主动开口，而谢殊也是一路沉默着。

等终于到了戚秋的院子前，谢殊却并没有进去，而是等在院子门口。

戚秋虽然不知道谢殊为何这么执着于这个生辰礼，但好在她确实给谢殊准备了一份。

进到屋子里，戚秋将已经包好的礼品拿在手里，又快速地拿了一把伞出来。

从屋子里走出来的时候，戚秋却脚步一顿。

将包好的礼品和伞一并递给谢殊，不知是不是因为谢殊一直执着于生辰礼的事，戚秋竟突然有些紧张。

缓了缓，戚秋吐出一口气小声说："这个生辰礼，也不知道表哥你喜不喜欢。"

话罢，戚秋有些不好意思地垂下眸。

寒风吹过，戚秋静静地等了半天，却始终不见谢殊回应。

等她不解地抬起头，却正好看见谢殊轻轻地、偷偷地扬了一下唇。

[57]

回到屋子里，戚秋趴在桌子上，看着跟前摆着的白玉花瓶里的红梅，有些无精打采。

外面白雪飘飘，寒风直吹。

这会儿风比刚才大了一些，时不时地从半敞开的窗户缝隙里挤进来，吹得人一个激灵。

戚秋打了个冷战，却懒得站起身去关窗户。

几番叹气，戚秋困得开始打盹。

又过了一刻钟，动不动就消失的系统终于在戚秋期盼中及时上线，开始颁发任务奖励。

恭喜宿主完成任务一，帮助井明月逃离危险。白莲值加五分，谢殊好感度加三分，谢夫人好感度加十一分，奖励刘刚碎片一个，金玫瑰两朵。

恭喜宿主完成任务二，帮助自己免于被陷害。奖励金玫瑰三朵，刘刚碎片两个，攻略目标谢殊当下有关宿主的内心想法一句，白莲值加一分。

因成功使攻略目标谢殊的生辰宴没有被破坏,额外奖励谢夫人好感度加五分。

请问宿主现在是否使用"攻略目标谢殊当下有关宿主的内心想法一句"的奖励。

戚秋稍稍来了一点兴致。

这会儿谢殊应该已经回到他的院子里开始拆她送的礼物了,也不知道那份礼物谢殊喜不喜欢。

这样想着,戚秋有些紧张地选了"是"。

恭喜宿主使用成功。

谢殊:你开心就好。

戚秋:"?"

戚秋蒙了:"没了?这是什么意思?"

系统却不应声了,显然是没了。

戚秋不敢置信地瞪大眸子。谢殊这是不喜欢吗?

"啐"了一声,戚秋顿时有些不服气地站起身来,不等她委屈,却一眼先瞥见了前方桌子上放着的东西,当即一愣。

……这东西怎么还在这儿?

戚秋傻了眼。

披着浓浓夜色和风雪,谢殊从外面回到院子里来。

在冬夜的雪下,墨蓝色的夜并没有遮盖住谢殊天生冷淡的面容,点点白雪却是为他点缀上了几分清冷。

他阔步走过来,带起一阵冷风。

走到近处,烛光一照,东今这才发现谢殊此时轻扯着唇角,薄淡的眼皮微微上扬,看着倒是心情不错的样子。

东今趁机凑上来,往谢殊手里瞅了好几眼:"公子,这是谁送过来的?"

谢殊张了张嘴,犹豫了一下却什么都没说,快步走进了屋子。

温暖的烛光一下子吞噬了谢殊身上浓重的寒气,东今刚想跟过去,却见谢殊反手关上了门。

站在屋檐下,东今撇了撇嘴,委屈地转身回了自己的房间。

屋子里早就烧上了炭火,烘得暖洋洋的。

将戚秋给的油纸伞收起来，谢殊坐下来喝了一盏茶，这才开始动手拆戚秋这份给他准备了很久的生辰礼。

戚秋明面上送的那份礼谢殊看了，就是普通的玉器，一看就是随手从外面买回来的。

所以对于这份戚秋说准备了很久的生辰礼，谢殊有些好奇。

这份礼品用匣子装着，外面被主人用牛皮纸里三层外三层地包着，牛皮纸上面还烙着梅花印，可见主人的用心。

谢殊手又往回缩了缩，抿了抿唇，有些无从下手的感觉。

等外面冷风吹进来，谢殊这才又伸手利索地将外面的牛皮纸给撕开来，露出里面的匣子。

匣子没有上锁，轻轻一拨就开了。

里面戚秋准备好久的礼物自然也就显露了出来。

谢殊垂眸一看，整个人顿时僵住。

只见精致的匣盒里头还散着几瓣梅花，泛着淡淡清香，而里头除了这几片梅花花瓣，就只放着几个花色不一样的荷包。

荷包倒是挺精致，上面有的绣着荷花，有的绣着月季，有的绣着桂花，竟然还有一个顶上绣的是一只鸡……

还真是款款不一样。

但不用仔细看，谢殊就知道，这些荷包还是从街上那个摊贩那儿买来的。

因为有几个花样的，戚秋已经送过了。

越看越头晕，谢殊伸出手扶着桌子，垂下头半天无言。

……这就是戚秋给他准备了好久的生辰礼吗？

沉默了好半天，谢殊心里有一些说不出来的滋味。似是失落又像是无奈，甚至还夹杂了点说不清道不明的委屈。

叹了一口气，谢殊坐下来自嘲地笑了一声。

今日是他的及冠，可……

这哪怕是她自己绣的也好。

缓了一会儿，看着匣子里的荷包，谢殊双手环抱，身子微微后仰，嘴角无奈地轻扯了一下。

就这么几个荷包，戚秋翻来覆去地送了好几遍，也不知到底是想要干什么。

又叹了一口气，谢殊将荷包重新放回匣子里，手一拨，合上了盖子。

把东西放起来之后谢殊也睡不着，索性便打开了门，站在屋檐下看着外面飘起的漫天大雪。

夜里凉风刺骨，外面不同他刚才回来那时候的小雪小风，如今雪下得又大又密，风一吹简直往人脸上扑。

谢殊站了一会儿，觉得腿有些酸了，便走到檐下的台阶上坐着。

手撑着脸看着落雪，谢殊懒懒地坐着，身上的玄色衣袍与这大雪纷飞成了鲜明的对比。

檐下挂着灯笼，烧得正旺，衬得底下坐着的谢殊有些清冷。

百无聊赖地盯着前头的枯树看了一会儿，谢殊又微微垂下眸子，也不知是在想什么。

如今夜已经深了，外面便是连下人也都回去歇着了，寂寥的冬夜里只听风声呼啸。

谢殊就这么静静地坐了一会儿，腿便有些麻了，眼看外面越来越冷，雪也越下越大，只余头上的一盏灯笼在风中摇摇晃晃。

坐得也无趣，谢殊刚站起身，前头却突然传来一阵急促的脚步声。

谢殊一顿，抬起头来。

只见漫天风雪之中，戚秋撑着一把油纸伞往这里跑，手上还提着东西，身上的那袭明黄的裙子在风雪中格外显目。

愣神之下，戚秋已经从风雪中跑进了院子，快步走到檐下。

走近了一看，只见戚秋的小脸鼻尖被冻得红扑扑的，耳朵也是红的，站上来的时候便是一阵寒气扑来。

谢殊回过神来："这么大的雪，你怎么跑来了？"

说着，谢殊赶紧让戚秋进了屋子。

如今院子里伺候的下人都睡了，谢殊也没有让人守夜的习惯，半夜三更这样其实委实不妥，可看着戚秋被冻得直发抖，谢殊也别无他法了。

让戚秋坐在炭火旁边烤着，谢殊转身给她倒了一杯热茶递过去。

戚秋手里捧着茶，身边是烧得正旺的炭火，缓了好一会儿，身子这才暖和了一些。

刚才她被冻得仿佛没了知觉一般，现下却是忍不住直发抖。

谢殊见状想要下去给戚秋煮碗姜汤，却被戚秋给拦住："表哥，我说完事马上就要回去了。"

谢殊不解:"这么冷的天,是什么事如此着急让你冒雪前来。"

戚秋左顾右盼了一下,终于找到了自己送的那个匣子。

瞧着一看就是已经被拆开看过的痕迹,戚秋顿时有些心虚地弯了弯眸子,小口喝了一点茶水后,还是细声地问了一句:"表哥,我送你的礼物你已经拆开了?"

谢殊一顿,点点头。

他怕戚秋是担心自己送的礼物他不喜欢,便抿着唇多说了一句:"我很喜欢。"

戚秋一愣:"啊?可我主要想送你的不是这个……"

说着,戚秋赶紧把自己带来的东西放在桌子上,撕开牛皮纸,将里面包裹着的东西递给谢殊:"这个才是我想要送给你的东西。"

谢殊微微垂下眸子,目光却立马一凝。

……这是一把带着刀鞘的短刀。

谢殊的喉结上下一滚。

这把短刀和他小时候曾丢的那一把短刀长得一模一样。

他以前有一把短刀是先帝赐给他的,那也是他用过的第一把短刀。

后来在江陵的时候,他上街时被人掳走,在异乡徘徊了两天才被找回去,随身携带的那把短刀也不知丢在了哪里。

当时他还小,受了惊吓又发了烧,在床上躺了一个多月却也一直惦记着这把短刀。

可是派出去的人一连找了好几日也没有找到,父亲也曾想过再造一把一样的短刀,可这短刀乃是皇家之物,能打造出来的人绝无仅有,哪里会那么容易。

找了几个出名的匠人不行后,他也就不愿意劳烦父亲大费周折了。

可眼下戚秋手里的这把短刀竟和他当年丢的那把短刀长得一模一样,只是比当年脏了一点、旧了一点。

戚秋说:"我托人打听,终于得知原来这把短刀当时流落到了一户富商手里珍藏起来,又几经辗转落到了郢川的一家玉珍阁里,于是我便派郑朝去给买了回来。"

谢殊背在身后的手一颤,抬起眸子愣愣地看着戚秋。

戚秋无奈地说:"本来是装在匣子里一并要交给表哥你的,谁知山峨好奇拿出来看了之后便忘记放回去了,我便跑来了,还好赶在了子时之前送来。"

抿了抿唇,戚秋看着谢殊弯眸一笑:"表哥,生辰快乐。"

谢殊看着戚秋被冻得至今还通红的两耳,手克制不住地握紧,艰涩地从嘴里吐出十几个字,他问:"你今晚跑来,只是为了送生辰礼的?"

戚秋点点头,又认真地补充道:"还有这句'生辰快乐'。"

呼吸一滞,谢殊的薄唇紧抿。

[58]

外面天寒地冻,风雪徐徐。

临近宵禁,家家户户都紧闭着大门谢客。

安府却是个例外。

安府门前,安老爷绷着一张脸领着府上众人跪在安府门前,供上香案,等着接旨。

安府上下四五百号人,门前却无一点响动,寒风呼啸而过,却更显一片死寂。主子们冷着一张脸,下人们面面相觑,连呼吸声都不敢大了。

等宫里来的公公下马车,宣读完旨意后,府上静得便只有风雪声了。

安夫人从谢府回来后便开始哭,哭到现在,眼睛都肿了起来。

如今当着满府下人的面,听着自己被褫夺了三品诰命夫人,还要被从宫里静安司出来的嬷嬷管教的旨意,安夫人勉强止住的泪水又流了下来。

宣旨的公公一看,眉梢一挑,冷冷地说道:"安夫人这是怎么了?可是对太后娘娘的旨意心有不满?若是如此,洒家可要回去禀告给太后她老人家。"

安老爷一惊,安夫人也赶紧手忙脚乱地擦了擦脸上的泪,连道"不敢"。

安老爷几步上前,从袖子里掏出满满一袋银子塞给宣旨的李公公,谄笑着低声说:"夫人绝无此意,绝无此意,更不敢对太后娘娘不敬。还请李公公回去多帮夫人美言两句。"

李公公垂眸扫了一眼,挥了一下拂尘,不冷不热地说:"洒家是在太后娘娘跟前伺候的,眼皮子没有那么浅,安老爷还是把东西给收起来吧。"

安老爷面色一僵。

李公公冷笑一声,侧身露出身后站着的嬷嬷:"这是静安司的杨嬷嬷,往后数月杨嬷嬷就住在安府上了。"

顿了顿，李公公意味深长地说："这可是魏安王妃专门指给安夫人的，还请安大人好好招待杨嬷嬷。"

这杨嬷嬷在宫里可是出了名的，手上不知沾染了多少鲜血。

当年先帝宠极一时的贵妃被废除位分送到这里之后，就落入了杨嬷嬷的手上，没个把月人就没了。

这样狠戾的手段，便是金刚也招架不住。

安夫人一听身子顿时一抖，看着眼前板着一张脸不苟言笑、眉眼狠辣的嬷嬷，当即眼前一黑晕了过去。

她这突然一晕，安府门前便乱了起来。

安今晔和安今瑶赶紧上前去扶着，却也跟着落了泪。

旨还未领，门前便乱成一团，接旨的人还晕了过去，李公公却出奇地没有出言训斥，而是眉眼一挑，别有深意地跟安老爷说："安大人，您好自为之吧。"

说完，李公公咳了两声，被下面的人扶着转身出了安府。

等宣旨的仪仗走后，安老爷依旧伫立在原地。

安今晔先把晕倒的安夫人安置好之后，这才犹豫着上前："父亲，李公公此话到底是何意？"

安老爷皱了皱眉，不等他说话，门前却是顺着台阶走上来一位衣着华贵的女子。

女子眉眼娴静温和，提着衣裙轻声说道："安小姐，李公公此话的意思很清楚。"

雪下了整整一夜，狂风也不停歇，直到寅时这才慢慢小了一些。

厚雪压弯了枝丫，给庭院阁楼都盖上了一层绵白，青松白雪之下更为冬日又多添了几分寒气。

寒冬腊月未免使人懒惰，东今赖在床上，直到天拂晓这才打着哈欠从屋子里走出来。

离了暖和的屋子，寒风一下子就扑了过来，扬起白雪扑了人满脸。

东今呸了好几下，伸手使劲儿抹了把脸。

院子里落满了厚雪，井里也都结冰了，好在有勤快的下人早就砸破了井里的重冰，打了几桶水上来。

东今深一脚浅一脚地先去到了鸡棚，确认他家主子的心肝鸡小毛没被冻死之后才去了井边,舀了一瓢水,烧开后开始洗漱。

洗漱完后,东今想着昨夜下了这么大的雪,谢殊今日也不用急着去锦衣卫府,他便想着先去打扫院子里的积雪,等过一个时辰再去敲正屋的门。

反正醉酒之后,谢殊一般都睡到日上三竿才会醒。

谁知铲子刚拿到手里,便听正屋的门"吱呀"一声被人从里面推开。

掀开厚重的帘子,谢殊从屋子里头走了出来。

东今嘴里还叼着馍,愣了一下后赶紧放下手里的东西,三步跨过台阶迎了上去,一脸不可置信地问:"公子,您怎么这个时辰就起来了?"

明明昨日及冠礼上还被宁家几位公子给灌了不少的酒,今日怎么着也不该这个时辰就起来了。

疑惑地看着谢殊,东今这才猛然发现谢殊身上还穿着昨日的那身玄袍,眼尾也微微泛红。

东今反应了过来,诧异地问:"公子,您昨夜不会是一宿没睡吧?"

谢殊揉着眉心,没有说话。

东今便走进屋子里往内室瞧了一眼,果然只见内室里头铺好的床并没有被人动过的痕迹,还是昨夜他走时铺好的那样。

"咝"了一声,东今不免有些纳闷。

等谢殊走进来之后,东今便赶紧问:"您昨晚怎么没有睡下,是喝多了酒难受吗?要奴才去请大夫吗?"

谢殊摇了摇头,沙哑着嗓子开口:"去打桶凉水来。"

东今一听,赶紧转身去了。

等打满一桶凉水之后,谢殊进到内室沐浴了一番,这才捏着眉心出来。

一出来,便是满身的寒气。

冬日洗冷水澡,这不是折磨自己吗?

可眼瞅着谢殊绷着脸的样子,东今缩着脖子也不敢拦,只剩下满心疑惑。

这到底是怎么了,怎么过了一夜人就变得这么不对劲儿起来?

洗冷水澡,昨晚不睡也就罢了,怎么还一大早的就冷着一张脸吓唬人?

东今撇了撇嘴。

眼见屋子里吹进冷风,东今便赶紧蹲在地上烧炭炉,谁知刚蹲下来,便感觉头被什么东西扫了一下。

他抬头一看,只见身前的桌子上垂下来一个流穗。东今好奇地站起身,这才发现了跟前这铺满了半个桌子的荷包。

有许多荷包他还见过，都是之前谢殊拿回来然后放起来的。

这怎么又给拿出来了？

东今翻动了两下，还不等他问，身后便传来了谢殊的声音。

谢殊垂着眸子走过来，从他手里拿下荷包，淡淡地说道："别动。"

看着谢殊将荷包一个一个放进匣子里又给锁了起来，东今不解地问："您好端端的，怎么又把这些荷包给拿了出来？"

谢殊没说话，将装好荷包的匣子放在一旁，转身给自己倒了一杯冷茶。

东今便顾不上这些了，赶紧说："奴才这壶热水就快烧好了，您怎么又喝起冷茶来了？"

谢殊闻言一顿。

片刻后，热水烧开，东今连忙给谢殊沏了一杯热茶递过去，顺便试探道："公子，昨日是发生了什么事吗？您怎么一宿未睡，还将这些荷包拿了出来？"

谢殊斜坐在榻上，一旁的案几上点着香，香烟顺势而上。他左腿弯曲，身子倚着软枕，有些懒散疲倦的模样。

微闭上眼，谢殊对东今的话充耳不闻。

就在东今以为谢殊不会开口说话的时候，谢殊却慢慢地睁开了眸子。

谢殊身后的窗户虽然没有打开，明亮的白却是已经透了过来，在袅袅升起的香烟下更显雪景如画。

谢殊逆着光坐，淡薄的眉眼微垂，把玩着手里的玉佩穗子，一副漫不经心的样子，像是随口问道："若是一个女子常常送荷包给你，你觉得她是何意？"

东今心中一紧，在看完那一匣子荷包之后，他总觉得谢殊的这个问题来得有些蹊跷。

沉思了一下，东今犹豫着回道："荷包这种贴身携带的东西，又是女子所赠，一般都是用来传递情意的。"

"若是不一般呢？"谢殊紧接着问。

"不一般……"东今有些蒙了，"这没有女子送过荷包给奴才，奴才也不晓得。"

微微抬眸看着谢殊，东今试探道："公子，您说的是那一匣子荷包，还是别的姑娘送的？"

谢殊没说"是"也没说"不是"，就这么垂眸看着手里的穗子，顿了片刻又问:"那若是这个女子送你荷包的时候什么也没说呢?"

东今绞尽脑汁地想:"许是这个姑娘腼腆,不敢表露心意。"

想了想,东今问谢殊:"那个荷包上绣着什么图纹?若是鸳鸯,便准是表露情意没错。"

谢殊抿了抿唇:"没有见鸳鸯,都是一些花花草草,还有一个顶上……"

谢殊眉头渐渐皱起:"还有一个顶上绣着一只鸡。"

"啊?"东今傻了眼,脱口而出,"别是送给小毛的吧?"

谢殊:"……"

谢殊腿一伸,踹了他一脚:"起来!"

东今顿时便委屈了:"那您说人姑娘为什么送您一个绣了鸡的荷包?"

见谢殊又想伸脚,东今赶紧问道:"那姑娘送荷包的时候就没问您要什么吗,比如玉佩之类的?若是如此,便是有交换情物的意思。"

谢殊眉头依旧紧蹙,缓缓地吐出几个字:"有,她问我要了银子。"

东今:"?"

东今整个人都有点坐不住了。

东今站起身震惊地看着谢殊,几番张口却是无言,缓了好半天这才满脸荒唐地坐下来说:"这不是……这不是卖你荷包吗?"

东今难以置信地看着谢殊:"您这是看上了哪位卖荷包的姑娘了?"

谢殊:"……"

[59]

到了辰时,这场从夜里就开始下的雪终于停了下来。

谢殊昨夜一宿未睡,本想趁着今日闲暇补一会儿觉,刚走进内室,王嬷嬷却来了。

得知谢殊醒了,谢夫人身边的王嬷嬷来叫谢殊去院子里用早膳。

站在前头,王嬷嬷笑着说:"夫人吩咐小厨房准备了您爱吃的菜,就等着您去开膳呢。"

谢殊听了,只能打消了补觉的念头,从内室里走出来。

王嬷嬷见谢殊走出来,却没有直接走。

顿了顿，王嬷嬷上前两步无奈地说："夫人今日生着气，公子一会儿去跟前好好劝劝夫人，气大伤身。"

谢殊皱眉："因何生气？"

王嬷嬷叹了一口气："还不是因为李夫人？昨日的事一看就知道李夫人没少在里面搅和，王妃却只罚了关家小姐一个人，临走时还嘱咐夫人不要再去为难李夫人。这话一说，夫人听了自然气不顺。"

谢殊捏着眉心点了点头，两人这才一道出了院子。

走在路上，王嬷嬷见谢殊沉默着，便主动说道："公子也该穿厚一点，这冬日寒冷容易风寒，表小姐便是昨日冻着了，今日一早就发热咳嗽，刚请了大夫去看。"

谢殊脚步一顿："戚秋病了？"

王嬷嬷点头说："可不是？咳得还挺厉害，好在大夫瞧了之后给开了药方，说是喝上几天药就没事了。"

谢殊薄唇紧抿，顿了半响，开口问道："母亲可去看过了？"

王嬷嬷说："听到消息便去看了，瞧着表小姐蔫蔫的，夫人亲自喂了药便让表小姐歇下了，方才派人去瞧说还睡着呢。"

谢殊沉默下来。

两人走得快，片刻后就到了谢夫人的院子。

谢夫人站在院子门口摆弄着山茶花，听到两人的脚步声扭过身来，对谢殊招了招手。

将自己手里用来修剪花枝的剪子递给王嬷嬷，谢夫人叹着气跟谢殊走进了屋子。

一到屋子里，谢夫人就挥退了左右。

亲自给谢殊盛了一碗汤，谢夫人问："王妃这是什么意思？李家虽然当年没有被抄家，但该处死的处死，该流放的流放，现下也就剩李氏这些女眷，还有什么好顾忌的？

"李氏在你生辰宴上作乱，给秋儿下药的显然也不止关家那一个，王妃却叫我不要计较。我如何能不计较！"

谢夫人越说越气："耽误你的及冠礼也就罢，若真让她和关家那个的计谋得逞，秋儿可怎么办？她们这不是明摆着要毁了秋儿吗！"

谢殊垂着眸子，脸色有些淡，手放在桌子上有一下没一下地点着。

谢夫人说罢，转头看向谢殊："你在王爷手下当差，可知道李家这一朝到底是得了谁的势？连王妃都这样说，难不成李家现在还有陛下撑腰不成！"

谢殊手停，点点头："正是陛下。"

谢夫人口中的话猛地一收，错愕地看着谢殊："陛下？李家何时与陛下扯上关系了？"

谢夫人顿时有些坐不住了："好端端的，陛下为何要给李家撑腰？"

谢殊顿了一下，这才摇头说："儿子也不知道。只是李家回京便是陛下安排的，最近陛下也有意抬举李家余下的男子。王妃怕是知道什么，所以昨日才特意叮嘱母亲您。"

谢夫人扶着桌子坐下，半响后才气道："所以她害了秋儿我却什么都不能做，还要眼睁睁看着李家东山再起吗？"

谢殊说："母亲，李家的事您就先不要管了。"

谢夫人一怒，当即就要说话，抬眸一看谢殊冷淡的神色这才反应过来。

谢夫人迟疑道："你……你打算如何？"

谢殊没再说话，而是夹了一筷子芦笋放到谢夫人盘子里："母亲，尝尝这道菜。"

谢夫人哪里肯罢休，连忙追问："你可不能做得太出格，且告诉我你是如何打算的，我要听了才放心。"

谢殊放下筷子，垂着眸突然轻笑了一下，本就桀骜的面容此时因为这声轻笑更显野性。

谢殊说："母亲既然生气李夫人在我的及冠礼上害戚秋表妹，那扰乱了李家的洗尘宴或许会出气？"

十二月底李家会办一场接风洗尘宴，现在已经开始朝各府发放请帖了，只是还无人往谢府送帖子。

想必经过昨日那一遭，李夫人也不敢邀请谢夫人去李府做客了。

谢夫人想了一下，终是没再说什么，只是嘱咐道："既然陛下现在器重李家，想要抬举他们，你也不要做得太过火，省得被陛下埋怨。"

挑了一下眉，谢殊点了点头。

这也不知道听没听进去，谢夫人又拿起筷子，把谢殊夹的那筷子芦笋吃了，咽下后，谢夫人招来王嬷嬷说道："今日这道芦笋确实做得不错，秋儿生着病，需要吃些清淡爽口的,等会儿让厨子再做一份送过去。"

王嬷嬷笑着点点头:"知道夫人要这么说,奴婢早就备了一份,现下就给表小姐送过……"

谢殊突然开口打断:"我去吧。"

谢夫人一顿。

谢殊抬眸,慢条斯理道:"正好我也有些事想要问一问表妹。"

谢夫人奇道:"有何事要问秋儿?"

谢殊说:"还是有关景悦客栈的事。"

谢夫人的眉头一下子皱了起来:"秋儿生着病,你也好意思用这事去烦她?"

说罢,谢夫人又怕耽误了谢殊的差事,也不好再说什么。

谢夫人本以为谢殊要用完膳再去,可等王嬷嬷将几道小菜装好之后,谢殊就站起了身。

谢夫人看着谢殊远去的背影骂了一句:"也不知道是什么紧要的差事,竟如此着急。"

谢殊来的时候,戚秋还正在睡。

水泱刚准备进去叫醒戚秋,却被谢殊给拦了下来:"无妨,我只是来送膳食的,也没什么别的事,就让她继续睡吧。"

说着,谢殊坐在了游廊下面的石椅上。

水泱接过食盒,看着坐下来的谢殊欲言又止。

既然没有别的事,只是过来送膳食的,为何不放下东西后离去,而要在这边等。

水泱想说,又怕谢殊还是有什么事想要找戚秋,便又忍住了。

谢殊不让叫,水泱她们便也只好奉上茶。

又过了一个多时辰,戚秋这才醒了过来,还是被系统完成任务的提示音给惊醒的。

经检测,"三个月内亲自给男主角谢殊送绣品"任务已完成,恭喜宿主。

经检测,"三个月内提高男主角谢殊好感度"任务已经完成,恭喜宿主。

这两个任务完成的提示音来得虽然突然,却在戚秋的意料之中。

等系统的提示音过去,戚秋刚撑起身子坐起来,山峨便赶紧进来说:"小姐,谢公子来了,在门外面等好长时间了。"

戚秋一愣，赶紧梳妆完，请谢殊进了屋子。

戚秋脸上没有上妆，面色瞧着还有些白："表哥，你找我有什么事吗？听水泱她们说你已经等了我一个多时辰。"

谢殊抬眸看着她，薄唇轻抿："也没什么事，就是来看看你。"

戚秋一愣，突然有些不知道该说什么了。

谢殊显然也是不知道该说些什么，几番欲言又止之后，终是沉默了下来。

戚秋的屋子被里外的炭火烘得十分暖和，屋子正中央的熏香正散发着淡淡的清香。

不知是不是炉火烧得太旺了，谢殊坐在戚秋身边竟觉得连空气都有些稀薄，紧抿着唇，手不自在地放在膝上。

昨日他将戚秋送回去之后一夜没睡，盯着戚秋送来的短剑和之前送来的荷包看了许久，一闭上眼，脑子里就全是戚秋被冻得通红的脸颊和耳朵。

想起戚秋是为了给自己送那把短刀才被冻得生病了，谢殊顿时就更不知道该说些什么了。

是该先道歉，还是该感谢？

谢殊有些不知所措。

戚秋本来没觉得气氛有多凝滞，可等了半天也不见谢殊说话，她心里不知为何竟然紧张了起来。

面色有些红，戚秋也不知道该怎么去开口。

静了片刻，屋子外面突然由远及近传来了一阵脚步声，随即山峨的声音在门外响了起来："小姐，谢公子，要和奴婢们一起堆雪人吗？"

外面院子里山峨正带着下人堆雪人，山峨指挥的声音和欢笑声不断从外面传进来，一片其乐融融。

屋子里的气氛却截然不同。

屋子里只有戚秋和谢殊，两人都不说话，气氛不免凝滞。

可即使如此，两人竟都不想出去。

顿了顿，戚秋率先问谢殊："表哥，你想出去堆雪人吗？"

谢殊垂着眸子："不想。"

戚秋便朝外面的山峨说："我还发着热，如何能去堆雪人？你们去玩吧。"

外面的山峨一听便不再劝说，应了一声后转身乐呵呵地走了。

山峨走后,屋子里又静了下来。

就在戚秋有些坐不住的时候,谢殊突然开口:"表妹,你想要什么?"

戚秋一愣,看向谢殊。

谢殊也看着戚秋,认真地说:"我都可以给你。"

[60]

戚秋居住的秋浓院里除了大片的桂花,还种了两株蜡梅。

两场雪后这两株蜡梅便怒放开来,明黄的花瓣上覆上了一层白雪,蜡梅花味浓,半个院子都是幽雅清香。

谢殊从戚秋的院子里出来之后径直出了府,刘管家将谢殊的马从马厩里牵到侧门,发现路上的雪还没有化干净,不免有些担心。

等谢殊从府里走出来之后,刘管家劝道:"不如还是坐马车去吧?雪天路滑。"

谢殊翻身上马,从刘管家手里接过缰绳:"骑马方便一些。"

刘管家也不知道谢殊要去哪儿,闻言便也不好再劝,目送谢殊骑马远去。

街道上有些地方还存留着积雪,官差正在清扫着,陵安河旁的柳树上也冻上了一层冰霜,远远瞧去只觉银装素裹,格外好看。

这样的雪天,便是摆摊的摊贩也不怎么多,仅有零星几个卖炒栗子和冰糖葫芦的小贩在吆喝。

京城的茶楼里,宁和立来得早,在二楼占了一个好位子,如今正坐在窗户边百无聊赖地拿着扇子摇了两下,困得双眼直往下压。

他这个人怪得很,冬天腰间也不忘别着一把扇子,时不时地拿起来挥两下。

谢殊来的时候,他已经伏在窗边快要睡着了。

这处茶楼位置虽然偏远,来的人却不少。靠着护城河末端,推开窗便可见对面的城门。

里头点着熏香,有姑娘抚着琴,青烟袅袅之下倒也不失为一种趣味。

等谢殊坐下,给自己倒了杯茶,宁和立这才猛然惊醒。

迷瞪着双眸缓了好一会儿,宁和立这才打着哈欠说:"你来了。"

他瞧了瞧外面的天,稀奇道:"今日来得倒挺早,我本以为你昨日醉酒之后怎么着也要睡到快午时起来。"

谢殊没有接话,扬手灌了一杯茶下肚这才冷冷一笑:"既然以为我要睡到午时，还这么早来做甚？"

宁和立顿了一下，随即摇着扇子挤眉弄眼地笑了："谢大公子，你装醉酒的本事可真不怎么好，远不及我的万分之一，可要好好再练练。昨日我一眼识破却没说，还帮你打了掩护，你现下不打算跟我说说你昨日装醉去干什么了吗？"

谢殊挑了挑眉，反问："你这个泡在酒坛里的人还会装醉？"

宁和立大笑："再爱喝也顶不住没日没夜地灌。"

顿了顿，宁和立拖长声音："你可不要妄想岔开话。昨日某人说是喝醉了酒，转眼却好端端地出现在梅林里，身边还站着一位如花似玉的小表妹，真是令人遐想不已。"

谢殊抬眸静静地看着宁和立，骨节分明的手指有一下没一下地摩挲着身前的茶盏。

他生得剑眉星眼、桀骜不驯，不苟言笑的时候有些不好靠近的冷硬。

他身上的那件祥纹玄色披风还未被取下来，松松垮垮地垂在身下，又给他添了几分随性。

宁和立最怕他这样，为了避免那只茶盏下一刻砸过来，顿时便认了怂："好了好了，我不胡说了，姑娘家的名声我懂我懂。"

谢殊这才垂下眼，身子往后一靠。

两人喝着茶，宁和立也不说他此番的目的，两人就这么静静地坐着。

过了片刻，宁和立突然站起身，朝外面望了一眼，惊奇道："哟，打头这位刚进京不久，竟也寻到这个地方了。"

谢殊并没有站起身，低头品着茶。

没过多久，宁和立说的那一行人便走进了茶楼。

为首那个男子手里盘着核桃，扬着下巴走了进来，光看身形有些瘦弱。或许是下颌过窄的缘故，男子面容看起来有些尖嘴猴腮。

外头罩着厚实的金氅，头上戴着金冠，打扮得倒是一派富贵。

他刚走进来，身边的小厮就嚷嚷了起来："怎么回事，掌柜的人呢！"

这家茶楼小二不多，掌柜的正在二楼忙活，闻言低头一看顿时皱起了眉。

小二率先迎了过去："王公子您来了，快请进！"

片刻后，掌柜下楼亲自把这一行人带到了一楼一处不错的位置上。

这处茶楼本是安静的地方，这一行人如此大摇大摆地闹腾自然吸引了不少人的目光。

宁和立嗤笑了一声:"这就是襄阳王家的公子,刚刚风光回京的李夫人儿子,王严。"

谢殊朝下面瞥了一眼:"风光?"

宁和立说:"这还不风光吗?李夫人回京之后就被太后叫进宫里说话,又由陛下亲自下旨,派宫里的工匠来修缮已经破旧的李府,据说几日后的李府洗尘宴上连公主也会来。"

宁和立慢悠悠地说:"如此大的皇家恩宠,现下李家可是出尽了风头。"

这话一落地,只见下面又急匆匆地走进来几位男子。

一番左顾右盼之下,余家的二公子领着下人小跑进来,到王严跟前讪笑着说:"王公子久等……久等了,昨日喝醉,喝得太晚便来迟了,还请王公子莫怪。"

王严放下茶盏,头也不抬,更没有说话。

见状,余家二公子赶紧挥退下人,弯腰亲自给王严斟了一杯茶,笑着说:"王公子喝茶。"

王严这才笑了,指着一旁的椅子颔首说:"余家兄弟先坐下来吧。"

宁和立顿时便笑了,用扇子一指:"瞧见没有,余家老二素来也是个眼高于顶的人,如今不也上赶着去巴结王严?看来是得到了消息。"

见谢殊仍是不说话,宁和立身子往前凑了凑:"谢殊你跟我说句实话,这几日京城的传闻是真的吗?"

谢殊淡淡抬眸:"什么传闻?"

宁和立道:"这几日京城疯传说陛下要抬举李家,属意王严到大理寺任职。"

谢殊漫不经心地说:"假的。"

宁和立这才松了一口气:"我就知道,就王严那个酒囊饭袋,陛下又怎么会……"

谢殊打断补充说:"陛下想让他去锦衣卫,圣旨估计过两天就会送到李府了。"

宁和立一愣,顿时瞪大了眼睛。

"这……"宁和立不敢置信,"这锦衣卫是什么地方?陛下……陛下……"

宁和立压低声音,急道:"陛下疯了不成!"

谢殊扯了扯唇角。

"陛下想让王严去锦衣卫当差？"戚秋惊讶地看着井明月，手里的橘子是剥不下去了。

自昨日生辰宴之后，井明月与安家也算是撕破了脸，魏安王妃便下旨让井明月收拾了东西到王府居住。

对于井明月来说，住到王府虽然拘谨，但总比回安府或者住到客栈要好上许多。

井明月点点头："今日霍家来王府做客，我听霍娉说的。据她说虽然现在京城传遍王严要去大理寺当差，但其实陛下更属意他去锦衣卫，估计过几天圣旨都要下来了。"

戚秋慢慢放下手里的橘子，整个人迷茫了。

霍娉的姐姐是宫中受宠的贵妃，是皇帝的枕边人，她传出来的消息十有八九是真的。

也正因如此，戚秋更百思不得其解。

戚秋常常待在谢府里头，因谢夫人与李夫人的恩怨，很少人会跑来谢府说李家的事，李夫人的儿子王严跟着李夫人来了京城的事戚秋竟现在才知道。

在原著里回京的只有李夫人一个，王严依旧在襄阳待着，不曾来到京城，在原著里都没有什么戏份，就更别说到锦衣卫当差了。

原著剧情又改变了。

这次又是因为什么？

戚秋咬了咬唇，心里涌出来一股不踏实的感觉。

虽然因为原著视角问题，原身在原著里占的篇幅不长，很多事也都不曾写出来过，但起码一些大事还是能让她通过原著的部分剧情猜想出来，早做准备。

可现如今如果脱离原著剧情太多，她这么一个优势便没什么用了，只剩下一个有任务哼唧，没任务就消失的不靠谱系统。

而她还有这么多疑团没有解开。

原身的死，戚家出的什么事，这一系列的谜团就像是悬在头顶上的刀，说不定什么时候就落了下来。

井明月没有看出戚秋的心不在焉，拿起被戚秋放下的橘子继续剥了起来。

剥好之后，井明月掰了一半递给戚秋，又神神秘秘地说："而且霍娉跟我说，陛下此次给王严赐下来的锦衣卫官职怕是还不小。"

戚秋接过："有多不小？"

井明月低声说："可能比你表哥谢殊只低一点点，许是个镇抚使或者千户。"

戚秋顿时震惊地"哟"了一声。

谢殊十五岁入锦衣卫，在里头当差五年立功无数，也才在昨日凭着谢府世子的身份换来了这个锦衣卫指挥同知的从三品官职。

这便还算是升得快的，有好些人熬了一辈子都不见得能当上千户。

而这个王严随着李夫人入京没多久，一无功绩，二无世家的庇佑，却被封了这么高的官职。

谢夫人要是知道怕是会气得坐不住。

井明月撇了撇嘴，压低声音说："我听霍娉说这个王严不是什么好东西，在襄阳的时候就欺男霸女，来了京城也不见收敛。前段时间就跑去梨园大闹了一场，砸了不少东西，就为了见映春姑娘。"

井明月说得正起劲儿，外面却传来了一阵骚动。

[61]

这阵嘈杂的动静不是从戚秋的院子里传出来的，不远不近，像是有人急匆匆地跑进后院。

戚秋起身往外走，井明月也跟着出来了。

刚打开门，就见王嬷嬷从外面走进来，站在院内像是也听到了动静，扭头诧异地向外面望去。

站在院子里听得真切，只听那阵嘈杂的动静直直地往谢夫人的院子里去了。

"这是小厨房新研究出来的几样糕点，都是应节气的吃食，夫人特意吩咐老奴送来给表小姐和井小姐尝尝。"王嬷嬷最先回过神，对着戚秋笑道。

水泱上前，从王嬷嬷手中接过食盒。

或许是惦记着刚才发生了什么事，王嬷嬷并没有久留，客套了两句话后就急匆匆地往谢夫人的院子里去了。

外面冷，等王嬷嬷走后，戚秋和井明月紧跟着回了屋子。

方才的动静那么大，井明月也担心是谢府出了什么事。

为了避免自己留下来碍事，她吃了两块糕点，稍坐片刻后就起身告辞了。

井明月走后，水泱紧跟着进来，将打听清楚的事告诉了戚秋。

水浃说:"奴婢听谢夫人院子里的下人说,好像是宁国公府的公子和谢公子在茶楼里与李夫人的儿子起了争执,把李夫人的儿子给打了一顿。两位公子回来谢府的时候虽然没有受伤,可衣袍染上了血,把门口的小厮吓了一跳,赶紧去禀告了夫人。"

戚秋惊得一愣,难以置信:"打了王严?他们因何起了争执?"

水浃摇头:"谢夫人院子里的丫鬟只说了这些,奴婢也不知道因为什么。谢夫人正要去谢公子的院子,小姐要跟着一起吗?"

戚秋点点头,赶紧起身。

一路走到谢夫人的院子,正好撞上从屋子里出来的谢夫人。

谢夫人一愣,随即拉着戚秋朝谢殊的院子去:"这两个人,真是一点也不让人省心!"

担心吓着戚秋,谢夫人倒是在路上安慰了戚秋两句,让她不用担心。

去到谢殊院子里的时候,下人都守在屋外,见到戚秋和谢夫人赶紧行礼。

里面的谢殊听到动静,撩开帘子出来。

此时的谢殊已经换了一身衣袍,蓝色温润,若不是谢殊脸上还有一道没擦掉的血迹,戚秋还真不相信水浃口中的事与谢殊有关。

戚秋站在谢夫人身后,目光在谢殊脸上那道血痕上面打转。

许是看得久了,谢殊竟垂下眸子,两人的目光短暂地碰撞在一起。

谢殊率先垂下视线,对谢夫人说:"母亲,您怎么来了?"

谢夫人瞪着谢殊,压低声音:"你还好意思说!我早上才叫你不要过火,这才过了几个时辰你就……"

谢殊无奈地扯了扯唇。

不等谢夫人说完,换好衣袍的宁和立也从房间里走出来,拱手请安。

谢夫人只能停了口。

碍于满院子的下人,谢夫人也不好在门口就问怎么回事,彼此客套两声后,一行人便进了屋。

东今赶紧上前奉茶,出去时还特意将门给关上了。

见四下无别人,谢夫人便按捺不住了:"到底发生了什么事,你们两个怎么会跟王严起了争执?"

宁和立摸了摸鼻尖,悻悻道:"倒也不是什么大事,就是一时嘴快,到气头上了。"

谢夫人急道："那因何动手？"

宁和立看了一眼谢殊，却是低下头什么都没说。

之后不论谢夫人怎么问，宁和立都不肯说，谢殊也不开口。

宁和立毕竟是客人，谢夫人也不好一直追着问，等宁和立要起身告辞的时候，谢夫人却拦住了要起身送客的戚秋。

谢夫人低声对戚秋说："你就别动了，帮姨母盯着你表哥，别让他溜走了！"

宁和立要走，谢殊却依旧坐得四平八稳，看样子是不打算起身去送。

谢夫人担心这是谢殊想趁着自己送宁和立出府的工夫溜出府，躲避她的询问。

戚秋闻言脚步一顿，扫了一眼旁边垂眸闭目的谢殊，点点头，刚站起的身子又坐了下来。

等谢殊再睁开眼的时候，屋子里已经安静下来，只有熏烟袅袅腾腾。

他刚准备站起身，却听到一旁传来一道幽幽的声音："表哥，你要去哪儿？"

谢殊一愣，转过身来。

只见戚秋扒着屏风框从后面探出头来，淡黄色的衣裙露出一角，眉眼弯弯，笑得狡黠。

谢殊顿了一下："你方才一直留在这儿？"

戚秋从屏风后面走出来："姨母叫我留下来看着你。"

等走到谢殊跟前，戚秋笑着说："表哥，你可不能跑，不然我没有办法向姨母交差。"

谢殊揉了一下额头，被戚秋盯着，只能又坐了下来。

戚秋坐在谢殊左手边，手托着腮，笑盈盈地看着谢殊。

在原著里，谢殊小时候虽然经常揍杨彬，却很少在外面主动惹事打人，没想到如今倒是……

戚秋好奇地问："表哥，你和宁公子因为什么与王公子起了争执？"

谢殊身子往后靠了靠："没什么，一点小事。"

他昨日一宿未睡，眼下眼皮微垂，似有些困倦了。

这话说的，一看就是在敷衍。

戚秋委屈地看着谢殊："连这个也不能说吗？"

说罢也不再开口，就赌气一般看着他。

静默了半晌，谢殊无奈地叹了一口气，睁开眼，垂眸看向戚秋。

两人四目相对，谢殊刚要说话，戚秋却不再追问了。

戚秋委屈的神色一收，眨眸促狭道："表哥你在外面不乖，竟然还打架。"

谢殊一顿，很老实地说："我没动手。"

戚秋不信："可我明明听下人说你和宁公子与王严起了争执，三人便动起手来。"

谢殊突然扯了扯嘴角，也侧身过来。

双手放在桌子上，谢殊和戚秋脸对脸，两人之间间隔的距离只有半个小臂这么近，呼出的气息都在交缠。

他这一下来得实在是太过猝不及防，戚秋口中的话猛地一顿。

面对着面，两人离得这么近，戚秋可以清晰地看到谢殊淡薄的眉眼轻轻地往上一挑。

谢殊勾唇淡淡一笑，不紧不慢道："表哥说的不信，信别人说的？"

谢殊生得桀骜又野性，看惯了他冷硬淡薄的一面，如今这副漫不经心的模样竟让戚秋有些无所适从。

这还是谢殊头一次自称"表哥"。

或许是离得近的缘故，谢殊这句话就好似在戚秋耳边响起一般，低低沉沉，又带着漫不经心的轻佻。

戚秋突然觉得自己的脸有些热。

在茶楼的时候，谢殊还真没与王严起争执，是宁和立与王严吵了起来，后来两人便动了手。

只是为何起争执又为何动手，事关宁和立，他不能说。

本来他确实想趁宁和立起身告辞的工夫，翻出府去躲个一两日再回府，省得被逼问。

可万万没想到，这次多了个拦路虎。

垂眸看着近在咫尺的戚秋，谢殊喉咙紧了紧。

戚秋长得清秀白皙，如今面上染了一层桃红，就像夏日里的一朵芙蕖。两人离得近，谢殊甚至能清晰地看到戚秋又密又长的眼睫在轻颤。

他也是在转过身之后才发现原来两人的距离这么近，可既然已经转过来了，总不能再灰溜溜地转回去。

他只好硬撑着，心却跳得有些快。

戚秋半天没有说话，谢殊也沉默着，屋子里一下子陷入静谧，就如同上午一般。

偌大的房间只听炭火时不时传来噼啪声。

正当谢殊想移开视线坐回的时候，戚秋却突然抬起手来，朝他左脸摸去。

一阵冰凉软柔的触感在左颊拂过，激起一阵酥酥麻麻的涟漪。

谢殊呼吸顿时一滞。

不等他反应过来，戚秋已经将手指伸到他眼前，细声问："那这个是什么？"

戚秋的手纤细白嫩，指腹上被蹭上一道血痕。

谢殊薄唇轻抿，下颌紧绷，身子一动未动。

院子里传来一阵脚步声，是谢夫人回来了。

等谢夫人回来后，戚秋就起身回了自己的院子。

刚走到院子门口，就见郑朝面色着急地等在屋子门口。

戚秋一愣，忙将人领了进去。

挥退左右后，郑朝便赶紧说："小姐，您让奴才找的地方找到了，就在离京城不远的梧桐县。"

戚秋心中顿时一喜。

在蓉娘的线索片段回忆里，她发现刘刚的肩膀上落着一片花，那花长得稀奇并且少见，戚秋没见过却觉得眼熟。

那日刘刚是去见他所谓的主子，若是找到这少见的花，说不定就能顺藤摸瓜发现他的主子是谁。

戚秋想来想去，还以为是在陵安河看到过，那日与井明月转了一圈却并没有发现。

后来又正好撞上谢殊与杨彬，此事便耽搁下来。

为了不误事，戚秋便将这朵花的样子画了出来交给郑朝去办。

这一连数日过去，就在戚秋以为此事要搁浅的时候，没想到竟还真让郑朝给找到了。

"这种花据说是西域的花，有毒，所以京城很少人种，只有这户人家门口的花圃种了不少。"郑朝将地址写给戚秋，缓缓说道。

戚秋刚欲打开字条，系统的提示音突然响起。

恭喜宿主，找到原著隐藏剧情地点，特奖励蓉娘打手线索片段两个，刘刚线索片段四个。

恭喜宿主，经检测，刘刚线索片段已足八个，可兑换刘刚回忆一段，请宿主选择是否兑换。

特此提示，因此回忆片段事关原著中原身之死，请宿主谨慎选择是否观看。

[62]

等到晌午过后，戚秋借口身子不舒服，挥退了左右，自己一个人躺在床上。

系统姗姗来迟，送来了提示。

特此提示，刘刚的这段线索回忆片段事关原身之死，因此涉及的是宿主未穿书过来的原剧情，与现在事情走向不符，请宿主不必在意。

戚秋："……"

怎么不在意，说不定下一个死的就是自己了。

正想着，戚秋便感觉到一阵眩晕，下一刻，系统的声音便听得有些不真切了。

刘刚线索片段已开启，请宿主仔细观看。

……

正值五黄六月，蝉鸣扰人，烈日悬于头顶，投下一道道扭曲的光斑，灼热的气息让人都有些喘不过来气。

街上行人少，景悦客栈也没什么客人，掌柜的蓉娘着一袭红纱薄裙坐在屋子里，烦躁地扬着手里的扇子扇风，挪开眼，不去看底下站着的人。

刘刚也皱着眉头："为什么非要我去帮忙？"

底下那个人身着布衣，小厮的打扮，说起话来倒是不卑不亢："人是从你们手底下走出去的，如今自然应该由你们去收尾。"

蓉娘合上扇子："你们还好意思说。当时人住进我们客栈的时候，可没人告诉我们她就是戚家小姐，现如今却把事情推到我们身上了！"

那小厮扯了扯嘴角："人就在你们手里，你们却还摸不清她的身份，直到她被谢家的人接走了你们才恍然大悟，看来尚姑娘手底下的人也不怎么中用。"

这话一出，别说是蓉娘了，就是刘刚的脸色也难看了起来："你瞧好了这里是哪儿,你敢在这里撒野!"

小厮不屑地扬了扬眉。

不等他说话,客栈的门却被打开,从外面走进来一个女子。

女子身姿绰约妖娆,巴掌大的小脸白皙红润,眉眼生丽,只可惜脸上有一道疤痕,使她退去了三分美艳。

她一走进来,屋子里便安静了下来。

刘刚和蓉娘站起身,轻轻道了一声:"红姑娘。"

蓉娘上前一步问:"红姑娘,可是宫主子有什么事要吩咐吗?"

红姑娘没有说话,静静地看着下面站着的那位小厮,嘴唇轻扯,似笑非笑的样子。

方才还和蓉娘、刘刚呛声的小厮见状退后一步,低下了头。

红姑娘这才收敛视线,对刘刚和蓉娘说:"主子让我过来传话,你们明日就去城外的庙里帮把手。毕竟那位手底下没什么可用的人。"

底下的那个小厮闻言脸色不怎么好看,却也没敢再说什么。

刘刚和蓉娘垂下眼,神色微微透露着不情愿,却也不好再多说什么,只得点点头。

夜里下了雨,终于凉快了一些,刘刚和蓉娘围坐在一个水缸前说着话。

蓉娘正喂着鱼,冷笑道:"你去也好。本来就因为谢家在她手里吃了个大亏,你去了也好给我出出气。"

刘刚正灌着酒,闻言懒散地点了点头。

夏日多雨,听着外面噼里啪啦的雨声,过了半晌后刘刚说道:"要说起来这个戚家小姐也真是可怜,好不容易从江陵来到京城,有谢家庇佑又如何,还不是落到了这般田地。"

蓉娘逗着水缸里的鱼,无动于衷:"这就是她的命,她只能认。"

刘刚慢悠悠地说:"只是可惜了,她还做着当谢府世子妃的春秋美梦。"

蓉娘冷笑了一声:"痴心妄想。"

说罢,蓉娘放下手里的鱼食走到一旁,从锁起来的柜子里拿出一个账本交给刘刚:"我听红姑娘说,明日那位会去春红楼找主子说事,我便不去了。这个你先收着,明日记得交给主子。"

刘刚接过,却问道:"你们两个真的打算老死不相往来了?好歹也同为关家后人,又是表姐妹,既然她上了京城,你们两个何不坐下来谈谈?"

一听"关家后人"四个字,蓉娘就忍不住怒瞪起刘刚来。

刘刚也自知失言,赶紧自打了两下嘴巴。

蓉娘脸色这才好上一些:"我是偏房庶女,因为身子不好从小养在庄子里,与她能一样吗?她可是关家嫡系的嫡女,出身高贵,自小得父母宠爱,金尊玉贵着长大。

"她记恨着我当年抛下她跟你走了,留她自己一个人被流放多年,如今哪里还愿意跟我坐下来聊聊。"

刘刚叹了一口气:"我这不是想着你俩好歹是表姐妹……"

"亲姐妹都尚有翻脸的,更何况这亲不亲、近不近的表姐妹了。"说罢,蓉娘站起身回了房间。

刘刚又是一声叹气。

他没有再久坐,放下酒坛,嗑了一会儿瓜子之后也回了自己的房间。

而谁也没有发现,在他俩走后,窗户外面有一道人影闪了过去。

大雨下了一整夜,屋檐下如同被加上了个水帘,哗哗啦啦的雨水尽数砸在石板上,留下一个个坑洼。

翌日一早,刘刚便带着一个手下冒着大雨出门,等在谢府不远处的拐角处。

谢府矗立在大雨之中,朱红色的大门更显气派,门前的两尊石狮子在雨幕中丝毫不减威严。

刘刚躲在一处屋檐下一直等到快午时,谢府的偏门这才被打开,戚家小姐从谢府里出来。

出来之后便是一阵左顾右盼,像是在躲着什么人。

刘刚早有准备,见状领着手下退后一步,躲在了拐角的柱子后面。

大雨打在斗笠上,模糊了眼前的视野。

等刘刚再出来的时候,戚秋上的那辆马车已经在大雨拍打下朝皇宫的方向渐渐远去。

马车跑得快,再不追就来不及了,手下顿时慌了起来。

刘刚却是慢悠悠地收回视线,丝毫不急地说:"走,去城郊庙里。"

刘刚的手下紧张地问:"可人……"

刘刚一笑:"她跑不了!"

说罢，刘刚就翻身上马，朝城外的庙里赶，那手下见状赶紧跟上。

这处寺庙离京郊不远，两人快马加鞭，只用了一炷香的时间就赶到了这个已经荒废许久的寺庙里。

翻身下马，已经有人等在此处了。

为首那个人身材弱小，侧身站着，头上戴着的斗笠还在往下面淌着雨水。

听见响动，男子转身看过来。

外面忽然一道惊雷劈过，男子的样貌暴露无遗。

正是王严。

见刘刚两人走进来，王严皱了皱眉头："你就领了一个人进来？你知道今天是什么事吗！"

刘刚冷哼一声："王公子不是也只带了一个人吗？"

王严不悦："我刚入京城，不曾在人前露过面，如何能大张旗鼓？"

刘刚挑起手中的剑擦拭着："我一个客栈的打手，又怎么敢领着一大帮子人在街上走，这不是等着锦衣卫来抓我？"

两人谁也不让谁，索性都不再说话了。

片刻后，只听外面传来一阵马蹄声，由远及近狂奔而来。其中还有女子的求救呐喊声夹杂在雨幕里，一声轻一声重地传来。

刘刚和王严赶紧站起身来。

[63]

今日雨下得大，如同天上破了个窟窿一般往下倾洒。即使是白日，但乌云笼罩，狂风不止，如夜晚一般压抑着，昏昏沉沉。

电闪雷鸣之间，一辆马车疾驰如飞而来。

女子求救的呼喊声由远及近，透过噼里啪啦的雨点声越来越清晰，直到马车仓促停下。

不等女子反应过来，马夫一下跨上马车，掀开帘子，将人从里面硬生生地拖拽了下来。

女子死命挣扎着却依旧挣脱不开禁锢，嘴又被车夫强行捂上，只能发出含混不清的声音。

大雨打湿女子的头发，精致的衣裙被溅上一片泥泞，她清秀的面容上还往下淌着水滴，也不知是雨水还是泪水。

女子不停地挣扎惹怒了车夫，被推进破庙的时候，他便一巴掌扇在了女子的脸上。

车夫面色生硬狰狞，嘴里怒骂着："睁开眼看看这里是哪儿！已经出了京城，你还想往哪儿跑！"

车夫力气大，女子被一下扇翻在地，地上的泥泞污水一下子浸湿女子的衣裙。

车夫嘴里还在骂着。

眼见女子捂着脸半天都没能起身，破庙佛像后面的刘刚和王严这才慢悠悠地站起身，朝这边走过来。

王严走到戚秋跟前蹲下来，捏着女子的脸："戚小姐，你说你这是何苦，我们一伙不好吗？"

女子不愿看见他，闭上眼，没有说话。

王严手上故意一紧，强迫女子抬眸看着他，手指摩挲着女子光滑白净的下巴，目光幽幽。

女子浑身哆嗦了一下，这才缓缓从嘴里吐出一个"好"字来。

"既然好……"王严冷笑着，猛地伸手将女子藏在袖子里的账本掏出来，"戚小姐，那这个是什么？"

女子抿着唇，微微喘着气，身子有些发抖。

王严站起身，冷哼一声："你不说，我们就能跟傻子一样被你糊弄了吗？你想要拿着这个账本去皇宫揭发我们！"

说着，王严重重地将账本扔在地上，地上的草垛和雨水将女子小心藏了一路的账本打湿。

女子眼睁睁看着，却没有上前去抢，而是绝望地闭上了眸子。

还是一旁的刘刚好奇，弯腰捡起账本只粗粗看了一眼，顿时瞳孔一缩，随即快速地翻动着账本。

甚至都没有看完，刘刚就猛地抬起头，看着跌坐在地上的女子，心中大骇。

这个账本上详细地记载了他、蓉娘、王严等人的罪行，不仅如此，顶上还有与他们有关联的官员名单和受贿证据。

凡是记录在顶上的，都白纸黑字含有铁证。

顶上甚至记载了一些他们谈事的地方!

刘刚喉咙一紧,拿着账本的手都在抖,怒道:"你疯了吗!"

这些东西要是递到皇宫里头,等朝廷在附近埋伏人手,他们这些人要还是无知无觉,恐怕就真的要被一锅端了!

王严眯着眸子:"自从你上京之后投到我们门下,主子可曾亏待过你?你竟然恩将仇报!"

女子握紧衣裙,身子直抖,闻言终是再也忍不住了。

一连冷笑几声,女子说:"我恩将仇报?我父亲被你们陷害贪污的事你们真的以为我不知道吗!我父亲察觉到你们的计谋时为时已晚,只能把我偷偷送上京城,你们却依旧不放过我!那日你们找上我,给我喂了毒药,强行要我帮你们做事,如今还敢提'善待'二字?

"你们以为我不知道你们在打什么如意算盘吗?你们分明就是想我帮你们监视谢家、监视谢殊,所以才没杀我。现在你们见我根本靠近不了谢殊,又觉得我没用,把襄阳那个喊回来了不就是想让她取代我,然后赶紧除掉我这个碍眼的戚家人!"

女子冷冷地看着王严和刘刚:"事到如今,大家都坦诚一些,何苦再说那些令人作呕的话来恶心人。我也不怕告诉你们,其实从你们找上我的那一刻我就知道你们是谁,我之所以答应你们不过是为了这个。"

女子看着刘刚手里的账本,目有余泪,不甘道:"只要我找到你们的罪行,找到你们诬陷我父亲的证据,我戚家就还能有一条活路,为此我宁愿被你们利用。只可惜我千防万防,却没想到原来谢府之中也有你们的人,不然等我到了皇宫,且看你们有多大的能耐能逃得过锦衣卫的天罗地网!"

刘刚久久无言,既震惊又后怕。

谢府如同铜墙铁壁一般被围得密不透风,这个车夫只因为是谢府的老人,谢老夫人还在世时曾在跟前伺候过,才没有被发现。

其余的人,不论男女老少,但凡是进谢府两日,就一准被谢殊揪出来,毫无例外。

也幸好有这个车夫在谢府当差,知晓此事后提前通信,不然说不定还真让她的计谋得逞了。

顿了顿,刘刚蹲下来,幽幽地看着跟前的女子:"你知道你最大的错处是什么吗？"

女子咬紧牙关。

刘刚说："是不相信谢家。"

外面雨势越来越大，将刘刚的声音都遮得不真切起来："你觉得你给谢夫人下毒的事被谢殊发现了，他一定不会信你、保你，所以你只能去皇宫。若是你待在谢府，等谢殊从北域回来将这个账本交给他，今日你也不会落到我们手里。"

刘刚的声音不带任何起伏，却成功地激怒了女子。

女子低声怒吼："是你们要我给谢夫人下毒的，是你们威胁我！"

刘刚平静地说："可毒是你下的，从今以后也再没有人知道此事是因为我们在背后威胁你。"

他话落，一道惊雷猛地在上空炸响，将刘刚的脸衬得忽明忽暗。

女子脸上怒气一顿，望着刘刚狠狠地打了个冷战。

王严也走了过来，轻佻一笑："戚小姐，既然被拉来了这里，你就该知道自己的命运了。"

女子身子止不住地往后蜷缩着："不，你们不能杀我，你们杀了我，谢家是不会袖手旁观的，你们就不怕锦衣卫追查吗！"

王严哼道："本来是不想杀你的，可谁让你不知死活。虽然麻烦些，但肯定是留不得你了！"

女子翻身就想朝外跑去，却被车夫一把揪住领子摔倒在了地上。

王严手拿着刀欺身上前，目光阴鸷。

女子被车夫按着，无路可去，只好放声尖叫起来："救命，这里有人要造……"

"啪"的一声响。

王严一巴掌甩下来，打断了女子口中未完的话。

王严怒道："还敢乱嚷嚷！"

车夫也赶紧捂上女子的嘴，目露凶光："闭嘴！"

女子用力挣扎着，一只手划过车夫的脸，顿时留下几道血痕。

车夫被女子挠的这一下气得大怒，刘刚见状刚想上前，却被王严拦下。

王严欣赏着女子濒临死亡的挣扎，悠悠说道："怎么样都是个死，何苦再自己动手。"

说话间，女子已经挣扎不动了，脸涨得通红，呼吸渐渐弱下来。

眼看女子就要不行了，车夫这才稍稍松了一些力道。

不等车夫擦了额上的雨水，只见女子苍白的嘴唇轻启，吐出几分气息出来，像是想要说什么。

女子的声音太小，外面的雨声又太大，尽管车夫、王严几人都静了下来，却依旧听不到女子到底说了什么。

眼看女子眼皮越来越沉，王严一顿，只好蹲下来俯身去听女子临终之言。

王严附耳过去，只听几轮呼气过去，女子这才断断续续地又说："我死了……你们……你们也别想……好过。"

王严一愣，随即嗤笑一声站起身："还在嘴硬。"

话罢，王严摆摆手对车夫说："杀了吧。"

车夫领了命，手上再无顾忌。

外面雨势依旧很大，大雨打在外面的长春花上，使得花瓣凋零，尽数散落在泥土里。

顿了顿，刘刚亲自上前去探女子的鼻息，确认人已经死了之后，便不打算在此久留。

刘刚道："你们要我帮忙的事情已经办好，没有什么事我就先走了。"

王严却不慌不忙，嘴角还噙着一抹笑："急着走什么，雨势这么大，不如坐在这里欣赏一会儿雨景，还有美人做伴。"

这个美人自然指的是已经没了气息躺在地上的女子。

刘刚暗骂一声"变态"，不欲理他，抬步朝外走去。

谁知刚走没两步，远处又传来一阵马蹄声。

大雨天的，谁会往这边来？

王严和刘刚对视一眼，拿起刀往外面走。

大雨倾盆之下，只见一辆马车急急地朝这里奔来。

等到马车又近了一些，看清驾马的车夫，两人这才齐齐地松了一口气。

马车停下，王严先一步上前："事情已经办妥了，还请姑娘放心。"

马车里面传来一道悠然的女声，在大雨之下有些不真切。

"账本呢？"女子问。

王严赶紧将账本从车帘缝隙里递了过去："在这儿，还请姑娘过目。"

马车里坐着的那位姑娘接过，翻看了几下后轻哼道："倒是个有本事的。"

话罢,狂风吹起,掀开一半车帘,坐在里头的姑娘的容颜暴露出来。

巴掌大的小脸,眉头轻蹙,翘鼻娇唇可见容貌上乘。

若是躺在寺庙里的女子还活着,睁开眼一看便知此人正是关家小姐,关冬颖。

……

戚秋猛地从床上惊醒。

如今刚过晌午,院子里面一片寂静,偶有下人的交谈声不清不楚地传来。

戚秋坐在床上喘了一会儿气,这才靠着身后的软枕冷静下来。

刘刚线索片段回忆已经发放完成,原身之死已揭晓,还请宿主继续加油。

经检测,谢夫人好感度已达七十分以上,特奖励一朵金玫瑰。

经检测,谢夫人和谢侯爷好感度总和已达八十八分以上。"两个月内谢夫人和谢侯爷好感度总和达八十八分以上"任务已完成,特奖励两朵金玫瑰。

戚秋回忆着刘刚的这个线索片段,心里五味杂陈,哪里还顾得上任务奖励。

线索回忆以梦境的方式发放,因此也格外真实,戚秋从床上坐起来半晌,还忍不住摸上了自己的脖颈。

微微喘着气,戚秋坐在床上沉思片刻,实在是有些坐不住了,翻身下床。

一直守在门外的山峨听到里面的动静赶紧进来,见戚秋面色苍白,神情也有些不对,顿时一愣。

戚秋却顾不上这些了,坐在梳妆台前,对山峨吩咐说:"快,给我梳妆。"

山峨上前,却没忍住问:"小姐,您要去哪儿?"

戚秋抿着唇说:"去找谢殊。"

[64]

冬日的下午,寒风直吹,偶有鸟雀飞过。

戚秋走在去谢殊院子的路上,眸子微垂却不看路,有些心不在焉。

这路上结着冰滑得很,若是没有山峨扶着,就凭戚秋这心神不定的样子恐怕至少摔上一跤。

冷风呼啸,扬起散雪,戚秋走过的路上落了一只鸟雀叽叽喳喳地叫着,惹得山峨止不住地回头看。

戚秋却没有心思看这个，现如今满脑子都是刘刚的线索回忆片段。

线索回忆不断在脑海中闪过，戚秋面色苍白，眉头紧紧蹙起。

这段线索回忆长，有用的信息确实不少，还都是戚秋迫在眉睫需要知道的。

最起码通过这段线索回忆片段，戚秋终于知道戚家到底出了什么事。

戚父被诬陷贪污，怪不得要将女儿送到谢家。

普天之下，除了谢家，戚父戚母还真没有更好的选择了。

谢家重情义又与戚家沾亲带故，谢侯爷还是当今陛下的亲舅舅，威望高，权势大。虽说陛下已经过继给了先帝，但有了血缘亲情总要比别人多一份恩宠。

上京的路危险，想来戚父戚母私下里也定是没少斟酌，最终还是下定决心要原身进京的缘由，怕也是想要博一下。

左右是死路一条，还不如把女儿送到谢府博一线希望。

等到东窗事发的那一天，消息传到京城里，若是谢家愿意出面保原身，那原身就多一丝生机。无论如何，也总比待在戚府跟着一起等死好。

也难怪戚父戚母要找镖局护送原身上京，恐怕戚府早就被人给监视起来了，原身只能偷偷摸摸地离开。

若是敢声势浩大地进京，只怕原身连江陵的关口都走不出来。

就是不知道刘刚他们几人是何时找到原身，要求原身帮他们做事的。

是原身入京没多久还是……

原著里，即使原身住在谢府，但有关她的描写也只占了全文篇幅很小的一部分，并且一出场就在作妖，根本就没有原身私下的情况和有用的信息。

戚秋缓缓地叹了一口气，伸手拢紧身上的披风，埋头往前走着。

没走两步路，戚秋却又叹了一口气，一脸头疼地皱眉。

其实压在心里，最让戚秋喘不过来气的还是原身朝外面的那句求救。

那句戛然而止的话，让戚秋不寒而栗。

她在梳妆时就在想，到底是原身为了求救在胡乱地喊，还是真的话中有因？

那句话牵扯太大，让戚秋不得不往深处想。

捏着帕子的手越握越紧，戚秋一边走一边回想着刘刚的线索回忆片段，心乱如麻，头一次心里有些静不下来。

原身惨死的面容仿佛还在眼前，压抑在心里，始终无法让戚秋松上一口气。

一旁的山峨见戚秋一直低着头不说话，脸色也不怎么好，还以为是戚秋遇到什么难事，便忍不住开口劝说道："小姐，您若是遇到事可以去找谢夫人帮忙，谢夫人一直很喜欢小姐，定不会袖手旁观的。"

这话倒是给戚秋提了个醒。

戚秋的脚步猛地一顿。

站在原地停了片刻，戚秋衣襟被寒风吹起，发髻也被风吹乱了一些。

直到脑子清醒一些，戚秋这才在脑海里问系统：谢夫人、谢侯爷和谢殊对我的好感度分别是多少？

过了一会儿，系统机械的声音就在戚秋脑海中响起。

谢夫人好感度七十二分，谢侯爷好感度四十五分，谢殊不详。

戚秋皱眉：不详？

谢殊为宿主终极攻略目标，非任务期间和任务发放奖励期间，宿主无权探知谢殊好感度。

戚秋沉默下来。

不知道谢殊的好感度，她就少了一些把握。

若是像谢夫人这么高的好感度，她大可一试，说错了、说多了谢夫人也不会怪罪和怀疑，可谢殊不一样。

谢殊不像谢夫人那般好哄，在不知道谢殊好感度的情况下，她若是贸然行动，糊弄不过去，到时候就是引火上身。

若是谢殊的好感度还是只在三十分徘徊，那她不论怎么委婉地说，都很有可能会被谢殊质问"你是怎么知道这些的"。

如此机密的事，她也总不能说是她做梦梦到的。

沉思片刻，戚秋只好先打消了自己原本的打算。

毕竟她冒不起这个险。

若是旁的事也就算了，这件事可非同小可，若原身的那个账本当时真的递了上去，恐怕整个京城都要变天。

况且原身递上去的账本那么厚，可见受牵连的官员不少，她在许多事情都不知道的情况下贸然出手，没有证据不说，还容易打草惊蛇。

一连叹了几口气，戚秋站住了。

是她太过于着急了，在没有圆好说辞之前，她还是先不要将此事揭开。

刘刚和蓉娘已经被抓，原著剧情已经改变，说不定谢殊已经知道了什么，还是等她日后先试探一番再作打算。

戚秋打定了主意，山峨却是有些站不住了。

见戚秋停下来半天也不说话，山峨终于没忍住上前问道："小姐，你怎么了？"

戚秋揉着眉心，舒了一口气："没什么，我们先回去吧。"

山峨诧异："不去找谢公子了吗？"

戚秋点点头："不去了。"

"真的不去了吗……"山峨朝前指了指，"我们已经到谢公子的院子了。"

戚秋一愣，抬起头才发现自己已经埋头走到了谢殊院子前。

说来也巧，戚秋抬头之际，谢殊正好从院子里走出来。

或许是要出门，谢殊外面罩了一件绣着白云纹的披风，里面穿了一件玄色的宽肩窄袖衣袍，头发被玉冠束起，露出清晰凌厉的下颌。

他眸色浅，眼皮又薄，眉眼显得格外清冷，从里面走出来的时候给人一种生人勿近的感觉。

眼见这时候走是来不及了，戚秋只好上前。

没想到会在院子门口遇上戚秋，谢殊一愣，随即又朝戚秋这边走了两步。

见戚秋的脸色不怎么好，谢殊顿了一下，开口问道："怎么了？可是找我有什么事情？"

戚秋心里正乱着，闻言竟一时想不到好的借口来说，支吾一声后索性不说话了。

谢殊见状还以为是戚秋有事不好意思张口，便让身后跟着的小厮东今退去一边。

想着山峨是戚秋自己的丫鬟，谢殊便没有管，开口说："你若是有什么事想要我帮忙便直接说吧，不用客气，只要是我能帮上的一定帮你。"

谢殊的声音清冽，夹在寒风中，却添三分温和。

戚秋实在是想不到自己此时能拿什么借口来搪塞谢殊，眼见谢殊还在问，戚秋脑子一混沌，嘴上便容易没个把门的。

看着谢殊，戚秋突然蹦出来一句话："表哥，我想你了。"

谢殊见戚秋半天没开口，微微皱起眉，本欲询问，谁知这嘴刚张开，戚秋就猛地说出这么一句话出来。

这话落地，谢殊的身子顿时一僵，震惊地看着戚秋。

寒风静悄悄地吹过，四周一片寂静。

树梢上的冰凌已经在前几日被下人打扫干净，石子路边上只残留一些积雪，正在悄然融化。

谢殊看着戚秋，明明是冬日，却突然觉得脸颊有些烫，放在身侧的手也渐渐地握紧了。

别说谢殊，就是山峨也傻了眼。

她怎么也没想到戚秋方才非要过来找谢殊，竟是为了说这么一句话。

默默地咽了咽口水，山峨身子开始往后退，结巴地对着戚秋说："那……那小姐和公子先说话，奴婢……奴婢先退到一旁看着人。"

说着，山峨就赶紧朝一旁的路口走去。

眼见山峨离去，戚秋这才回过神来，也傻了。

其实这话倒也不假。

方才沉浸在线索片段里的内容时，看着原身惨死的画面自己却无能为力时，戚秋就一直在想"若是谢殊也在就好了"。

若是他看到这些线索回忆片段，一定会有办法解决这些事。

可想是这么想，说出来就不一样了。

被谢殊震惊地看着，戚秋心里还惦记着原身的事，几番欲言又止之后终是低下了头。

现在向谢殊提起此事实在不妥，她自己知道的事太少，告诉谢殊又能说什么。

心里这样想着，戚秋只能默默地叹了一口气。

一旁的谢殊见戚秋低着头不说话，咳了两声："这话怎么好在人前乱说，若是被有心人听见了，岂不是害了你。"

戚秋脑子里想着别的事，闻言想也没想就接着话茬说："那不在外面就可以说了吗？"

谢殊口中未说完的话顿时一停，耳朵本已经红了个彻底，这下连同耳后根也红了。

"你……"谢殊难得结巴了，"你……我并非这个意思。"

戚秋回过神来也知自己又说错了话，跟着结巴："我、我知道。"

话落之后，两人皆是一阵沉默。

先前那只鸟雀落在二人身旁的树上，独自叫得欢快。

戚秋心里实在乱，怕说多错多，只好潦草地福了福身子："表哥，我也没什么别的事了，就先走了。"

说罢，戚秋转身就想走。

谁知刚走没两步，戚秋突然听到身后响起一阵脚步声，由远及近，越来越清晰。

不等戚秋转身去看，谢殊就大步走上前来，停在戚秋跟前。

几次喘息过去，谢殊抿了抿唇："表妹，你想……"

话还没说完，戚秋突然想到了什么，抬起眸子："表哥，你能先带我去趟静安寺吗？"

[65]

冬日早上，呵气成霜。

谢府门前一早就备好了马车，只等着戚秋和谢殊用完早膳出来。

静安寺离得远，昨日去怕是来不及了，戚秋便和谢殊商量着今日一早再出门。

谢夫人院子里，两人刚陪着谢夫人用完早膳。

谢夫人有些不放心，还在嘱咐着："山上凉，你们多带一些衣裳，路上小心一些，不要光急着赶路。"

出门的事瞒不过谢夫人，戚秋只好谎称自己是要去京郊山上的寺庙上炷香，所幸驾车的人是谢殊的暗卫而不是谢府下人，不会特意在谢夫人面前说漏嘴。

看着戚秋乖乖地点了点头，谢夫人叹了一口气说道："按理说应该由我陪着你去，可皇后娘娘召我这几日入宫，我无法脱身。好在有殊儿陪着你一起，我也放心些。"

前几日皇后娘娘就派了身边的宫人来传话，要谢夫人跟其他几位夫人一起于今日进宫，在宫里小住两日。

戚秋也正是知道此事，所以不怕万一谢夫人要跟着一起去。

戚秋半是撒娇地说道："只是去山上上炷香，姨母不用担心。早就听闻皇后娘娘宫里的糕点好吃，常用来赏人，姨母回来可否帮秋儿带回来两块尝尝？"

谢夫人失笑："这是什么要紧的事？你想吃我便多问皇后娘娘要一些回来给你。"

戚秋浅浅一笑。

眼看外面天已经大亮，灵山的山尖已经被金色的光辉笼罩。

山路不好走，谢夫人又要一早进宫去，眼看时辰要到了，也不好再多说什么，又嘱咐了两声，便放戚秋和谢殊离去了。

今日的天虽然出日头了，却出奇地冷，寒风也吹得厉害。

一出屋子，便是刺骨的寒意。

将二人送出院子，看着戚秋和谢殊并肩远去的背影，谢夫人意外地愣了神。

衣襟被寒风吹起，直往衣裳里头灌。

谢夫人静静地在院子门口站了一会儿，也不知道在想什么。

直到两人的身影消失不见，谢夫人突然感慨似的叹了一口气。

一旁的王嬷嬷好奇地问道："夫人何故叹气？"

谢夫人揉了揉眉心，转身往回走去，笑道："没什么，只是突然觉得心里敞亮了些。"

王嬷嬷脚步一停，片刻后也跟着笑了："是该这样的，有些事早就该放下了。"

回到屋子里坐下，玉枝手疾眼快地上前换茶。

空隙间，玉枝故作不经意间地对谢夫人笑着说："这是一道住在府上的时间久了，奴婢瞧着这些日子表小姐和公子关系亲密了许多，不如以往那般生疏了。听府上的下人说，这几日表小姐和公子经常在一处说话。"

说罢，玉枝抬眼悄悄地看着谢夫人。

却见谢夫人面色并无波澜，低头抿了一口茶后淡淡地说道："他们是表兄妹，自然应该亲密一些。"

没想到谢夫人会是这个反应，玉枝一愣。

林间的小道上凋零彻寒，树梢上冻着冰霜，两侧还残留着成片的积雪。

路上多泥泞雪水，又是山间小道，马车走得并不安稳。

静安寺远在京城数十里地的静安山顶，途经灵山，山路崎岖，上下都不太容易。

戚秋坐在马车里，身子随着马车的颠簸摇晃，心里还在盘算着戚家的事。

虽说在她穿书之后原著剧情可以发生改变，但她穿书的节点已经在原身进京之后了，那想来戚家依旧是按照原著的剧情进展。

原身说父亲是被诬陷的，刘刚等人并没有反驳，要么是他们不知道此事，要么原身父亲就是真的被诬陷的。

戚秋更倾向于后者。

戚父是巡漕运使，虽然官职不大，但权力不小。

戚父所任职的江陵地理优渥，人口较多，颇为富裕，每年税收不少。

如果真的被扣上一个贪污的罪名，恐怕事情还不小。

戚家趁着东窗事发之前将原身送进京城来，可见也是知道事态不妙。

此事若是捂不住，戚家怕是真的就完了，远在京城的戚秋也跑不掉。

而且她既然占了原身的身体，总要替原身做一些事情，不能眼睁睁看着戚家被冤枉却什么都不做。

不仅为了自己，也为了戚家，她总要尽自己的一份绵薄之力，努力将事情搞清楚。

只是……

戚秋坐在马车里，抿了抿唇。

马车摇晃，里面烧着炭炉，点着熏香，只是往日戚秋最喜欢的清甜的香气在眼下变得甜腻，惹得人心烦。

把熏香熄灭，戚秋却依旧挥不去心里那一抹无力感。

她身边只有水浍、山峨、郑朝三人可以信得过，可水浍和山峨两个人都不会武功，手边便只有郑朝一个人还能做些事情。

凭郑朝一个人，加上一个在深闺里的她，如何帮助远在江陵的戚家逃过此劫？

靠着马车壁沿，听着外面随着马车响起的马蹄声，戚秋叹了一口气。

谢殊今日骑的马，马蹄声不轻不重地跟在马车边上，一声声响着，莫名让人觉得安心。

戚秋抿着唇。

在京城里与她相熟的，能暗中调查此事的也只有谢殊一人了。

谢殊掌管锦衣卫，最擅长调查这种事情。

但是……

谢殊会相信她吗？会帮着她暗中调查此事吗？

既然是要陷害戚父贪污，幕后之人一定已经将伪证做好了，反而是她手里什么证据都没有。

在不知道谢殊好感度的时候，戚秋不免有些犹豫。

这可关乎着戚家上下几十口人的性命，万一她告诉谢殊后弄巧成拙，反而害了原身父母可怎么办？

戚秋缓缓地叹了一口气，沉思起来。

若是按照原剧情进展，戚家在原身下线后还没有出事，那她还有两年多的时间可以谋划此事。

马上就是新年，离下一个任务应该只有不到几天的时间。

不如等下一个任务到来的时候，先向系统询问了谢殊的好感度再作打算。

若是谢殊的好感度在五十分以上，她就下定决心赌一把，赌谢殊愿意相信没有证据的自己。

正想着，系统的提示音突然响起。

嘀——经检测宿主已经偏离主线任务，若是宿主决定插手戚家的事，请牢记，不可大幅度更改原著剧情。

戚秋皱眉：“如何算是大幅度更改原著剧情？”

原著原身下线前的剧情改变百分之七十以上，就会被自动判定为大幅度更改原著剧情。

戚家的事一旦提前更改，很容易触发原著系统的自我保护措施，对宿主进行惩罚。因此还是建议宿主，若是想要帮助戚家，最好的选择是更改终极任务，还可以额外获得系统的帮忙。

经检测，宿主已经获得二十三朵金玫瑰，集够三十朵金玫瑰即可更换终极任务。

还有七朵。

戚秋无奈地问：“惩罚是什么？”

在没有大幅度更改原著剧情之前，宿主不会有任何惩罚，若是严重影响到宿主接下来要完成的原著剧情，宿主除了受到原著设定的惩罚，还会被罚钱。

戚秋："原著设定的惩罚是什么？"

惨死郊外的庙里。特此注明，这个惩罚是原著的自我保护措施，与系统无关。

不过原著设定的惩罚可用十朵金玫瑰抵消，但罚的银子很多。

戚秋："……"

戚秋简直要被气笑了。

外面一阵寒风吹过，掀起马车的帘子，露出跟在外面的谢殊。

看着谢殊棱角分明的清冷侧颜，戚秋咬牙想：没事，原著惩罚的事有金玫瑰顶着，银子的事大不了再多卖谢殊一些荷包，卖他个天价！

正在心里盘算着，谢殊突然扭过头来。

两人四目相对，戚秋偷看人被抓了个现行，觉得总要说些什么，便随口问道："表哥，你不问问我此行去静安寺的目的吗？"

昨日她说想去静安寺的时候，谢殊愣了一下。

本以为谢殊会问她去静安寺做什么，没想到谢殊只是点了点头，便什么都没再说。

今日马车走了一路，谢殊也一直没有开口问过。

手里还握着缰绳，谢殊说道："这是你的事，若是不愿意说，可以不用向我说起。"

戚家的事有了思路，戚秋稍稍松了一口气，便也有心思说别的了。

趴在马车的窗沿上，戚秋看着谢殊："表哥又没问，怎么知道我不想说？"

谢殊抬起眸子看向她："那你为何要去静安寺里？"

戚秋信口胡诌道："我昨日午睡时做了个噩梦。"

想起刘刚线索回忆片段里最后出现的关冬颖，戚秋心里依旧恨恨，于是便故作委屈道："我梦见关小姐在静安寺里过得不好，记恨我，过来就要拿刀砍我，我害怕。"

微微垂着眸，戚秋说："所以我就想来看看，看看关小姐在静安寺里过得怎么样，是不是像梦境里那样过得不好。"

谢殊淡淡地说："在静安寺里带发修行的人一般都不会过得很好。"

"那怎么办呀。"戚秋想起原身就巴不得关冬颖过得不好，面上却一副害怕的样子。

眨巴眨巴眸子，戚秋委屈地看着谢殊："那表哥你可要保护我啊。"

戚秋自知谎话说得随意，委屈害怕也太过表面，完全没有走心，根本糊弄不过去谢殊。

见谢殊不说话，戚秋也不自讨没趣，刚想坐回去，却见谢殊突然看过来。

谢殊的眸色浅，本会显得整个人凉薄，可如今在这身后雪白一片的衬托下，竟有几分不可说的深意在。

谢殊看着戚秋，手上握紧缰绳，轻轻地道了一声："好，我保护你。"

[66]

临近静安山，路便格外不好走起来。

马车里，戚秋依旧有些呆愣。

那句本是玩笑话，却没想到谢殊真的应声了，她一时竟有些拿不准谢殊到底是何意思。

缩回马车里坐到现在，马车也渐渐停了下来。

不等戚秋询问，谢殊屈指敲了敲马车壁沿说道："前面是台阶，马车和马都上不去，下来走吧。"

戚秋闻言道了一声"好"，弯腰下了马车。

谢殊站在马车外面，眉眼素来冷淡，一身宽肩窄身的衣袍更衬身姿挺拔，他的薄唇下颌皆有些淡薄的意味在，既凌厉又流畅。

见到谢殊，想起他方才微垂着眸子轻声应好的样子，戚秋不免又有些多想。

或许正因为现在不是任务期间，不能探知谢殊的好感度，所以才给人更多遐想在。

戚秋轻叹了口气，敛起满腹心思。

静安山高，往上瞧只能隐约看到山顶的几棵棕树。为了防止里头带发修行的人逃跑，整座山只有眼前这一条路。

好在马车已经上到了半山腰，离山顶只有一小段的距离了。

今日出门，谢殊和戚秋都没带下人出来，马车和马匹便由暗卫留在此处看管着。

冬天路滑，尤其是台阶。

前面倒还好，只是越到山顶，台阶就越陡且窄。

台阶上结着冰，也没有人出来洒扫，有些脏乱，快到山顶时戚秋一个踉跄，差点就滑倒摔下去。

幸好谢殊及时拉住了戚秋的手，将人给拽了上来。

掌心相接，戚秋软柔的手被谢殊握在手心，一冷一热，互相交缠。

谢殊垂下眸子，等戚秋站稳身子后先一步松了手。

戚秋站稳身子之后仍心有余悸，回头看了看脚下绵延的高山，惊出了一身的冷汗。

这要是摔下去，不死也要残。

回过神来后，戚秋刚想向谢殊道谢，却见谢殊将手伸到了她跟前。

轻抿着唇，谢殊说："这上面越来越陡，扶着走吧。"

戚秋握着手帕的手不自然地蜷缩了一下，看着上面冻着冰的台阶，这才轻轻地点了点头。

冬日的衣物厚实，戚秋手搭上来的那一刻，却还是让谢殊垂下眸子轻咳了两声。

这段山路又陡又窄，很不好走。小心起见，谢殊和戚秋走得很慢，这剩下的半截路愣是走了快一个时辰才到山顶。

山路走着费力，谢殊原本以为戚秋会喊累，没想到一路走到山顶也没有见戚秋抱怨什么。

静安寺占据了半个山顶，门前的石柱大门修得很是气派。不同于别的寺门敞开，静安寺的大门除非有人来敲，否则一直是紧闭着的，门前也多有落叶杂草，可见平常很少人来此处。

门前挂着铃铛，谢殊上前摇铃，过了好一会儿才有尼姑来开门。

开门的尼姑身着法衣，面目朴素，眉心还有一颗痣。

将寺门打开一条缝，尼姑向外张望，在看见谢殊这个男客时，她刚欲皱眉，却一眼瞥见了谢殊拿出来的令牌。

"原来是锦衣卫的谢大人，您请进。"尼姑连忙敞开了门，将两人迎了进去。

静安寺门口虽然有些乱，里面却十分干净，就是有些空旷，尼姑应该并不多。

知道了戚秋和谢殊的来意之后，有谢殊在，尼姑也没有多说什么，直接将两人领去了关冬颖念经的院子。

进到偏厢房之后，尼姑说："师父正带着罪人念经，不好打扰，两位贵人若是没有什么急事，还请在此处先稍坐片刻。"

"倒也没什么急事，我们只是想来看望一下关小姐。"戚秋问，"不知除了我们，还有别人来此处看望过关小姐吗？"

尼姑想了想回道："关小姐刚被送来不久，除了一位姓李的夫人来探望过，并不见其他人来此处探望。那位李夫人自称关小姐的亲眷，我们也不好拦，两人坐在厢房里头聊了许是有一个时辰，李夫人便走了。"

戚秋点了点头："有劳了。"

尼姑奉上茶之后，便退下了。

这里的厢房正对着对面，抬起眼便能瞧见在前头跪着念经的关冬颖。

静安寺本就清简，关冬颖又是被罚来带发修行的，想来日子是不怎么好过的。整个人消瘦了不少不说，而且发丝枯黄，脸上也可见苍白疲惫之态，哪里还有先前在谢府初见时的清婉贵小姐模样。

戚秋盯着她看了一会儿，缓缓说道："看来关小姐过得不怎么好。"

"表哥，你说关小姐会不会真的在心里记恨我？"戚秋小声地问。

谢殊抬起眸子看着戚秋，淡声说："是她先犯了错。"

戚秋乖巧地点了点头。

两人又坐了一会儿，听着院子里的念经声，看着院子里的景致，倒也不觉得枯燥。

喝了一盏茶之后，戚秋站起了身子："表哥，我茶水喝得有些多了，先失陪一下。"

谢殊垂着眸子，静了一下，随即颔首道："去吧。"

出了厢房，掠过庭院，戚秋径直朝大门旁边给她和谢殊领路的那个尼姑走去。

那尼姑正洒扫着院子，见戚秋走过来，诧异地抬头看着戚秋："姑娘可是有什么事吗？"

时间急，戚秋也没有客套，将早就准备好的一袋银子拿出来，递给尼姑。

尼姑被吓了一跳："您这是？"

戚秋开门见山道："我有一些事想请您帮忙，这些银子是给您的，还请您收下。"

如此唐突，尼姑反应过来之后自然不应。

淡下脸色，尼姑退后一步说道："我们是出家之人，这些身外之物于我们也没有什么用处，还请姑娘拿回去吧。贫尼没什么本事，想来也帮不了姑娘什么。"

戚秋不紧不慢地说："出家之人是用不上的，可您既然想要还俗，这些东西自是需要的。"

尼姑一愣，随即变了脸色："你是怎么知道的？"

戚秋淡淡一笑："我不仅知道您要还俗，还知道您乡下家里出了事，正需要银子和大夫。您哥哥的病若无好的大夫医治，只怕是活不久了。这大夫虽然好寻，银子却难拿出来，我给您的这些银子可足够大夫问诊。"

尼姑惊骇地看着戚秋。

戚秋上前一步，将这袋沉甸甸的银子放在尼姑手里："您不用担心，我也不需要您替我做什么伤天害理的事，只需要您暗中帮我盯着关家小姐，看她私下有没有和谁联络，都有谁来这里探望她即可。"

尼姑有些迟疑："这样便可以？"

戚秋点头："只要您同意，不只这袋银子，您哥哥的病我也会亲自来找大夫去医治，所有银子都由我来付，直到您还俗嫁人。"

见戚秋连这个都知道，尼姑顿时一惊。

惊疑不定地看着戚秋，尼姑握着手里沉甸甸的银子犹豫了半天，仍是有些踌躇。

戚秋便道："我既然来找您，自然也是有缘由的。您放心，还俗之后的事情我也会帮您解决。要知道何家可不是那么好进的。"

尼姑手一抖："你还知道什么？"

戚秋一笑，没有说话。

在原著里，这位眉心有痣，手上有疤痕的尼姑一个月后也曾因为想要还俗而被谢殊找上，替谢殊办事。

虽然监视的人不一样，但要做的事都是一样的，尼姑没有理由不答应。

果然，犹豫了片刻后，尼姑小心翼翼地收下银子，应承了下来。

因为原著的描写，戚秋也不担心她会阳奉阴违，毕竟她想要安稳地过日子，就不敢节外生枝。

达到了此行来静安寺的真正目的，戚秋松了一口气，转身往回走去。

刚走到念经的院子里，却见正厢房里念经的人已经散了，关冬颖也没了踪迹。

戚秋一愣。

走进院子里，快到偏厢房，便听见里头传来一阵女子的低哭声，还有隐隐约约传来的说话声。

戚秋心下了然，走进去一看果然是关冬颖在里面哭。

关冬颖站在谢殊跟前，露出雪白的脖颈，正在低声哭诉："谢公子，没想到您还愿意来看我，冬颖在这里求您了，还请您向王妃求求情，放我回去吧。"

谢殊坐在一旁，低头抿着茶，不发一语。

见到戚秋回来，他这才抬眸。

不等戚秋说话，关冬颖擦了擦眼泪，突然走上前来抓住戚秋的手："戚小姐，我知道您心地善良，一定不会与我这个蠢人过多计较。我已经知道错了，还求您消消气，大人有大量，放我回去吧。"

戚秋退后一步，躲开她抓上来的手："关小姐说笑了，罚你进来是王妃的意思，我如何能放你回去？"

关冬颖低声哭着："王妃是为了给您出气这才罚我，若是戚小姐愿意去王妃面前说上两句，王妃或许……"

"关小姐，想必你搞错了。罚你是王妃的意思，也是谢家的意思。"谢殊突然淡淡地开口，"你既然已经知错了，就该在这里好好改过。"

关冬颖哭声一顿，泪眼蒙眬地看着谢殊，像是没有料到谢殊会突然开口说话，露出一副可怜无助的模样。

戚秋也没有料到谢殊会开口。

说完话，谢殊放下手里的茶盏，看向戚秋："既然看过了，我们便走吧。"

[67]

从静安山上下来的时候，已是傍晚。夕阳西垂，霞光倾斜，落日余晖落满山头，洒下一片金色。

戚秋站在一片雪色前，等着去骑马驾车的谢殊和暗卫回来，连发丝都被镀上一层金光。

片刻后，马蹄声在前方响起来。

谢殊背染着黄昏，骑马过来，身姿挺拔，神色却带着一丝慵懒。

眸子微垂，谢殊静静地看着站在不远处的戚秋，玄色的衣袍沉浸在晚霞之中，桀骜的眉眼也因这抹温柔的落日而显得温和。

他下颌线清晰，眉眼清冷，金黄的晚霞也不足以描绘他那双似深情又薄情的眸子。

见他骑马走过来，戚秋赶紧挥了挥手，衣裙在清风下飘荡，精致的面容盈盈欲笑。

清风微徐，几丝秀发随着懒风轻扬，戚秋站在落日下如同落入池水中的一轮明月。

谢殊眸子闪动了一下。

戚秋小跑过来，仰头看着马背上的谢殊："表哥，我们要回去了吗？"

谢殊低低地"嗯"了一声，顿了一下又道："一会儿我们会经过青山县，听说那里今日有庙会，要去看看吗？"

戚秋弯了眸子："好啊，我还从来没有逛过庙会。"

等暗卫将马车驶过来，戚秋弯腰上了马车。

已经下了山路，马车便好走许多了，也不晃荡了。

戚秋掀开帘子，看着一旁并行的谢殊问道："昨日下午我说来静安寺时打断了表哥的话，表哥原想说什么？"

谢殊垂眸把玩着手里的缰绳，闻言手上的动作一停："没什么。"

见谢殊不想说，戚秋也没再问。

趴在马车窗沿上，戚秋说："多谢表哥今日带我来静安寺。"

话音刚落，马车颠簸一下，戚秋身子一歪，险些跌坐下来。

谢殊抬眸看了一眼暗卫，这才扭头对戚秋说："坐稳一些。"

戚秋乖乖地应了一声，将头又缩了回去。

半个时辰后，到了青山县，因有庙会，县里的人熙熙攘攘，挤满进城的路。

弃了马车，戚秋和谢殊并肩走在街上。

天色已黑，明月微微探出头来，街上挂满了灯笼，照亮了一整条街。

庙会很是盛大。

街上载歌载舞，人山人海，热闹非凡。前头敲锣打鼓，舞龙、舞狮不断，再往前头走，不远处还搭着戏台子，有戏角在顶上唱戏。

沿路两侧全是摆摊的小贩，茶汤、豌豆黄、甜浆粥、泥泥狗、灯笼等，卖什么的都有。

因为人多，戚秋和谢殊离得很近，即使如此说起话来有时依旧听不见。

顿了顿，谢殊弯下腰来听戚秋说话。

戚秋眉眼浸在烛光中，附在谢殊耳边说："表哥，我想去吃豌豆黄。"

戚秋温热的气息尽数洒在谢殊脸颊，激起一阵酥麻。

谢殊嗓子有些哑，站起身来，点点头。

两人一道去到摊上买了份豌豆黄，走到一旁的河岸边。

这里烛光暗，临近河水也没什么人，倒是蝉叫个不停。

谢殊将豌豆黄递给戚秋。

戚秋却没有接过，笑着看向谢殊："表哥吃吧。"

谢殊不解，抬起眸子。

戚秋说："我今日晌午吃了东西，表哥你可什么都没有吃，一整天肯定饿了。"

去静安寺的路上有些荒凉，除了青山县里，其他地方没有什么酒楼、饭馆。

到了青山县，怕去得晚了下山时天黑路不好走，两人急着赶路便没有进城用膳，谢殊只在城门口买了一些糕点给戚秋垫垫肚子。

城门口只有一位老伯在卖糕点，戚秋一看全是栗子酥什么的，便知谢殊什么都没吃。

谢殊不爱吃栗子。

她吃了糕点现在还不饿，谢殊却什么都没吃。

谢殊没想到戚秋还记得这个事情，微微一怔。

戚秋笑着说："表哥喜欢吃豌豆黄，先垫垫肚子，等会儿找到了酒楼，我请表哥吃好吃的。"

谢殊看着手里的豌豆黄，忽然失笑："好。"

说话的这会儿工夫，前面突然又热闹了起来。

舞狮的队伍来到跟前，敲锣打鼓，两边的人一下子就围了过来。

百姓都挤着看热闹，后面推前面，哪里还会注意到角落里有没有站人。

人群蜂拥而至，戚秋猝不及防被一个小孩往前一推，一下子就撞进谢殊的怀里。

两个人都是一僵。

身后的人群还在往前挤，戚秋身子紧紧贴着谢殊，动弹不得。

戚秋明显能感受到谢殊身子有些僵硬，刚想挣扎着站起身，没想到谢殊突然伸手搂住了她的肩膀。

谢殊的手并没有搂实，只是虚虚地搭在肩头，护着戚秋。

转了身，谢殊宽厚的身子挡在人多的那一面，稳稳地带着戚秋走出了拥挤的人群。

走出来之后，谢殊便松了手。

谢殊眸子轻垂，对戚秋道："方才冒犯了，抱歉。"

戚秋看着谢殊。

他冷硬桀骜的眉眼被夜色笼罩一半，明灭隐晦，倒显得不那么凌厉，挂在树上的灯笼随着清风摇曳，昏黄的光晕映得谢殊挺直高大的身子忽明忽暗。

谢殊平时并不是会有这样举止的人。

咬了咬唇，戚秋心里一横，突然拉住了谢殊垂在身侧的手。

她想要试探一下谢殊对她的好感度，若是谢殊的好感度依旧是在三十分徘徊，一定会松开她的手。

谢殊的手指骨节分明细长，因为常年练武，手指上有茧子，握上去的时候有些粗糙。

谢殊身形一顿，抬起眸子，惊讶地看着戚秋。

戚秋的手软若无骨，皮肤细腻，握上来的那一刻便激起一阵涟漪。

戚秋轻抿着唇，抬头看着谢殊，眸子里仿佛被揉进了潋滟水光一般。

轻轻地晃了一下谢殊的手，戚秋细声说："这里人多，表哥牵好我，别把我弄丢了。"

谢殊的手下意识握紧，深深地看着戚秋，漆黑的眸子宛如一望无际的夜色。

戚秋顿时有些紧张。

四周仿佛静默了下来。

明明前面还是热闹的舞狮队伍，再往前面走两步就是热闹熙攘的人群。

可这样的盛景好似被隔绝开来。

戚秋和谢殊身边只剩下头顶的圆灯笼和袅袅月色，风声好似也在某一时刻不知不觉地静了下来。

静静夜色凉如水，不知过了多久，谢殊喉结上下一滚，这才低声道了一句"好"。

他这声"好"散在周遭的热闹中，有些不真切，戚秋却听得一清二楚。

戚秋心里咯噔一下，又有些如释重负。

谢殊牵着戚秋的手往前走。

身边是拥挤的人群，两人手掌轻轻相握，并肩走在街上。

人们急着看舞狮都在向北去，只有他们两个一路向南走，与人群背道而行。

掌心的温热交缠，身边是吵闹的人群，头顶是一轮明月，他们被淹没在街上。

这一路上两人都没有说话，就在人群里慢慢地走着。

等寻到了一家像样子的酒楼之后，两人走进去，戚秋收回了手。

这家酒楼上下两层，应该是这青山县里最大的一座酒楼了。因是庙会，里面的人不少，几乎都坐满了。

小二将两人带到一个略显偏僻的位置，点好了菜，弯腰退了下去。

戚秋低头抿了一口茶，过了片刻，听着周遭的吵吵闹闹，戚秋这才开了口。

打量了一下四周后，戚秋微微垂下眸子，故意叹了口气后说道："看见这座酒楼，我突然想起了我刚入京住在景悦客栈里的日子。一晃已经这么多月过去了。"

说罢，戚秋顿了一下，看着谢殊问道："表哥，蓉娘和刘刚已经被抓去锦衣卫这么久了，怎么也没听见有什么动静？"

谢殊问："什么动静？"

戚秋轻声道："当然是他们问斩的动静了。他们害了那么多人，罪大恶极，可过去了这么久，怎么都没有得到他们被问罪的消息？"

手叩着桌子，谢殊沉默了一下，随后说道："有些事还没有调查清楚，还需要审问他们两个。"

戚秋故作好奇："不知是什么样的事情？连锦衣卫都没有审问出来吗？"

谢殊没有说话，正好这时，小二将点的菜送了上来，摆在桌子上。

等菜上齐了之后，谢殊轻声道："先用膳吧。"

戚秋默了一下，拿起筷子没有再追问。

谢殊不愿意说，再怎么问也没有用的。

就是不知到底是什么事没有调查清楚，在民声沸然之时都没有处置蓉娘和刘刚，反倒是几个官员没了乌纱帽。

戚秋暗暗地想：希望最好是锦衣卫审出了什么。

在原著里，景悦客栈虽然也被查封，蓉娘也被抓了，但因为当时的锦衣卫是魏安王独家揽权的，此事很快被移交给了刑部。

刑部为了平复民怨，草草地审问两日就提交了蓉娘和刘刚的罪证，将他们几人在午时问斩了。

因为证据确凿，审问太过于潦草敷衍。别说是旁的了，就是蓉娘是关家的后人这一点刑部都没有审出来，这事还是后来谢殊发现不对，自己调查出来的。

等用完了膳食，夜色笼罩，天色已经不早了，再不回去城门就要落锁了。

结完账，戚秋和谢殊站起身刚要朝外面走去，外面突然传来了一阵嘈杂的响动。

[68]

夜色垂暮,明月掩在稀薄的云后面,若隐若现。

寒风并没有停歇,阵阵吹着,灯火通明的街上灯笼在风中轻轻摇晃,烛光一闪一闪。

随后,外面的嘈杂声一滞,门外响起纷乱的脚步声,由远及近而来。

抬头往外看去,跟着舞狮队伍的人群已经被挤在一堆,没一会儿,官兵就围了上来。

官兵个个面色不善,手里还拿着通缉令,快步走进客栈里,指着要离去的戚秋、谢殊和其他几名食客呵斥道:"都不许动,搜查犯人,速速配合。"

此事来得突然,没想到出来逛个庙会还能遇见朝廷搜查犯人,戚秋一愣,下意识看向官兵手里的通缉令。

那通缉令上画了一个长胡子大汉,面目狰狞,面露凶光,一看就是个不好惹的。

戚秋没见过此人,扫了两眼后便侧身去找谢殊了。

刚一抬头,却见谢殊盯着官兵手里那张通缉令,眉目紧皱。

戚秋脚步一顿。

官兵拿着通缉令挨个认人,走了一圈到戚秋和谢殊的跟前时,谢殊突然开口问道:"犯人是从京城流窜过来的吗?"

官兵手上动作一顿,眯着眼打量谢殊:"你怎么知道?"

谢殊掏出锦衣卫的令牌问:"何时逃窜过来的?"

官兵本眉头紧皱,盯着谢殊手里的令牌多看了两眼这才反应过来。

赶紧收了手里的通缉令,官兵弯腰道:"原来是锦衣卫大人,小的刚才有眼无珠,冒犯大人了。"

官兵这番阵仗本就唬人,又是搜查犯人,不少人紧张地往这边看,唯恐被无辜牵连其中。本就惹人注目,官兵这话一出,自然吸引了客栈一楼其他人的目光。

官兵见谢殊皱眉,也明白过来自己方才行为不妥,便往客栈门口前面无人的角落里指了指,讪笑着说:"大人,我们移步那边说话。"

谢殊点点头收了令牌,跟着官兵往前刚走了两步,身形一顿,突然又停了下来。

转过身，谢殊对站在原地的戚秋说："站在这里等我，别乱跑，我一会儿就回来。"

戚秋乖乖地点了点头。

谢殊揉了一下眉心，看向官兵淡声问："客栈的人可曾排查清楚了？"

官兵顿时反应了过来，连忙又喊了几个官差进到客栈里，一个留下来保护戚秋，剩下的几名官差继续拿着通缉令排查客栈的可疑人员。

留下来保护戚秋的那个官兵并不知道戚秋是谁，但领了差事，也不敢怠慢戚秋。

将身后的椅子、桌子擦干净，官兵让戚秋坐下来等，又倒了一盏茶递给戚秋："姑娘，您喝茶。"

戚秋接过却没敢喝，而是问道："这通缉令上的犯人是谁？可真是从京城跑出来的？"

官兵回道："回姑娘的话，这犯人是从京城里跑出来的，至于是谁，小的就不清楚了。我们也只是奉命行事，只管听上头吩咐派遣，多余的不敢打听。"

闻言，戚秋便没有再问，又朝官差手里的通缉令看了两眼，静静地坐着等谢殊回来。

谢殊去了大概有两刻钟，再回来的时候神色有些淡。

戚秋迎上去，低低地唤了一声"表哥"。

谢殊垂眸说："已经这个时辰了，等赶回京城的时候怕是城门已经落锁了，今晚还是先在青山县留宿一晚吧。"

戚秋早已经料到了，闻言点点头："那是不是要找客栈了？"

谢殊道："客栈不安全，今晚我们先住到衙门里去，走吧。"

戚秋应了一声"好"，在官兵的陪同下与谢殊一同去往衙门。

路上，戚秋小声地对谢殊说："表哥，我们一晚上不回去，姨母知道了一定会担心我们的。"

谢殊回道："我已经让暗卫快马加鞭赶回去了。他自己一个人，马匹跑得快，应该能在城门落锁之前进城，到时候自然会向刘管家说明的。"

戚秋点点头，又小声地问道："表哥，这到底是怎么一回事，是什么要犯从京城里跑出来了？"

谢殊揉着眉心，眼眸微垂，回道："是烧戚宅的一名犯人从锦衣卫里的大牢逃了出来，犯人从京城逃走之后不知道流窜到哪个县城里了。保险起见，京城附近的县城都在排查。"

烧毁戚宅的犯人？

戚秋一怔。

没想到竟是这批人中有一个跑了出来，戚秋微微蹙眉。

谢殊仿佛看出来了戚秋心里的不踏实一般，安抚说："别害怕，也不一定就流窜到了青山县。"

闻言，戚秋点点头，看了一眼谢殊后故意说："有表哥保护我，我不害怕。"

谢殊脚步一顿，随即低低地应了一声，烛光闪烁下却可见耳朵尖已经红了。

此时的街上已经不再拥挤，官兵将已经排查过的百姓赶回家里去，路上只有少数人还停留在原地，戏班子正在拆戏台，舞狮队伍也开始原路返回。

锦衣卫谢大人的名讳谁人不知，青山县的知县王大人早就得到了消息，站在门前等候，见到谢殊一行人过来，赶紧笑呵呵地上前来迎。

两间屋子已经吩咐下人打扫好了，天色已晚，夜色深沉，王知县不敢打扰谢殊和戚秋休息，寒暄了两句过后便亲自将人领到了房间里休息。

戚秋和谢殊的房间挨在一处，也能彼此安心一些。王知县给戚秋身边安排了两个婢女，伺候戚秋洗漱。

谢殊身边也被安排了两个婢女伺候，却被谢殊婉拒了。

今日没少忙碌，熄了灯，戚秋累得话都不想说，躺在床上却有些睡不着。

这几日发生的种种印在戚秋的脑子里，扰得她满腹心事，闭上眼也静不下心来。

往日这个时候水泱便会在屋子里点上安神香，可此次出门留宿来得猝不及防，戚秋身边也没带什么安神香。

烛火摇曳，戚秋干脆坐起身，静静地想着这几日发生的事。

看到刘刚的线索片段之后，戚秋就没好好地合上眼睡上一觉，心里不是想着这件事，就是盘算着那件事。

现如今，又冒出来一件事。

纵火的歹徒被关在锦衣卫的大牢里面，由专人看管，怎么就突然逃出了大牢，还是恰巧在谢殊不在京城的时候逃出来的。

锦衣卫的大牢可不是那么好随意进出的，若是没有人协助，戚秋不信一个被关了那么久的犯人能突然逃出监牢。

就是不知到底是谁帮助歹徒逃出去的，目的又是什么。

戚秋揉了揉眉心。

不知为何，她心里总是有些不踏实，只能希望这次别又是冲自己来的。

沉思片刻后，索性也睡不着，戚秋穿上外衣，下床走出了房间。

外面明月皎皎，知县府上已经安静了下来，不知哪条街上隐隐约约传来犬吠声。

戚秋刚坐下来，只听"吱呀"一声，隔壁房间也打开了门。

戚秋扭头，见谢殊从房间里走了出来。

戚秋一愣："表哥，你还没有睡吗？"

谢殊轻合上门，走过来："夜已经深了，你为什么还没有睡？"

戚秋眉眼一弯，反问道："夜已经深了，表哥为什么还没有睡？"

谢殊走过来后，也坐了下来。

坐在戚秋旁边，谢殊无奈地说："明明是我先问你的。"

戚秋手托着腮，垂着眸子："我睡不着。"

谢殊问："是住在这里不习惯吗？明天就回去了，别害怕。"

戚秋叹了口气："可能是不习惯吧。"

见戚秋叹气，谢殊微微皱了皱眉头："这几日看你心事重重的，怎么了？"

闻言，戚秋一怔。

她没想到谢殊竟然看出来了。

想起戚家的事，戚秋试探地说："我有些想家了。"

谢殊沉默下来，像是正在想怎么安抚她。

戚秋看着，心里有些复杂。

她既庆幸谢殊还不知道此事，又感叹谢殊不知道此事她该如何说。

已经打定主意寻求谢殊的帮忙，戚秋却一直在想到时候应该怎么开这个口去说此事。

这样想着，戚秋又叹了一口气。

谢殊见状几番欲言又止之后说："我也不知如何安慰你，若你实在想家，有空我便陪你回去看看就是了。"

戚秋一愣："还可以回去看看吗？"

谢殊颔首："虽路程有些远，但又有何不可？"

戚秋心中顿时一喜，若是能回戚家自然比自己坐在这里瞎猜的好。

戚秋不由得弯了眸子对谢殊说："表哥，你真好。"

谢殊不自然地咳了一声："既然答应你了，你便不要再胡思乱想了。夜已经深了，明天还要赶路，快些回去睡吧。"

戚秋点点头，顺势站起身："那我先回去了，表哥也早些休息吧。"

等戚秋进了屋子，谢殊这才站起身。

月色挥洒，在青石台阶上洒下一片光辉，谢殊站在月色底下，眉目镀上一层温和的色彩。

回到房间里，谢殊叹了一口气，扬手灌了一杯清水。

凉水入口便是一阵冰凉。

想起在庙会上的戚秋，谢殊微微垂下眸子，心里被不知名的情绪占满。

缓了片刻，谢殊放下茶盏，自嘲地笑了一声。

……今夜睡不着的又何止戚秋一个人。

[69]

冬日多寒，万物凋零，天上断断续续地飘着小雪，站在高处往下看，多见凄冷峭寒之意。

知县府的院子里种着红梅，探出头来，花香清雅，倒也开得正盛。

翌日天一亮，知县府就嘈杂了起来。

青山县临近京城，虽然不大，但也繁华热闹。青砖白瓦上的红灯笼随风摇摆，青砖油石板路上被商贩占据，一大早便能听到小贩的吆喝声。

街上行人匆匆，人来人往，并没有因为昨日的事掀起什么波澜。

下人来叩门，叫醒了戚秋。

戚秋起身后洗漱一番，刚出门就撞上了在门外等候的谢殊。

四目相对，又双双垂眼避开。

谢殊摸了摸鼻尖，两人都有些不自然。

昨日种种一下子涌入脑海，就好似喝醉了酒后的大梦方醒，说尴尬算不上，可都多少有些赧然。

顿了一下，谢殊轻声说："走吧。"

戚秋点点头。

王知县已经在前厅备下了早膳，早早地等候着二人。

见二人要走，王知县客气地挽留了两句后便不再勉强，备好马车亲自将二人送出了青山县。

这几日化雪，路上难走，车辘辘行过，溅起的都是泥泞。

一路上两人都没怎么说话，戚秋偶尔掀开帘子探出头去，看到的也是谢殊走在前面的背影。

入京城时，已经快到了晌午。

或许是因为昨日跑了犯人，今日的京城戒备十分严，走两步便能看到身穿玄色盔甲的禁卫军。

刘管家昨日晚上得到了信，一夜都没有睡好，今日一早便等在谢府门前，见谢殊和戚秋回来，赶紧迎了上去。

"您可回来了。"刘管家扶着戚秋下马车后，上前对谢殊说，"京城出大乱子了，有一批犯人从锦衣卫里跑了出来。"

一批？

戚秋脚步猛地一顿，侧眸看向谢殊。

谢殊倒是面色如常，像是早就知道了此事。

刘管家继续说："幸亏锦衣卫及时发现，全城戒严搜捕犯人，只余一个犯人跑出京城不知所终，其他的尽数都逮捕回来了。"

话说到一半，刘管家便反应了过来，一拍脑袋："瞧我，真是年纪大了。青山县临近京城，想必也要配合搜捕犯人，公子怕是已经知道此事了。"

暗卫回来禀告的时候只说戚秋和谢殊是因为想在青山县逛庙会，今日赶不回来了，旁的什么也没说。

谢殊问："那批犯人是何时跑出锦衣卫大牢的？"

刘管家想了想："好像就在公子离开京城不久，约有一刻钟。当时犯人出逃的消息传遍京城，闹得整个京城人心惶惶，街上都没有人了。"

闻言，戚秋心里一沉。

这一批犯人不可能是自己逃走的，只能是早有预谋。

这是有人等着谢殊离开京城，故意将那批犯人给放了出来。

就是不知这么一遭是冲着谁来的。

回到院子里，戚秋眉头依旧不见松开。

冬日的风如刀子一般冷得刺骨，扬起时还夹杂着细雪，外面虽然亮堂，却也只有刺眼的白。

戚秋院子里的那两株蜡梅倒是长得挺好，朵朵盛放，花香四溢。

进到屋子里，戚秋刚坐稳身子，外面的翠珠便进来回禀，说谢夫人院子里的玉枝来了。

戚秋放下手里的斗篷，让人进来。

玉枝进来福了福身子，浅笑着说："表小姐可算回来了，昨日有犯人逃出京城，外面不安全得很。"

戚秋颔首："有劳玉枝姑娘挂心，不知此次前来是有什么事吗？"

玉枝笑道："倒也没什么紧要的事，就是夫人进宫前嘱咐奴婢将这两件做好的冬衣拿给表小姐您。方才听说您回来了，奴婢便赶紧送过来了。"

说着，玉枝将手里的冬衣递上前来。

这事便是戚秋不在也能送来，院子里又不是没人，怕是玉枝还有事没说。

戚秋看在眼里，也不问，静静地抿了一口茶，玉枝果然先忍不住了。

玉枝一脸担心地问："灵山寺就在京郊，来去只要半天，表小姐和公子怎么昨日没有赶回来？正好撞上犯人逃走，府上的人担心了好久，刘管家就差派人去灵山寺寻。"

这是来探听他们昨日的去处了。

戚秋手上动作一顿，随即笑着说道："昨日听说青山县里有庙会，表哥带我去看了。"

这事暗卫既然已经禀告给了刘管家，便没什么好隐瞒的。

闻言，玉枝面色一僵，顿了半天才强笑着说："原来如此，庙会好，表小姐是该去逛逛。"

戚秋一笑。

没说两句话，玉枝便站不住，起身告辞了。

她走后，戚秋脸上的笑意一收，冷了下来。

搁下手里的热茶，戚秋盯着玉枝远去的背影问山峨："玉枝昨日出府了吗？"

山峨摇摇头："奴婢只知道昨日她在咱们院子门口转了一圈，旁的倒没有留意。"

戚秋垂下眸子，静静地坐了一会儿，又问："昨日犯人逃走是怎么一回事？"

这个山峨知道，赶紧说道："昨日您和公子出门之后没多久，街上就乱了起来，一打听才知道是锦衣卫里有犯人越狱了，整整跑出来了六人。

"据说是因为锦衣卫里有人失职，看管大牢的钥匙被犯人偷拿走了。陛下震怒，罚了好些人，就连……就连魏安王也被陛下训斥了一顿。"

"魏安王？"戚秋皱眉。

山峨点头："正是，据说还当着好些人的面。魏安王脸色铁青地从宫里回来，回来后便砍了那个失职锦衣卫的脑袋，只是最后还是跑走了一个犯人。如今禁卫军出动，正到处搜查。"

戚秋点了点头，又觉得哪里不对。

陛下素来敬重魏安王，怎么会当着那么多人的面训斥，又让此事传了出来。

……难不成此事与魏安王有关？

戚秋暗暗惊了一下，垂眸沉思起来。

昨日一夜戚秋都没怎么睡，用了午膳过后倒开始犯困。

水泱点上安神香，戚秋卸下妆发，在床上躺了一小会儿便睡着了。

再醒来时已是黄昏了。

戚秋刚坐起身，披上外衣，就听翠珠进来说谢夫人回来了。

戚秋一愣："不是说要在宫里小住几日吗？"

翠珠满面愁容，咬了咬唇低声说："宫里刚才下了圣旨去李家，将李夫人的儿子王严塞进了锦衣卫当差，顶了刚空缺出来的镇抚使一职，从四品官职。"

"夫人……"翠珠欲言又止，"听了大概心里有些不是滋味。"

从四品，对于王严这个既无家世背景也无引荐的人来说，这个官职封得还真不小。

谢殊初入锦衣卫当差的时候，也不过是个从五品的副千户。

翠珠说："夫人怒气冲冲地从皇宫里回来，想必是在宫里闹了个不愉快。表小姐要不去劝劝夫人，气大伤身。"

戚秋点点头，道了一声"好"。

站起身来，戚秋披上斗篷，走出去时院子里已经开始张罗着点灯笼了。

刚走到谢夫人院子里，便听见里头传来砸东西的声音。

戚秋脚步一顿，皱了皱眉头。

谢夫人怎么生如此大的气，竟开始砸东西了，这可不像是谢夫人素来的脾性。

皱眉间,戚秋走进院子,正巧王嬷嬷捧着瓷瓶碎片走了出来。

王嬷嬷也是满脸愁容,见到戚秋这才算稍稍收敛了:"表小姐,您来了。"

戚秋佯装不知:"我来看看姨母,这是怎么了?"

说起这个,王嬷嬷也是生气:"能怎么了,还是李家的事闹的。"

回头看了看屋子,王嬷嬷的声音低了些:"今日进宫,到晌午都还好好的,谁知下午的时候李氏竟也被太后娘娘叫进了皇宫之中。夫人与她本就不和,她还……那道圣旨想必您也听说了,李氏正是风光,便放肆起来,竟给咱家夫人脸色瞧,气得夫人直接回了谢府。"

戚秋垂下眸子来:"嬷嬷说的可是李夫人儿子王严被封为锦衣卫镇抚使的圣旨?"

王嬷嬷一惊,猛地抬头:"还有这事?"

戚秋也愣了:"夫人和嬷嬷不知道吗?"

王嬷嬷的手一抖,下意识地扭头看向屋子,托盘上的碎片都掉了两三块,愣愣道:"竟还有这事,夫人在宫里可从未听说过此事。这李家真是要东山再起了。"

戚秋问:"嬷嬷说的是什么圣旨?"

王嬷嬷满面愁容,叹了一口气:"今日在宫里,李夫人被太后娘娘当着众位夫人的面封了七品诰命,无功无德便得了一身诰命,好生得意。"

戚秋沉默下来。

诰命这可不是能随便得的,多半是赏给家世高、有功德的夫人,就像王嬷嬷说的一般,李氏无功无德,李家也衰败了,是凭什么得的这身七品诰命?

李夫人被封了诰命,王严当上了锦衣卫镇抚使,恐怕今日之后,李家就不再是前两年那个在京城里抬不起头的落魄世家了。

王嬷嬷弯腰捡起落在地上的瓷片,无奈地说:"现下夫人还不知道此事,便已经如此生气。若是待会儿知道了,岂不是……"

说罢,王嬷嬷又狠狠地叹了一口气。

寒风四起,阴云不散,已是山雨欲来之势。

[70]

戚秋进屋子的时候，谢夫人已经不再摔打东西了，坐在椅上，却依旧是怒气难消。

见戚秋进来，谢夫人勉强敛下神色，招呼戚秋坐下来。

戚秋坐下来，由着王嬷嬷打头，一起宽慰谢夫人。

见戚秋知晓了此事，谢夫人也不再装作无事发生，怒气冲冲地说："你说太后娘娘这是什么意思，知道我们两家不和，还特意在今日将李氏叫进宫里来。这也就罢，我惹不起还躲不起吗？可太后娘娘竟还领着李氏到御花园里来寻我，说是让我们两家就此打消隔阂。"

见谢夫人说起此事且毫无避讳，王嬷嬷赶紧摆摆手，将屋子里的下人挥退。

"结果……"谢夫人气得头都是蒙的，连连冷笑，"别说是我，就是她老人家领来的李氏也没给她这个面子，当着众人的面给我甩了脸子。"

看着谢夫人气成这个样子，怕还不只是甩脸子那么简单。

戚秋听着，却也不敢问。

谢夫人气道："我知道她老人家与李家素来交情不浅，可也不该拿我去给李家抬面子，端看她李氏如此做派，不就是想打我的脸吗！"

谢夫人这些年养尊处优，何曾被人如此当众下面子，自然是怒气难消。

等戚秋再从谢夫人的院子里出来的时候，天色已经黑沉，明月不知踪影，院子外的青松影影绰绰，随着寒风倾斜，路上到处透着阴寒。

天上开始飘落着小雪，入目除了夜色的黑，就是薄雪的白。寒风凛冽，夹带着细雪往脖子里钻，冷得人一激灵。

李家的得势来得猝不及防，可圣旨已下，谁也无力回天。

谢夫人怒气难消，连晚膳都没有用，王严的事王嬷嬷和戚秋谁也没提，打算能瞒一时是一时。

回到院子里，戚秋扬手给自己倒了一杯茶，劝了谢夫人半晌，她早已经口干舌燥了。

李家或许是早年坏事做多了，子嗣凋零，现如今除了李夫人，也就剩下几位庶子还在京城里不温不火地生活，守着李家偌大的旧宅，身上却连个像样的官职都没有。

君心难测，谁也不知道陛下为何突然瞧上了已经落到这般田地的李家，如此大的恩宠，当真是风光无两。

戚秋叹了一口气，打开窗户。

外面夜色沉沉，窗前的一株蜡梅趁机探进头来，明黄的花瓣已经落上了一层薄雪，在寒风中轻颤。

戚秋在窗前站了许久，寒风阵阵往里头送，直到水泱进来，快步走了过来。

"您身子自幼不好，怎么敢这样吹风？"水泱不赞同地上前，一把将窗户合上。

"我自幼身子不好？"戚秋一愣。

水泱转身去给戚秋倒了一杯热茶，笑着打趣道："您这是不记得了，还是不打算认了？"

戚秋蹙眉。

水泱嘟囔说："在江陵的时候您可是几乎药没有断过，来京城之前您还生了一场大病，晚了好几日来京城。"

说着，水泱奇道："说起来，小姐您入京城之后好久没有生过病了，还真是京城的风水养人。"

戚秋沉默下来。

原著里从未说过原身身子不好，她竟也一直不知道。

脱离原著，剧情越来越丰满，也越来越难搞。

知道戚秋今日想早点休息，水泱将床铺好，等戚秋上床之后，点上安神香，熄灭了屋子里的灯。

等水泱关上门退出去，屋子里暗得惊人，许是中午睡得久了，戚秋翻来覆去毫无睡意。

正想着，只听院子外面突然传来一阵嘈杂声。

戚秋愣了一下，坐起身。

不一会儿，水泱便进来了。

戚秋问："外面怎么了？"

水泱说道："是谢公子从外面回来收拾东西惊动了夫人，这会儿正在院子外面说话呢。"

戚秋皱眉："收拾东西？"

水泱点头:"据说谢公子领了差事,要去外地一段时间。本想偷偷地走,没想到还是惊动了夫人,夫人已经起身去送了,小姐继续睡吧。"

戚秋抿了抿唇:"什么差事?要去多久?"

水泱摇摇头:"这奴婢就不知道了。"

顿了一下,水泱小声说:"夫人已经起身了,小姐现在穿衣也来不及去送了,不如还是睡下吧。外面眼看就要起风了,冷得很。"

戚秋闻言一静,垂眸坐了片刻,这才点点头:"你去睡吧。"

水泱应声退下了。

不一会儿,外面果然如水泱说的那般开始起风了,狂风肆虐,一阵阵地撞击着窗户,一下比一下猛,光听着就让人心惊胆战。

即使门窗紧闭,依旧有风从缝隙里钻进来,冷飕飕地刺骨。

戚秋躺下来,闭上眼。

两刻钟过去,风越吹越猛,甚至能听到外面青松传来的沙沙声。

戚秋突然翻身坐起来,下了床,穿上外衣之后,疾步出了屋子。

外面天寒地冻,打开门便是一阵冷风吹了过来,风大得简直让人走不动路。

今日风雪大,知道戚秋没有守夜的习惯,院子里的下人也早早地下去歇着了。

院子里空空荡荡的,并无一人。

戚秋走了两步,被狂风吹得瑟瑟发抖之时才想起来自己忘了拿斗篷。

咬了咬唇,戚秋望了望灯火通明的前院,没有回去拿。

硬顶着寒风走了一路,也不见什么人,经过谢夫人的院子时,只见正屋里的烛火已经灭了,王嬷嬷正从里面出来。

看见形单影只的戚秋,王嬷嬷一愣,赶紧迎上前来:"小姐,这么冷的天您怎么出来了?手上连个袖炉也不拿。"

戚秋就怕遇上谢夫人,早就找好了借口:"方才回去发现姨母的玉镯落在我院子里了,我瞧着珍贵,特意给送来。"

说着,戚秋将早就备好的玉镯拿出来递给了王嬷嬷。

王嬷嬷接过来一看,正是谢夫人前几日找不到的那个,赶紧给收好了。

这个玉镯是谢夫人的陪嫁之物,很是珍贵,前不久谢夫人以为丢了,还心疼了一番。

王嬷嬷笑着说:"原来是落在小姐屋子里了,多谢小姐给送过来。这东西虽珍贵，可哪有表小姐您要紧。这么冷的天，您差下人或者明日送来也是一样的。"

"我瞧着是姨母的贴身之物，怕姨母寻得着急，便没想那么多。"戚秋朝屋子里望了望，"姨母已经歇下了？"

王嬷嬷说："送完公子出门，刚刚歇下了。"

戚秋佯装不知。

王嬷嬷解释说："这不是京城有犯人走丢了，据说是流窜到了庆安县，陛下让公子去拿人。公子从外面回来收拾东西时惊动了夫人，夫人便没坐住，刚将公子送出府后回来。"

戚秋笑着点点头："既然姨母睡了，那我便不多打扰，先回去了。"

王嬷嬷应了一声，转身拿了一个袖炉递给戚秋："路上冷，表小姐拿着别冻坏了。"

戚秋应了一声"好"，收下袖炉，转身走了。

白雪皑皑，狂风吹过，扬起一片细雪。

戚秋走在风雪中，风雪将她的背影逐渐吞噬，只留下一串串脚印。

孤独又凄冷。

戚秋敛去了面上的笑意，手里即使捧着袖炉，依旧被冻得毫无知觉。

她暗笑自己没事找事。这么冷的天，窝在屋子里多好，非要跑出来受罪。

狂风呼啸，戚秋叹了一口气。

这声叹息，尽数散在风里，无人知晓。

天地茫茫，白雪纷纷，庭楼高阁矗立，衬托得人越来越渺小孤独。

戚秋一步步走着，快到院子里的时候这才抬起头，却顿时身子一僵，脚步倏地停住。

只见风雪的尽头站着一个人，宽肩细腰，下颌凌厉，眉目桀骜，身上的玄色大貂随着狂风飞扬。

他像是正在等什么人，微垂着眸子，肩上落了一层薄雪。

察觉到有人靠近，谢殊微微抬起眸子，看见戚秋之后，他垂在身侧的双手渐渐松开，薄唇轻扯忽然笑了一下。

夜色笼罩，不见明月。

狂风与冰雪暧昧地交缠在一起，吹得人站不稳身子。

一旁的青松被盖上一层白雪，在狂风中倾斜，戚秋身上的外衣被吹开一个扣子，在夜色中露出雪白的脖颈。

　　两人在风雪之中对视，紧紧地盯着彼此。

　　风雪声好似逐渐远去，只留下心尖的起伏。

　　过了片刻，谢殊走了过来。

　　他肤色白，在玄色的衣袍衬托下更甚。

　　谢殊抬指取下身上的玄色大貂，罩在戚秋单薄的袄裙上。

　　看着戚秋松松绾起的发髻，谢殊伸手到半路，又克制地缩了回去。

　　喉结上下一滚，谢殊声音低沉沙哑："等我回来。"

第六章

情愫

[71]

这场大雪下得又急又厚,不过几日路上便盖下厚厚的一层积雪。

王严的事这几日传遍京城,自然也瞒不住谢夫人,气得谢夫人摔了碗碟,心思郁郁,一连好几日都没怎么吃下饭。

戚秋除了每日去谢夫人的院子里坐坐,其他时候都缩在屋子里,不愿意出来。

这几日的天确实太冷了,天色经常阴阴沉沉地飘着雪花,也不见日头,寒风如刀子一般吹得人汗毛直立,浑身都直哆嗦。

正屋里头烧着炭火,倒是暖暖和和的,桌案上的玉青瓷花瓶里面斜斜插了几枝红梅,在炭火下娇艳欲滴。

戚秋躺在贵妃榻上,身上盖了一层薄毯,手里还握着一本卷册,在炭火旁昏昏欲睡。

就在快睡着之际,山峨突然推开门跑了进来。

搓着手,山峨冷得直打哆嗦:"小姐,王嬷嬷来了。"

戚秋迷迷糊糊地缓了一会儿,这才坐起身:"请进来。"

王嬷嬷走进来后福了福身子:"表小姐,夫人备好了茶水点心,正在屋子里等着您。"

这几日谢夫人日日叫戚秋到跟前说话,戚秋也不意外。

站起身,抚平身上的皱痕,戚秋点头说:"走吧。"

出去后才发现这昏暗的天又开始刮风了。

外面风雪大,哪怕戚秋身上披着厚厚的斗篷,依旧不减这刺骨寒意。

行到谢夫人的院子里,谢夫人手里捧着袖炉,正站在檐下等着。

院子里还摆了好几大箱东西,走近一瞧,全是些金银首饰和衣裳绸缎,瞧着个个精致华丽,并非俗品。

"这是？"戚秋走到谢夫人身边。

谢夫人示意戚秋去瞧瞧："这都是宫里刚刚赏赐下来的，你且去看看，若有喜欢的便拿去吧。"

戚秋心下了然，这是前几日下了谢夫人的脸面，如今宫里送来安抚谢家的。毕竟要靠谢殊和谢侯爷在外面卖命，还是要给足谢家颜面的。

只是看着这些赏赐，谢夫人瞧着却并不怎么高兴的样子。进到屋子里一问才知，原来这样的赏赐李家也有。

谢夫人面色不豫："李家无功无德，竟也得了一样的赏赐，还真是被陛下恩宠。"

这话谁也不知道怎么接，戚秋和王嬷嬷对视一眼后，都齐齐叹了一口气。

谢夫人自己也叹了一口气："我就是不甘心与李家平起平坐，这不是……"

话还未说完，屋子的帘子被人掀开，下人站在门口战战兢兢地说："夫人，李家来人了。"

谢夫人的脸色当即就冷下来了，王嬷嬷赶紧问："来的是谁？有什么事？"

下人回说："来的是一位嬷嬷，据说是来送请帖的。"

这下王嬷嬷也不敢做决定了，扭头看向谢夫人，劝说道："夫人，这可不好把人拒之门外……"

谢夫人气得闭上眸子，却又无计可施，只好甩手冷道："让人进来吧。"

片刻后，一位穿着小夹袄的嬷嬷走了进来，瞧着打扮像是李氏的贴身嬷嬷。

那嬷嬷笑着朝谢夫人福了福身子："给谢夫人请安。早就听闻谢府富贵，如今一见果然气派。"

说着，嬷嬷嘴里"啧啧"两声："老奴是自襄阳跟在夫人身边的。说起来王家虽也富贵，可远没有京城个个府邸来得气派。这几日奴才替夫人跑腿，可真是大饱眼福。"

这话一落，王嬷嬷就皱了皱眉头。

谢夫人也冷冷地看着底下人："你家夫人派你前来有何贵干？"

李府嬷嬷这才笑着将请帖递给王嬷嬷："过几日我们夫人要举办洗尘宴，到时候京城各位夫人都会来，还请谢夫人不计前嫌赏个脸。"

谢夫人移开眸子。

李府嬷嬷眼眸一转，又看向了一旁坐着的戚秋，笑道："这就是府上的表小姐吧？到时候可要一起来。洗尘宴那日公主殿下也会来，想必表小姐入京这么久还没见过宫里的贵人，这天骄之女是不一样的。表小姐可要去凑凑热闹，说不定能在公主跟前混个眼熟，以后也好……"

一听此言，上头坐着的谢夫人脸色更加难看起来。

眼见谢夫人坐不住了，戚秋盈盈一笑："嬷嬷放心，若是有空，我和姨母一定会赏脸的。"

戚秋故意将"赏脸"二字咬得很重。

那嬷嬷脸色一僵。

庆安县这边的雪已经停了，已至傍晚，路上的积雪开始融化，淅淅沥沥的雪水从屋檐、树上滑落，如下雨一般，留下一地湿润。

这里不比青山县繁华热闹，街上又冷，没几个行人出来走动。

谢殊的玄色长靴踩在水洼中，水花四溅。

暗卫禀告说："刚刚收到来信，李家已经派人去了府上，说是要邀请夫人和表小姐几日后去李府参加洗尘宴。夫人却动了气，将人赶出了府上。"

谢殊神色淡漠，低头看了一眼手上的信，转身进了客栈里头。

因是冬日，这处客栈里也没什么人，只是一个掌柜的抱着算盘站在柜台后面。

谢殊上到二楼，推开左侧的门，魏安王正坐在里面喝茶。

见谢殊走进来，魏安王抬眸问："怎么了？"

谢殊将那张字条递给魏安王。

魏安王扫了一眼，摇头道："眼看得势，李家此时不威风，更待何时。"

谢殊淡扯了一下嘴角，抬眸说："王爷，王妃娘娘许久没有办过宴席了吧？"

魏安王一顿："你想做什么？"

谢殊笑道："府上也该热闹热闹了。"

"你这小子！"魏安王也笑了起来，"你是想让我与李家同一天举办宴席，好遮了他家的风头，给他家难堪？"

谢殊轻笑一声，不紧不慢地扬手给自己倒了一杯茶。

魏安王低头思索起来，片刻后无奈地说道："怕是不妥。陛下扶持李家是用来做什么的，你我心知肚明，本就是用来牵制魏安王府的。本王若是再明着跟李家对着干，陛下岂不是更加疑心？"

谢殊挑眉："既然是用来制衡的，王爷更应该办这场宴席，不然陛下怎么会放心？"

魏安王一顿："此话从何说起？"

"为了制衡王爷，陛下特意抬举毫无根基的李家，还将王严塞进了锦衣卫里头。若是王爷举办了这场宴席，就说明把李家放在了眼里，开始害怕了；若是王爷对李家不闻不问，陛下难保会想李家威胁不了王爷。到时候，陛下便只能另寻他法了。"谢殊淡声说。

魏安王垂眸一想："你说的也不无道理。"

风吹蜡烛，烛火摇晃，外面的天已经暗沉下来，月牙不经意间跳跃出来，在薄云中若隐若现。

"罢了，罢了，便依你所言，本王一会儿就派人给你姑姑写信。"魏安王指着谢殊，笑哼一声，"你可满意了？别以为本王不知道你的私心。"

谢殊站起身，似真似假道："多谢王爷。"

魏安王一脸无可奈何。

谢殊见好就收，直起身："天色不早了，若是没什么事，王爷早些休息吧。"

说罢，谢殊抬步就要走，却被王爷给叫住了。

"你姑姑替你相看了秦丞相家的女儿秦韵，我觉得也不错，回去的时候你见见，两人坐在一处好好聊聊。你也老大不小了，婚事一直没个着落怎么行？"魏安王说。

谢殊揉着眉心，无奈地说："我与她又不是没见过，哪里还轮到现在相看？"

魏安王赶紧问："那你对人家姑娘是何意思？我瞧着人家姑娘可是对你有意思，这不还绣了荷包给你？让我转交给你收下。"

说着，魏安王从一旁拿出一个荷包递给谢殊："这可是人家姑娘的一片心意，你可要收下。"

谢殊叹了一口气："我若是收下了，王爷是不是回去就要跟我母亲说我中意了秦家小姐？"

魏安王面色一顿，随即尴尬地咳了两声："秦家女儿确实不错，你若是喜欢，这岂不是一桩美谈……"

谢殊无奈打断："我不喜欢。"

魏安王双目一瞪："你到底喜欢什么样的女子，你这婚事都拖多久了，已经及冠，身边却连个伺候的女子都没有。别说你母亲了，就是你姑姑每每提到此事都叹气。"

"我喜欢……"谢殊眼眸低垂，喉结滚了一下。

一阵意乱，谢殊终是什么都没说："你们无须操心，我自己会上心的。"

谢殊能这么说已经很让魏安王意外了，知道不能逼得太急，魏安王便也没再说什么了，只是低头看着桌子上的荷包："那这个怎么办？"

谢殊淡声说："还回去吧。"

魏安王无奈地点点头："你且坐着，我再与你说说锦衣卫的事。"

谢殊点点头。

两人一道聊到了深夜，魏安王这才疲倦地摆摆手："去歇着吧。"

见谢殊起身，魏安王扫见一旁的荷包仍是有些不死心，试探地说："你瞧这荷包绣得多好，收下装个东西也好。"

谢殊垂眸扫了一眼，心道荷包这种东西他还真是不缺。

见顶上绣的图案眼熟，谢殊随口问了一句："这绣的是什么，鸭子吗？"

魏安王面色一僵，震惊且无奈地看了谢殊一眼后，从牙缝里挤出一句话："……这是鸳鸯。"

[72]

这几日不仅冷，还时不时地下雪，狂风肆虐，外面的寒气根本挡不住地往屋子里头钻，便是耐寒的蜡梅也多有凋零。

戚秋本就怕冷，一到冬日手脚都是冰凉的，这几日风又吹得厉害，更是险些将戚秋给吹得下不来床。

谢夫人知道的时候，戚秋已经有些不舒服了，头脑昏昏沉沉的，有些起热。

谢夫人赶紧找大夫来开了药，又煎了补药，这几日就待在戚秋的院子里日日照看着戚秋，常常亲自给戚秋喂药，就跟照顾谢殊一般。

提起谢殊，谢夫人也是止不住地叹气。

谢殊已经去了庆安县七日可还不见回来，连封信也没递回来，谢夫人止不住地担心，连膳食都用不下去，每日唯一能操点心的就是给戚秋喂药。

也因此，戚秋可没少喝苦水药，脸都要喝绿了，好在身子确实是一点一点好起来了。

又养了几日，见戚秋已经活蹦乱跳了，谢夫人等天好的一日带戚秋去了相国寺上香。

一连几日不顺，又担心着在外的谢殊，谢夫人早就有了想去相国寺上香的打算，若非戚秋病了，断不会推迟到了今日。

外面天气寒冷，万物凋零，树梢上的冰凌比刀子还厚。

虽然天寒地冻，路上的积雪也还没有化完，相国寺里的香客却是不少。

一茬接一茬的人在相国寺里进进出出，香客络绎不绝，还未走进去便能闻到浓浓的香火味。

相国寺戚秋还是头一次进来，位临长安大道，占地面积不小，里面随处可见花卉。

戚秋陪谢夫人去正殿上了香，捐了香火钱，刚走出正殿便被人给叫住了。

扭头一看，正是多日不见的韩夫人和韩言。

谢夫人赶紧停下脚步。

等韩夫人走过来之后，谢夫人笑道："真是多日不见，韩夫人的气色看起来好多了，可是已经痊愈了？我那几日没少担心，却因自己府上之事腾不开空去你府上坐坐，也怕去了给府上添乱。"

前几日韩夫人病了，谢夫人有心上门探望，又怕显得过于殷勤，思来想去之后挑了一些补品差人送了过去。

韩夫人叹了一口气："我这都是老毛病了，每年冬日都要闹一场的，不打紧。"

说罢，韩夫人看向戚秋，一脸关切地问："只是怎么瞧着戚小姐的脸色也不怎么好看？"

谢夫人回头看向戚秋，跟着叹了一口气："那几日寒冷，秋儿也是病了一场，这几日刚好。我想着她那几日在屋子里闷坏了，看今日天还不错，便想领着她出来走走，也散一散病中郁气。"

"戚小姐也病了？"韩夫人一惊。

韩言也抬眸看向了戚秋，抿了抿唇。

谢夫人点点头，又怕韩夫人觉得戚秋是个病秧子，连忙说道："都怪这场雪下得突然，秋儿一时不察着了凉，好在病去得也快，身子已经养好了。"

韩夫人嗔怪道："戚小姐病了你怎么也不知会一声，我竟然都不知道。我院子里的大夫最擅长治头疼脑热，合该领着上门去瞧瞧。"

"你还病着呢，折腾什么。"一听此言，谢夫人心里甚是服帖，笑着说道，"我们也别站在这风口处说话了，去一旁的厢房里喝盏热茶。"

挑了一处没人的厢房，韩夫人和谢夫人领着韩言和戚秋进去了。

刚坐下没说两句话，韩夫人便掩嘴笑道："今日也真是巧了，方才在正殿还遇上了秦家的两位小姐，瞧着像是来求姻缘的。只是她们两个走得快，也没来得及说上两句话。"

说罢，韩夫人看向戚秋，眉眼含笑带着深意："不知戚小姐年芳几何？若是过了及笄，也该考虑一下婚事了。"

戚秋低着头："已经过了及笄，婚事……"

戚秋故作脸红地止住了话。

韩夫人笑道："已经过了及笄，婚事想必家中的长辈可要操心了。"

见戚秋不好意思了，谢夫人看向了一旁的韩言，笑着接过话茬说："听说韩公子今年进了吏部当差，这可是个好差事，真是争气。"

今年因为蓉娘的景悦客栈一事牵扯了不少官员，朝廷六部也空出了不少位置。年尾之际，陛下一连封了不少有才干的年轻子弟顶上去。

韩言自然是头一个受到陛下恩惠的人。

韩言拱手垂眸说："全靠老师提携，愧不敢当。"

谢夫人越看韩言越满意："也要你有这个能力，才会被陛下看重。"

韩夫人笑道："若说能力才干和陛下看重，谁能比得上你家的儿子。及冠宴上圣旨一下，好不风光。"

说起"风光"一词，韩夫人顿了顿。

低头抿了一口茶，韩夫人这才不冷不热地说："不过若说风光，这阵子李家可是没少长脸。李夫人自己得了诰命，连同儿子也进了锦衣卫，除此之外，李家那几位也升了官。那日见到李夫人真是好不得意。"

谢夫人搁下手中的茶盏，脸色淡了。

韩夫人继续说道："不过听说自宫宴那日回来，李家这阵子收敛了许多，不知是不是被太后娘娘训斥了。"

戚秋听着韩夫人的语气不怎么对，刚想抬头，便听见韩夫人转了话音："今日天好，听说相国寺后园的红梅长得不错。言儿，你带着戚小姐去看看。我记得秦家小姐也往后园去了，见着了你们这些小辈也好一起说说话。"

谢夫人一顿，随即也道："是啊，你们出去看看，就别陪着我们闷在屋子里了。"

戚秋知道，这是谢夫人和韩夫人想支开他们两个小辈。

韩言看向戚秋，等着戚秋答话。

戚秋只好对韩言福了福身子:"那就有劳韩公子了。"

和韩言并肩走出厢房,外面寒风一下子便涌了过来,戚秋冷不防打了个哆嗦。

韩言见状身形一顿,走在左侧替戚秋挡着风:"这几日化雪天寒,戚小姐记得穿厚一点。"

戚秋拢紧身上的斗篷,点点头。

两人本就不甚相熟又多日未见,倒也没什么好说的。戚秋更是明白谢夫人的意思,还有些尴尬在。

一路上,戚秋都没怎么主动开口说话。

韩言垂眸看了一眼戚秋,也没再开口,只是放在身侧的手紧了紧。

沉默着走到后园,便看见满园子里的红梅怒放,枝头上还残留着薄雪,格外好看。

刚走到院子里,便看到了坐在不远处亭子里的秦仪和秦韵。

秦仪和秦韵显然也看到了二人,不等秦韵起身,秦仪突然站起来冲戚秋挥了挥手:"戚小姐,来这里坐啊。"

这可不像是秦仪每每见到她鼻子不是鼻子,眼不是眼的德行,戚秋脚步一顿。

可既然秦仪已经开了口,戚秋和韩言也不好拒绝,只得走了过去。

刚坐下,秦仪就兴致勃勃地问:"戚小姐怎么会和韩公子待在一处,可是一起来的?"

若是一起来的,恐怕秦仪就有的往外嚷嚷了。

韩言没有说话,戚秋只好开口说:"方才恰巧碰见了韩夫人和韩公子,两位长辈说话,便把我们两个给打发出来了。"

秦仪失望地撇了撇嘴。

秦韵开口说:"瞧着戚小姐脸色不怎么好看,可是病了?"

话落,一阵风吹来,戚秋咳了一声:"之前有些发热,是病了一场。"

秦韵关切地说:"既是如此,化雪之际,出来时可要裹严实一些。我这里有个袖炉,握着暖和,戚小姐先拿去用吧。"

说着,秦韵将手中的袖炉递给戚秋。

秦家姐妹突然的热情让戚秋不由得眯了眯眸子,心下有些提防和茫然。

小心起见，戚秋浅浅一笑，避开了秦韵手里的袖炉："这如何可行，秦小姐穿得也不厚实，就不麻烦秦小姐了，我的丫鬟已经回去取袖炉了。"

"哎哟，有什么好麻烦的。"秦仪一把抓过秦韵手里的袖炉塞进戚秋手里，看着秦韵促狭道，"以后说不定都是一家人了。"

戚秋一愣，便是韩言也惊了一下。

秦韵的脸瞬间便有些红了，垂下眸子，推了秦仪一把："别乱说话。"

秦仪歪了歪身子，却是笑了起来，转头看向戚秋："戚小姐，你可知谢公子何时能从庆安县回来？"

戚秋顿了一下，回道："我不知道。"

秦仪挑了一下眉梢，试探说："戚小姐住在谢府，和谢公子关系应该亲厚，连此事都不知道吗？"

戚秋说："表哥此次去办的是公事，去多久自然不是自己说了算的，我如何会知晓？秦小姐是找表哥有什么事吗？"

秦仪抿嘴一笑："自然有事，还是大事。"

秦韵又红着脸推了秦仪一把，嗔怪道："快堵住你的嘴。"

两姐妹倒是闹了起来。

韩言越听越觉得不对，不动声色地皱了一下眉，站起身颔首笑道："我去那边瞧瞧，先失陪了。"

韩言走了，正合秦仪的意。

等韩言远去后，秦仪眉眼上扬着，捂嘴笑着对戚秋说："戚小姐，想必你还不知道吧，谢公子收了我姐姐送给他的荷包。"

戚秋一顿，挑了一下眉。

[73]

戚秋微垂下眼，长长的眼睫遮挡住眼中的幽深，面上不见一丝波澜。

看着被秦仪硬塞进她手里的袖炉，戚秋并没有接话。

秦仪一直在打量着戚秋的神色，她说完话，却见戚秋是这一副漫不经心的样子，一时也有些拿不定主意。

轻笑了一声，秦仪挑眉继续说道："我可是听说谢公子从来不收女子赠予的这些东西，没想到如今竟是收下了我姐姐送的，倒真是……"

说罢,秦仪又是娇笑了一声。

秦韵娇瞪了秦仪一眼,虽没有什么威慑力。

秦仪口中的话并没有说完,这话就像是缠缠绵绵的银线,钩得人心中一紧,反而更容易惹人遐想。

戚秋摩挲着手里的袖炉。

这袖炉是个铜丝镏金莲花形的,外表做工精细优良,捧着也不烫手,却因为形状的问题而有些硌手。

戚秋垂眸抚摸着,却被硌了一下手,抿了抿唇,心里不免有些烦躁。

秦仪盯着戚秋看了一会儿,问道:"戚小姐,你可曾见到谢公子收别家女儿的东西吗?"

寒风呼啸,吹落梅花,梅香顿时肆意。

相国寺这处园子里的梅花确实长得好,朵朵盛开,长得娇艳欲滴。此处是园子口,来往的香客不少,随时能听见窸窣的脚步声。

梅花落地,很快就被来往的行人踹成烂泥。

戚秋伸手拢了拢身上的斗篷,回道:"未曾。"

秦仪看了半天也没瞧出来戚秋的脸色有什么不对,更猜不出戚秋心里想的什么,只好得意一笑:"这便好,我还怕是别人蒙我的。"

"好了,秦仪。"秦韵适时地站出来,红着脸制止秦仪继续说下去,"可别再胡说了。"

秦仪大大咧咧地笑道:"我哪里有胡说,我说的可都是实话。"

秦韵面色有一丝绯红,握着手里的帕子:"戚小姐,你别听仪儿乱说,她这个人口无遮拦的。"

秦仪顿时不高兴了:"我哪里口无遮拦,这不是想帮姐姐你打听一下谢公子的为人吗?"

说着,秦仪看向戚秋:"戚小姐,我说此话也没有别的意思,你只当是闺阁女儿闲聊时说的玩笑话,不用放在心上,只是……"

顿了顿,秦仪说:"戚小姐,之前是我对你有偏见,多次针对你,可如今我既将此事告诉了你,还请戚小姐接下来能给我一句实话。"

戚秋抬起眸子,突然笑了一下:"秦小姐放心,虽然你多次针对我,但我定然知无不言,秦小姐只管问。"

秦仪面色一僵,随即咬了咬唇:"敢问戚小姐,谢公子可像传闻中的不近人情？我只有这么一个姐姐，断不能受委屈。"

戚秋面上看不出喜怒，只是抱着袖炉的手指有些泛白。

沉默了一下，戚秋笑着说："传闻怎么可信？表哥是个顶好的人，若是秦小姐对表哥有意，大可不必担心传闻这些无稽之谈。"

闻言，秦韵的脸色更红了。

秦仪却顿时不乐意了，咋呼说："什么叫我姐姐对谢公子有意，明明是……明明是……"

秦仪到底还是有分寸的，被秦韵又瞪了一眼后，止住了话音。

可都说到这个地步了，谁还不知道她话中的意思。

秦韵一边制止着秦仪继续说下去，一边咬着唇偷偷看着戚秋的反应。

秦仪更是明显得多，一双眸子恨不得黏在戚秋身上。

可是不论秦仪和秦韵怎么看，戚秋都是一副漫不经心的样子，反而眉眼含笑地看着她们两姐妹打闹，丝毫不见波澜。

秦仪和秦韵不免对视一眼，心里直打鼓，面色更是一僵，心道，难不成是她们打听错了？

戚秋其实对谢殊并无男女之意？

可不论怎么样，她们既然做了这场戏自然就不能半途而废，总要试探出戚秋的真实心意。

若是戚秋真的对谢殊无意最好。若是有……

正想着，园子口突然传来一阵脚步声。

起初秦仪、秦韵和戚秋并没有在意，直到脚步声越来越近，三人这才侧身去看。

只见不远处走来一个男子，眉眼淡漠，鼻梁高挺，下颌凌厉干净，一身紫色的大氅披在身上，更显身姿挺拔。

他慢步走近，肩上落了几朵梅花，更衬面色如玉。

来人可不正是谢殊？

谢殊身后还跟着山峨，正对着戚秋笑。

三人皆是一愣，秦韵率先反应过来，拉着秦仪一起站起身来，盈盈一拜："谢公子。"

说罢，秦韵红着脸看向谢殊，以为谢殊会走过来。

抬起眸子，却见谢殊并没有看她。

……他径直朝戚秋走了过去。

秦韵脸色顿时一僵，抿了抿唇。

戚秋没有站起来，而是讶异地看着谢殊问道："表哥，你回来了？"

谢殊点点头。

将特意捎来给戚秋的袖炉递过来，谢殊抬起眸子，无奈地看着戚秋，轻声训说："听母亲说你刚生了一场病，出门在外更应该小心一点，怎么出来一趟还能把袖炉落下？天气这么冷，下次不能再忘了。"

相国寺的厢房里头都烧着炭火暖和，戚秋将自己的袖炉放在桌子上，出来的时候却忘了拿，走到半道想起来，只能派山峨回去取。

可没想到送来袖炉的不只山峨，还有已经数日不在京城的谢殊。

谢殊出去数日，脸上不见沧桑，反而越来越有味道。腰杆子挺直，冷硬的脸庞更加凌厉，说起话来却又有了一丝温和。

戚秋不由得想起了那日雪夜。

谢殊将另一件的玄色大貂罩在她身上，严寒一下子退去了不少。

谢殊眼眸深邃，薄唇轻抿，一字一句地跟她说："等我回来。"

她不记得自己说了什么，只记得自己点了点头，被谢殊送回了院子，谁也没有开口问"你为何会在这里"。

一切似心照不宣又似一团迷雾。

戚秋抿了抿唇，将秦韵的袖炉还了回去。

秦韵眸子微垂，接过戚秋递过来的袖炉。

只是她没再用，转身将袖炉交给了自己的丫鬟。

默默地从谢殊手里接过自己的袖炉，戚秋垂下眼眸，依旧没有说话。

谢殊这才抬眸看向秦韵和秦仪，神色淡淡地微微颔首，回了一声："秦小姐。"

万万没想到得到的只是这么一声不重不轻的回复，秦仪和秦韵反应过来后，都被谢殊这副不冷不热的样子弄得有些难堪。

咬了咬唇，秦韵主动开口问："谢公子是刚刚回京吗？"

谢殊站在戚秋身后，戚秋这副不冷不热的样子也令他十分不解，皱了皱眉头，半晌后这才点了点头。

秦韵心下一凉，微微垂下眸子，坐了下来。

梅花四落，寒风不止，吹起散落的白雪纷纷扬扬，让看景的人心中一凉。

亭子之中，气氛一时有些凝滞。

园子离前面不远，还能听到前面时不时传来的钟声。

秦仪也收了先前眉飞色舞的姿态，不敢再滔滔不绝了。她多少有点怵谢殊，如今垂着脑袋乖巧地坐在椅子上，一言不发。

正主来了，她却不见刚才那般得意的模样。

气氛僵了一会儿，还是戚秋率先打破寂静，扭过身子问谢殊："表哥，你回了京没有回府吗？怎么来这儿了？"

谢殊坐在戚秋一侧，看着戚秋把袖炉放在桌子上："刘管家说你们来了相国寺，我便来了。"

戚秋点点头，又问："你见过姨母了吗？她和韩夫人在西厢房里说话。"

谢殊无奈地笑了一声，说道："没见过母亲，怎么会有你的袖炉？又怎么会知道你在这儿？"

顿了顿，谢殊说："你把袖炉揣上，这会儿起风了。"

"哦。"戚秋懒懒地应了一声，又转回了身。

谢殊明显觉得戚秋哪儿不对劲儿，却又品不出来，几番欲言又止之后终是无奈地垂下眸子。

走前还好好的，怎么一回来反而变了个面孔。

谢殊想不通。

可顾及着前面坐着的两个人，谢殊也不好开口问。

秦仪打量着戚秋和谢殊两人，脸色越来越难看。

她起初见到谢殊还心中一喜，以为能借着谢殊的势好好扬扬威风，可她怎么也想不到她和姐姐竟然被抛到一旁。

谢殊甚至都不往这边看一眼！

隔了半晌，秦仪还是忍不住了，刚欲开口，身后便又传来了一阵脚步声。

众人回头一看，随即只见韩言拿着几束红梅走了过来。

韩言手上拿着几束红梅，额上还有些汗，快步走了进来。

见到谢殊，韩言一愣，随即拱手道："谢大人。"

谢殊神色一顿，眸子不动声色地从韩言转到戚秋身上，又转回韩言身上："韩大人。"

韩言坐在戚秋另一侧，见戚秋好奇地瞅着他手里的梅花，赶紧递了上去："这是相国寺僧人用窗纸剪出来的纸梅花，我瞧着新奇，便买了几束给你和秦家两位小姐。"

说着，韩言先将手里的其他两束递给秦仪和秦韵。

这些红梅她们来时也曾见过，据说插放在后院的姻缘树下，可保佑姻缘。

秦仪本想等临走时买上两束，没想到韩言竟买了。

道了谢，秦仪和秦韵接过。

韩言这才将手里的另一束递给戚秋。

戚秋还没有接过，他就先红了脸颊。

谢殊瞧着，神色一顿。

摩挲着手里的玉扳指，谢殊眸子幽深，目光在韩言身上打转了一圈后重新落到了戚秋身上。

不动声色地挑了挑眉稍，谢殊的薄唇抿成一条直线。

戚秋弯了弯眸子。

[74]

后园说不上偏僻，却也还算得上安静，此时在正殿上香的人不少，只听前面热闹，这边倒只有窸窸窣窣的风声。

红梅香气不浓，只有淡淡的雅香，在寒风中四溢，似有若无之下，勾动心弦。

这束用窗纸剪出来的纸梅花连枝干都是用窗纸裁剪出来的，格外精致好看，在微风中轻颤，若是不仔细瞧还以为是真的梅花枝。

秦家两位小姐已经接过纸梅花，戚秋断没有唐突拒绝的道理。

从韩言手里接过梅花，戚秋微微颔首，露出一抹礼貌的笑容："多谢韩公子。"

见纸梅花被戚秋接过去，韩言悄悄地松了一口气，脸上的红晕也稍稍退去了一些。

顿了一下，韩言这才垂着眸子说道："不过是一束纸梅花，戚小姐不用放在心上。"

谢殊听着身侧的戚秋应了一声，放在膝盖上的手微微屈起，有一下没一下地敲着，似有些漫不经心。

他许是刚回京的缘故，神色有些疲倦，身姿也不如以往那般挺直，而是有几分慵懒。

秦韵的视线从谢殊身上移到微红着脸的韩言身上，突然笑着开口对戚秋说："不知戚小姐进来时有没有看见正殿左侧的那株缠着红绳的姻缘树？据说将纸梅花插在姻缘树下面的坛子里，不分男女，皆能保佑姻缘顺遂。"

戚秋进来时跟谢夫人径直去了正殿，还真没看到左侧的那株姻缘树，闻言轻轻地点了点头，却有几分心不在焉："原来还有这个说法。"

秦韵笑道："是啊，干坐在这里也是无趣，不如我们和两位公子一起去将手里的这几束红梅放进去，也算不浪费韩公子的一片心意。"

这话倒是给秦仪提了个醒，不等戚秋开口，秦仪就先一步说道："说起心意，我怎么瞧着戚小姐手里的这束纸红梅比我和姐姐手里的都好看一些？"

韩言脸色又红了起来，手微微蜷起，似是有些紧张。

秦韵比较了一下自己手里的红梅，惊讶道："还真是。"

戚秋手里的纸梅花比秦韵和秦仪手里的都要大一些，上面的梅花也大都是盛开的样子，瞧着格外娇艳，一看就是精心挑选出来的。

看了一眼谢殊，秦仪咬了咬唇，故意说道："难怪方才韩公子先给了我和姐姐，特意将左手里的这束红梅留到最后，原来这三束红梅是不一样的，有一束是专门给戚小姐的。"

谢殊放在膝盖上的手一顿，抬起眸子，眉头紧了紧。

戚秋神色也是一顿。

秦仪顿了一下，见秦韵并没有拦着她，当即放下心来。

故作好奇，秦仪掩着嘴继续笑说："方才见戚小姐和韩公子一道走过来，便觉得你们二人亲近，当时我就问戚小姐是不是约着韩公子一起来，原来……"

秦仪及时地止住了话音，一切却尽在不言中。

戚秋的眉头蹙了起来。

秦仪这番明显是话中有话，暗指的什么一清二楚。若是放任她继续编派下去，还不知要被她说成什么样子。到时候若是再传出去个一星半点，没有的事也要变成有的了。

虽说民风开放，但也断不是放任秦仪在此事上做文章的理由。

戚秋看向韩言。

她心里明白，秦仪就等着她开口辩解，到时候好纠缠个没完没了，说得越多，她就越解释不清楚。

还是由韩言开口解释最好。

谁知抬眸一看，韩言竟是个脸皮薄的。

这会儿他被秦仪打趣得脸色涨红，加上纸梅花的事被秦仪说个正着，张了张口，却是有些手足无措的样子。

戚秋叹了一口气。

实在无法，她刚欲开口，身侧却传来了谢殊的声音。

谢殊微皱着眉头，不悦地看向秦仪："秦小姐，慎言。"

谢殊的声音低沉冷冽，如冬日的寒风一般，吹得人又冷又瑟。

秦仪抬眸看着谢殊，登时就噤了声，止住了还想开口再说的话。

谢殊坐在风口处，寒风将身上的大氅吹起，露出里头玄色的衣袍。

他目带不悦，下颌凌厉，脸色更添冷硬："今日来相国寺是我母亲的意思，什么相约而来纯属无稽之谈。表妹和韩公子不过见过几次面，我更不知你口中的亲近从何而来。秦家是簪缨世家，想必秦小姐应该知道有些话是不能乱说的。"

秦仪脸色一白。

她自然知道戚秋和韩言不是相约而来的，所说的这番话也不过是故意说与谢殊听的。

本以为依照谢殊的脾性是不会插手此事的，到时候等戚秋坐不住了，她再与其争论，说得越多，此事就越像真的，到时候谢殊自然不会再把心思放到戚秋身上。

若是日后戚秋敢仗着近水楼台先得月去勾引谢殊，谢殊反而觉得戚秋是个朝三暮四的女子，更能断了戚秋的念想。

秦仪却没想到谢殊不仅替戚秋开了口，还冷下了脸色。

如此毫不留情的话，让秦仪心中又惧又羞，一时之间也红了脸。

秦韵咬着唇，站起身对着谢殊福身："仪儿素来口无遮拦惯了，还请谢公子见谅，我代她向戚小姐道歉。"

说着，秦韵转向戚秋行了一礼："仪儿出言无忌，还请戚小姐不要跟她一般见识，我回去定会多加管教。"

戚秋也没有想到谢殊会突然开口，反应过来之后，却也没有避开秦韵这个礼。

等秦韵起身之后，戚秋做出一副无奈的样子，开口说："秦小姐，有句话我不知当讲不当讲，但既然秦小姐可以出言无忌，那我也就冒昧地说上一句。"

秦韵身姿一顿，随即笑着道："戚小姐请讲。"

戚秋看了秦仪一眼后，微微垂下眸子："秦二小姐也马上要及笄了，不能再像小孩子一般顽劣了。同样身为女子，应该知道一些话是不能乱说的，就像今日之事若是传出去，岂不是毁了我和韩公子的名声。若是再被有心之人搅和，那我……"

戚秋面色一白，委屈道："若是旁的也就罢，此事却断然不是能拿来说嘴的，还请秦小姐以后莫要拿我寻开心了。既是秦家小姐，也该注意一些分寸，莫要……"

戚秋话说到一半，便止住了。

秦仪咬着牙，身子都被戚秋气得直发抖。

方才她本以为戚秋不敢受秦韵这个礼，却没想到戚秋坐得四平八稳，丝毫不见起身客套。

碍于谢殊坐在一侧，她虽然愤愤却也不敢说什么，万万没想到戚秋竟然还教训起她来了！

什么叫作"不能再像小孩子一般顽劣了"，这不是摆明了说她不懂事，喜欢胡说八道，嘴上没个分寸吗！

偏偏戚秋嘴里说着诛心的话，面上却是一副委屈的模样，就好似被当众指责不懂事的人是她一样。

眼见坐在一旁的韩言也隐隐投过来不悦目光，秦仪到底年纪还小，脸皮火辣辣的，当即便有些坐不住了。

可她刚站起身要与戚秋理论，谢殊便看了过来。

谢殊的眸子幽深，像是不见底的湖水，又冷又冰。

秦仪就被盯着看了一眼，身子瞬间往后退了一步，脑子一空，嘴唇嚅动半天，也不记得自己要说什么了。

谢殊站起身来，神色冷淡："今日秦小姐之言，日后我不希望再听到只字片语。"

谢殊没说后果是什么，秦仪却已经害怕了。她虽倔强着没点头，却也不敢说什么反驳的话。

垂眸看了一眼怀里还抱着纸梅花的戚秋，谢殊屈指敲了敲她身前的桌子，淡声说："坐得也够久了，走吧。"

戚秋这才反应过来，站起身，低头跟在谢殊身后。

见谢殊和戚秋要走，韩言也站了起来，谁知还没来得及跟上戚秋，谢殊却转过身来。

谢殊神色淡淡，看向韩言，不咸不淡地说："既然秦家小姐已经误会了，韩公子还是避避嫌的好。"

韩言的身形当即一顿。

谢殊领着戚秋一道出了亭子。

寒风又起，肆意不止。

园子里的落梅被踩在脚下，像是零散的胭脂。

戚秋抱着袖炉，拢紧身上的披风，一时之间两人谁都没有主动说话。

一路到了西厢房，推开门，一股热气涌出来。

韩夫人和谢夫人还在说话，像是说到了兴头上，两人正掩嘴笑着。

门被推开，两人抬眸去看，瞧着竟是只有戚秋和谢殊回来了，韩夫人不禁问："言儿呢？"

谢殊道："随后就到。"

韩夫人点点头，又看向谢殊，笑道："我正和谢夫人说起你，谢公子此次回京可是办完差事了？"

谢殊回道："还未办完差事，只是京中也有差事要办，便先回来了。"

韩夫人一顿，问道："那岂不是过几日又要走了？"

谢殊点点头。

谢夫人叹了一口气。

谈话间，韩言回来了。

韩夫人和谢夫人站起身来："也快到晌午了，便也不好再在这里闲坐了。"

谢夫人点点头，转身之际，却见韩夫人对她眨眨眼。

谢夫人顿时明白过来，扭头对谢殊和戚秋说："我和韩夫人有话还未说完，今儿个晌午便不回去用膳了，你们两个先回府吧。"

戚秋和谢殊一愣，却也只能点点头。

一行人出了相国寺，送走了韩夫人和谢夫人，戚秋转身上了谢府马车。

谢殊是骑马来的，戚秋坐稳之后刚掀开帘子想让车夫驾车，马车却是一沉。

侧目一看，只见谢殊也上了马车。

[75]

长街之上，商贩不断，冒着热气的炒栗子的香气直往马车里钻。因今日天还不错，来往的行人并不少。

积雪被堆积在路的两侧，只留下一片湿润，沿街挂起的六角宫灯上落了一层薄霜，在枯枝上随风晃动。

路上拥挤，马车便走得慢一些。

外面热热闹闹的声音不断，马车里头却是一片安静。

马车里烧着炭火，即使寒风时不时地涌进来，却也觉得闷热。

戚秋和谢殊坐在马车里，谁也没有开口说话，只留下静谧随着马车不断向前去。

袅袅升起的熏香烟气隔在两人中间，似有若无的烟雾如同割不断的绳索，将二人隔断开来。

过了许久，马车里都只能听见外面的嘈杂声。

谢殊身子靠着马车壁沿，微垂着眸子，直到寒风送进来一阵梅花香气，他这才又睁开了眸子，紧了紧眉头，看向坐在一旁的戚秋。

烟雾之下，炭火烧得正旺。

戚秋眉眼淡淡，微微垂着眸子，像是有些心不在焉的样子。

可即使如此，她也不忘捧着韩言送的那一束纸梅花。

谢殊不动声色地抿了抿唇，几声呼吸过去，他无奈妥协。

谢殊开口问："这束纸梅花不是要插在姻缘树下的坛子里吗，你为何给拿回来了？"

半天没说话，马车里又闷，谢殊的嗓音有些沙哑，落在马车里却是不轻不重。

因马车里热，谢殊脱去了紫色大氅，玄色的衣袍将他桀骜的眉眼衬得越发肆意，像是驯不服的鹰。

可偏偏谢殊生的肤色又白，稍微浓重一点的色彩就会看起来格外醒目。

此时便只是眼尾那一抹轻淡的红，白与红产生强烈的对比，便让他看起来有一种别样的感觉，不再是冷硬的模样，桀骜之下反而……

多了一丝欲。

又冷又欲。

戚秋收回视线，拨弄着手里的红梅，漫不经心地回了两个字："好看。"

谢殊紧了紧眉头。

戚秋慢悠悠地说："觉得好看，便拿回来了。"

谢殊沉默下来，眼尾微垂，在烟雾之中虽看不清神色，却可见他紧皱的眉头并没有松开。

马车之内又静谧了下来，隔了好一会儿，听着外面卖糕点的小贩在吆喝，谢殊忽然无奈地笑了。

揉着眉心，谢殊叹了一口气，口中轻轻吐出两个字："敷衍。"

戚秋一顿，搁下手里的纸梅花，没有说话。

外面不知何时搭了戏台子，锣鼓声随着寒风一声声敲响。

咕咚、咕咚、咕咚……

抿了抿唇，戚秋突然开口说："姻缘树下插着的纸梅花太多了，那么多求姻缘的，我怕佛祖保佑不过来。"

谢殊一怔，随即说道："佛祖普度众生，怎么会保佑不过来。"

戚秋垂下眸子，看着被火烧着的木炭。

木炭发出噼里啪啦的响声，在马车里格外清晰。

戚秋说："正因为要普度众生，所以才顾不过来。"

顿了顿，戚秋补充说："像表哥一样，忙……忙的事情那么多，又怎么会顾得过来？"

谢殊一愣，再三思索，终是从戚秋的话中品出来一丝不对味。

马车驶近戏台，锣鼓声又大了一些。

外面的嘈杂声不绝于耳，却又好似被隔绝在外，树上还有不知名的鸟雀在叽叽喳喳。

薄唇紧抿，谢殊放在身侧的手渐渐握紧又松开，几番来回之后，谢殊抬起眸子。

烟雾袅袅之下，谢殊眸子漆黑，静静地看着戚秋说："或许佛祖会漏过别人，只帮了你呢？"

戚秋一顿，随即淡淡一笑："我哪有这个福气。"

谢殊说："你不试试怎么会知道？"

戚秋眸光闪烁了一下，沉默了下来。

谢殊眉目温和，他薄唇抿得更紧了一些，顿了一下，掀开车帘翻身下了马车。

马车还正在行驶，这下可把车夫吓了一跳，赶紧勒了马。

戚秋也赶紧掀开车帘，朝外看去。

只见谢殊稳稳地落了地，走到自己被东昨牵着的马前，打开放在顶上的行囊，从里面拿出一个匣子，又快步走了回来。

戚秋慢慢放下了帘子。

谢殊上了马车之后，和戚秋的目光对上。

马车正停在戏台前面，敲锣打鼓声把许多声音都遮了去，耳边只留下戏台上优伶的悠然唱腔。

优伶没有唱戏，拿着两句古诗开嗓。

"尊前拟把归期说，欲语春容先惨咽。人生自是有情痴……"

在清冷的寒风之下，戏腔断断续续钻进马车里。

谢殊欲将那个匣子打开，耳尖泛着红，常年拿刀都不会抖的手此时却有些不稳。

开了几次，谢殊才把那个匣子打开，露出里面金灿灿的首饰。

谢殊把这个匣盒推给戚秋。

红着耳朵，谢殊微微垂下眸子："这里，这里都是庆安县一家生意红火的首饰铺子里卖的首饰。我不知你喜欢什么，便各样挑了一些给你。"

这个匣子有两个手掌大，里面塞满了金首饰，一时看下去都有些晃眼睛。

谢殊抬起眸子，冷硬的眉眼不再桀骜，脸颊眼尾泛着红，反而透着一股说不出来的意味。

顿了顿，谢殊抿着唇，随着锣鼓声一字一句地说："这些，只有你有。"

马车已经行驶出了闹市，戏台也被远远甩在后面，锣鼓声已经听得不真切，谢殊这句话却是清晰。

谢殊的声音有些赧然，音尾也有些颤，目光却一直坚定地落在戚秋身上，不曾转移。

他眼尾泛着红，目光却执拗，盯着戚秋，像是一个执着又渴望的小孩。

戚秋的心跳猛地漏了一拍。

脱离了闹市，街上便安静了许多，彼此的呼吸声也格外地清晰。

马车里炭火烧个没完，即使寒风不断涌进来，却依旧无济于事。

四周越来越炙热，闷得人心都是慌的。

马车晃晃悠悠不知行了多久，戚秋垂下眸子。

紧紧扶着膝盖上谢殊递过来的匣子，戚秋的指尖都因用力而泛白，她小声地问，声音很轻很轻："我送你的荷包怎么从未见你戴过？"

谢殊垂下眸子，喉结上下一滚，也低声说："可那些荷包……"

可那些荷包并不是你亲手绣的。

顿了顿，谢殊并没有把话说完，他不知道该不该在此时揭露戚秋。

而戚秋眨巴了一下眸子，不解地看着谢殊。

全然不知自己用买来的荷包忽悠谢殊的事已经暴露了。

自戚秋三人走后，秦韵和秦仪在亭子里坐了好久。

亭子里面，下人把早就备好的点心茶水放在桌子上，茶香混着糕点甜腻的香气顿时盖住了梅花的香气。

秦仪老老实实地坐在秦韵旁边，咽了咽口水，一句话也不敢说。

秦韵漫不经心地品着手上的核桃酥，面色看不出丝毫不对，依旧是一副大家闺秀的恬静模样。

只有秦仪知道，秦韵从来不吃核桃，用核桃制成的核桃酥秦韵更是一口不尝。

可如今……

秦仪心惊胆战地看了一眼秦韵，想说话却不敢，想劝说又不知从何开口。

犹犹豫豫之下，秦仪缩着脖子，一句话也没憋出来。

秦韵身前的碟子放着七八块核桃酥，秦韵足足吃了五块这才停了下来。

擦了擦手，秦韵扭头看着秦仪，扬唇笑了笑："仪儿，你怎么不吃？这些糕点可都是你要小厨房做的，都是合你口味的。"

秦仪看了看桌子上精致可口的点心，实话实说："我没什么胃口，不想吃了。"

秦韵擦着手的动作一顿，抬眸问："怎么了？"

秦仪咬咬牙，终是鼓足勇气说："长姐，这到底是怎么一回事？谢公子怎么会……收了姐姐的荷包却又这个样子，这不是翻脸不认人吗！"

秦韵微微垂下眸子。

秦仪不高兴地说："这个谢殊也不过如此，既然放任那个戚秋如此欺辱姐姐！那个戚秋有什么好的，差了姐姐一大截，身世更是不如姐姐，谢公子竟然维护她而不管姐姐！"

秦韵轻声说："今日是我们两个放肆了，你那些话确实不应该说，谢公子生气也是正常，不必放在心上。"

秦仪却是不依："即使我们今日有错，谢殊也应该让着姐姐，以姐姐为重，怎么可以如此毫不留情。他不是……他不是喜欢姐姐吗！"

秦韵眸光一闪，不等她再说，秦仪便突然站了起来，赌着一口气道："不行，我要找爹爹去！"

说着，秦仪就迈步朝外面走过去。

还未走两步，只听后面传来秦韵的呵声："够了！"

秦韵这句话又冷又重，像是掉落在地上的冰凌，激得秦仪一哆嗦。

秦仪愣愣地转过身，却见秦韵依旧是一副温柔的模样，仿佛刚才那一声只是她的错觉。

秦韵走过来，牵起秦仪的手，温和地说："仪儿，我知道你是为了我好，但爹爹每日这么忙，就不要为这种小事去打扰爹爹了。"

秦仪愣愣地点点头。

从后园出来，秦仪也没了要闲逛的心思，和秦韵一道回了府上。

还未到秦府的那条街上，却被人叫住了。

掀开帘子一看，来人腰间挂着魏安王府的令牌，正是魏安王府的仆从。

那人翻身下马，掏出一物，递给秦韵："秦小姐，这是您的荷包，小的奉王爷之命将此物还给您。"

秦仪一愣，随即大怒。

这是什么意思，谢殊又把荷包给退了回来？

秦仪脸上一阵青一阵白，气得根本坐不住。

怒不可遏地掀开帘子，秦仪刚要和那仆从理论，却被秦韵给按住了。

秦仪愣愣地抬起头，却见秦韵脸上没有丝毫的惊讶。

她只是默默地接过荷包，等魏安王府的仆从走之后，面色平静地将荷包扔进烧得正旺的炭火里，然后抬起头对她说——

"此事不要告诉爹爹。"

[76]

皇宫里头，飞檐之上残留淡淡雪水，欲落未落。

慈宁宫里金碧辉煌，假山细水，一花一木，皆是名贵。红墙黄瓦沐浴在日光中，干净明亮，一株带霜的红梅映着朱墙探出枝头，更显娇艳欲滴。

正殿里头，镏金狮耳刻龙凤纹香炉正袅袅吐出香烟，层层湘妃色幔帘之后，太后端坐在上头。

太后眼角铺着细纹，头发已经雪白，干净利落地盘起绾成发髻，上面缀着两支镶嵌着红宝石的金钗，虽着一身素袍锦衣，却不减半分雍容华贵之意。

搁下手里的银耳燕窝粥，太后叹了一口气："李家今日虽然风光，你却也要谨慎一些，莫要再使当年的性子。如今正是东山再起之际，如何能添乱子？若是因此惹陛下不快，坑害的不还是你自己和严儿？"

李氏一身华服，面色红润，坐在檀木佛莲屏风后面。

她看不清太后的神色，也不敢放肆，只好赶紧起身："太后娘娘说的是。"

许是有些累了，太后揉了揉额头，身边的宫嬷见状赶紧拿了个软枕给太后靠着。

身子朝后倚去，太后说："哀家知道这些年过去你心里一直憋着一口气，可你也要明白时境迁的道理，万事要三思而后行。你祖母已经过世，李家只留一些不争气的庶子撑着。我这个老太婆久居深宫之中，纵使是挂念着往日与你祖母的情谊，又能帮得了你什么？"

李氏赶紧讪笑着上前奉承："太后娘娘……"

太后打断了李氏刚说了个开头的话："哀家今日叫你过来，就是挂念着与你祖母的旧情，也念在你一人带着严儿辛苦，这才想着指点两句。你能听得进去最好，听不进去哀家也无法。"

太后畏寒，寝殿里烧着几盆炭火，烘得暖暖和和的。

李氏噤了声，额上浮上一层薄汗，半晌后才福身道："太后娘娘的话，臣妇时刻谨记在心，不敢……不敢不听。"

宫人送上来一盏蜜枣茶，太后抿了一口："你能记在心里最好，起来吧。"

李氏站起身，却也不敢再坐。

太后说："我知晓你的难处。你跟谢氏比了这么多年，不愿在谢氏面前低头,可人活在这世上,谁没有难处?若是那日你低了头,由哀家替你递上请帖,谢氏不敢不去。等到洗尘宴上,谢氏一来,长的不也是你的脸面?你何苦非要在那日争这一时意气?"

李氏也知自己那日做错了,嗫嚅半天后才道:"太后娘娘教训的是,是臣妇一时鲁莽,浪费了您的一片苦心。"

"浪费了哀家的一片苦心不要紧,只怕你和谢氏的仇越结越深。"太后说,"如今谢家还是最得陛下恩宠的,你非要和谢家过不去,就是跟陛下过不去。"

李氏擦了擦额上的冷汗,心里不服气,面上却不敢表露出来。

"罢了罢了。"太后却是一眼就瞧出来李氏的心思,不愿再说,只是道,"你当务之急是将洗尘宴办好。这场宴会不可马虎,若是办得好,你便在京城扎住了根,旁人也才不敢小瞧你。"

说到洗尘宴,李氏便精神了一些,连连称是。

摩挲着膝上的玉如意,太后说:"只是哀家手上不经事许多年,也帮不了你什么。不过既然六公主这几日不愿意出宫,养在哀家膝下的九公主那日自是会去宴席上,也算是替哀家帮你撑撑场面。"

李氏此次前来本就是为了求这个,闻言顿时心中一喜,连忙跪下谢恩:"多谢太后。"

前几日,不知魏安王妃进宫说了什么,本已经说好要来洗尘宴上的六公主又突然反了悔,不愿出宫,这可把李氏急坏了。

洗尘宴上公主会来的事她已经张扬出去了,若是到时候公主不来,那她岂不是成了笑话。

李氏恼怒,却又着急了起来,左思右想之下只能来求太后娘娘,谁知还不等她求恩,太后娘娘却先一步开了口。

九公主虽然还小,但总归是公主,只要来了,便是皇家的恩情,李氏自然是求之不得。

谈话间,已到了太后娘娘午睡的时间,宫嬷一张口,李氏便明白这是太后娘娘在赶客了。

她也不敢久留,磕了个头便领首退下了。

出了皇宫,李府的马车已经等在宫门角一侧。

李府的嬷嬷扶着李氏上了马车,等马车行驶起来,李氏便舒心地笑了:"此番进宫虽然听了一顿训，好在忧心的事却是解决了，之后也就不操心了。"

李氏的嬷嬷笑着道："公主赴宴是何等的恩宠，夫人放心，这绝对是京城头一份。"

李氏不紧不慢地挑开帘子，悠悠地朝身后的皇宫望了一眼，下巴微扬，眉眼带着得意的笑意。

那嬷嬷瞧着李氏的脸色，继续说道："管他谢家再风光，可谢家公子的生辰宴，除了魏安王妃，可再没有皇家之人前往。魏安王也不过是看在魏安王妃的面子上，这才给了一份薄面，哪有我们李府风光。"

这话说得李氏心中甚是服帖："太后娘娘还说陛下看重谢府，若是真的看重谢府，及冠礼如此重要，陛下又怎么会不派皇子前往？除了一些赏赐，可再不见别的了。"

嬷嬷连连应是："可见陛下只是忌惮谢家，哪里有传闻中说的滔天恩宠。"

嬷嬷给李氏捏着肩，笑得谄媚："若说恩宠，还要看夫人和公子。"

李氏眉头一挑，顿时便愉悦地笑了起来。

街上没什么行人，不过片刻便回到了李府。

李夫人下了马车，门口的管家便迎了上来："夫人，按您的吩咐，已经从花匠手里买了不少鲜花回来，都放在暖阁里养着，夫人可要去瞧瞧？"

那日长公主的宴席上，李夫人瞧见了长公主养在暖阁里的鲜花便起了心思，让管家四处打听，就为了在洗尘宴上撑撑场面。

李夫人颔首："让府上的花匠精心养着，莫要出什么差错，等到洗尘宴便摆在后院里头。"

李夫人对这场洗尘宴有多看重管家是知道的，自然不敢马虎，忙让人去盯仔细。

李府的老宅自李夫人回来之后便翻新了一遍，墙面也重新粉刷了一遍，瞧着格外干净。

虽然离洗尘宴还有几日，但府上已经张罗起来，六角玲珑灯沿着游廊挂着，青砖白瓦之下皆是明亮透彻，地面上的绣着金花纹的红地毯也铺了起来，园中之树栽起，堪称三步一景。

请帖早早地派人送了出去，如今万事俱备，只等着宾客上门。

李氏想着，又叫人去将后院的林子打扫一番，想在里头布置两张石椅。

这边闹腾着，隔壁宅子也是不得安生。

韩夫人叹了一口气："瞧见没，又折腾起来了。自从李氏回来，连累着我府上都不能安静。一会儿砸墙，一会儿布置庭院，竟是半分都不见安生。"

谢夫人轻哼了一声，垂眸抿了一口茶。

韩夫人无奈地说："一个洗尘宴罢了，值得如此大张旗鼓、大费周折吗？好像谁府上没办过一样。"

谢夫人说："她就靠着这场洗尘宴在京城站稳脚跟，自然要隆重以对。"

韩夫人一想也是，转身坐下来："罢了，不说她了，接着说我们的。"

看着谢夫人，韩夫人笑道："戚小姐和我家言儿年龄相当，气质相仿，两人谈得来，我瞧着自然也是欢喜。今日把你叫来也不过是想问问你的意思。"

谢夫人也笑了，搁下手中茶盏说道："我瞧着韩公子自然满意，不然今日也不会跟着你就来了。"

顿了少顷，谢夫人又道："只是你也知道，我只是个姨母，婚姻大事还是要听秋儿和秋儿父母怎么说。"

韩夫人便趁势说道："那你且帮我问问戚小姐和戚夫人是怎么想的，也好让我心里头有个数，省得整日尽为了此事操心。"

谢夫人早有写信问问戚父戚母的意思，只是一直没试探出来韩夫人的意思，这才不敢贸然写信回去问。

顿了顿，谢夫人也顺势说："那好，既然知了你的意思，我便回去帮你问问，也好给你个答复。"

韩夫人顿时便笑了。

韩言的婚事也一直令她头疼，可每次一提到此事就都被他给躲了过去。

那日在南阳侯府见到谢夫人叫戚秋出来见礼，她便明白了谢夫人的意思，本没有放在心上，谁知回程的路上顺嘴一提，却见韩言红了脸。

她的儿子她最了解，韩夫人顿时心里一咯噔，这才对戚秋上了心。

细细盘算下来，韩夫人发现这桩婚事也不错。

戚秋虽然出身不高，可与谢家沾亲带故，以后常年居住在京城里面，谢家还能不多照料？

最重要的是，韩言并不抗拒这门婚事。

一连几日的思索之后，韩夫人越想越觉得不错，这才松了口，主动起来。

相国寺里支开这两个小辈，韩夫人便开始试探谢夫人的口风，如今见谢夫人应承下来,她心里也稳了大半。

一直聊到了下午,谢夫人这才起身从韩府里出来。

韩夫人亲自将谢夫人送上了马车,一直到马车行驶起来,这才转身回了府。

身边的嬷嬷笑道:"夫人这下终于能松口气了。"

韩夫人也笑着扶了扶头上的簪子:"言儿的婚事有着落,我怎能不安心。"

那厢,谢夫人也是松了一口气。

谢夫人说:"等回去问过秋儿和秋儿父母,这事也算了了。"

王嬷嬷说:"瞧韩夫人的意思是属意表小姐的,夫人这下便能放心了吧。"

谢夫人无奈地摇了摇头:"若是能将秋儿和殊儿的婚事一起了了,我才能放得下这个心。"

正说着,到了谢府门口,马车停了下来。

等谢夫人走下来,便见刘管家迎了上来,手里还拿着一张请帖。

刘管家说:"这是……魏安王妃刚派人递过来的请帖。"

[77]

五日后,天还未拂晓,李府上下就忙活了起来。

因天尚且昏沉,沿着游廊屋檐挂着的玲珑灯并没有被熄灭,在阴冷的冬日,依旧闪烁着微弱的亮光。

墨蓝阴沉的天,冷风肆虐,吹得人透心地寒,李府管家搓着手等在李夫人的院子门口。

李夫人已经起了身,正屋里头灯火通明,亮着橙黄色的光,驱散着外面的寒气。

李夫人穿着里衣坐在梳妆桌前,揉着额头,由嬷嬷盘着发,眉眼带着一丝笑意。

嬷嬷看着铜镜里的李夫人,慢下梳头的动作,笑道:"夫人今日可要好好打扮一番,恐怕今日诸位宾客的视线都离不开夫人。"

李夫人盼宴会这天已经盼好几日了,闻言扬眉一笑:"回京这么多日,也该踩一踩这些人的威风了。现如今得意的那几位,想当年连给我提鞋都不配。"

嬷嬷抿嘴一笑:"这是自然,想当年老夫人还在世时,李府哪年举办宴会不是一排的贵女夫人求着要来,上赶着巴结夫人。"

李夫人哼笑了一声,拿起一支金簪在发髻上比画了一下:"离京这么多年,纵使李家不如以前又如何,那些人照样还要上赶着来巴结。"

嬷嬷自然连连附和。

离天亮还早,等李夫人梳妆打扮后出来,阴暗的天刚刚亮起一束光。

管家干等了小半个时辰,被风吹得身子直发抖,得了通传这才松了一口气,赶紧进到了正屋。

正屋里烧着炭火,管家被冻得僵硬的身子这才暖和一点。

走到李夫人跟前,管家说:"厨房已经忙活了起来,按着您的吩咐正在做糕点,戏台子昨日已经搭好了,戏班子也请到了府上。这是宴请宾客用的碗筷单子,还请夫人您过目。"

李夫人拿起来草草看了一眼:"就这么办吧。"

管家应了一声。

用完了早膳,灵山尖上这才露出半个红日,天也亮堂许多。

李夫人又在府上转了一圈。

李府已经重新翻新过,老旧的门窗摆设已经被换了下来,自然是焕然一新。下人天还未亮就起来打扫,如今地面上干干净净,不见一丝脏污。

白墙干净,青瓦净亮,枯树上的薄霜已经被下人铲干净了,上面挂着的灯笼随风摇晃。养在暖阁里的鲜花已经摆了出来,走两步便能瞧见几盆在寒风中轻颤的娇嫩花卉。

府上被打理得焕然一新,亭榭游廊上也被打扫得干净,值钱的摆件都被拿出来撑场面,宴请宾客的阁楼更是被打理得妥当,鲜花不断,香气四溢,上下都是精致华贵的模样,看得李夫人十分满意。

李夫人身边的嬷嬷笑着说:"夫人这下便放心了吧,由管家盯着,没出差错。"

李夫人拨弄着放在窗台的鲜花,依旧在上下打量着,哼笑着说:"鲜花一摆上,就不比谢府差。"

"冬日鲜花名贵,便是谢府都没用得上,唯独咱们府上舍得,谢府自然是比不上的。"嬷嬷赶紧说,"夫人只管瞧着,宾客来了定是赞不绝口。"

李夫人轻哼一声:"这是自然。"

嬷嬷说:"就是不知谢夫人会不会来了。"

提起"谢夫人"三个字，李夫人眸子里闪过一丝厌恶。

顿了顿，李夫人冷哼着说："我倒是后悔了，那日应该听太后娘娘的话软一些，将请帖当着众夫人的面递给谢氏，让她今日不得不来。来了，今日我也能当着众人的面好好地给她一个下马威。"

揪下一片花瓣，李夫人眸光幽深："她在京城横行那么多年了，也该让她难堪一些了。"

嬷嬷擦了擦额上的汗，沉默了一下说："谢夫人今日也不一定就会推辞不来。如今我们公子进了锦衣卫当差，她不看在夫人的面子上，也要给咱们公子一个面子不是？况且，今日公主还要来呢……"

一听这个，李夫人便笑了。

等日头升起，巳时一刻，府外面终于来了宾客。

马车停了四五辆，不知名的鸟雀落在枝头上叽叽喳喳，李府外面很快便热闹了起来。

来来往往的下人领着宾客走了进来，吏部员外郎夫人是个嘴甜的，见到李夫人一个劲儿地夸，从府上的布局摆设开始愣是夸了一圈。

跟着一同进来的几位夫人虽然不如她嘴巧，却也都是会看眼色的，忙跟着附和。

李夫人听了心中甚是服帖，眉眼都扬起了。

吏部员外郎夫人指着园子里摆着的鲜花："还是李府富贵，在冬日里竟然寻来了这么多鲜花。我还是头一次在冬日里头看见除了梅花，这么多娇艳欲滴的花卉，真是开了眼。"

李夫人下巴微抬，故作矜持道："不过是一些小玩意儿罢了，几位夫人看得开心就是。"

正说着话，下人一溜烟儿地跑了进来："夫人，九公主已经出宫了，还请夫人一会儿接驾。"

吏部员外郎夫人顿时惊讶道："竟然连公主都来了。"

李夫人眉眼含笑："九公主知道今日府上办宴会，便跟太后娘娘求了情，吵着要来。"

吏部员外郎夫人和其他几位夫人对视一眼，心里都惊了惊。

她们消息不灵通，还是头一次听说李府的宴会公主要来，齐齐地艳羡了。

这是多大的恩宠，旁人哪敢肖想，李府果然是要东山再起了。

思及此，几位夫人暗道"这趟来对了"，围着李夫人更是赞不绝口。

说话间，又有几位夫人来了，一同进到园子里说笑。

刚过了巳时便有十来位夫人来了，李夫人瞧着甚是欢心，虽然都是一些小门小户的官员夫人，但胜在嘴甜，一会儿偌大的园子便热闹起来了。

巳时四刻，公主便来了。

仪仗还未到，李夫人便领着众位宾客站在门口相迎，只听前面锣鼓声不断。

又过了片刻，锣鼓声渐近，并看见了九公主声势浩大的阵仗。

街上的行人早早被清到路的两侧，宫人分站两边举着火红的团扇、小旗和九雀伞。

公主的轿子前后有佩刀侍卫，前面领路的宫人手里还敲着锣鼓，示意前面行人避让。

长长的队伍占据了一整条街，如此大的阵仗引得街上不断有百姓跑来观看，跟着皇家队伍往前走，酒楼之上也探出了不少脑袋，争相往外看。

见仪仗停到了李府门口，人群顿时便一阵哗然。

李夫人感受着众人惊羡的目光，面上的笑意越来越深，红光满面地迎上去，眉梢都带着得意。

九公主今年不过十岁，还带着小孩子心性，被李夫人迎进府上时朗声说道："今日难得出宫，我便来得早了一些，眼下肚子有些饿了，府上可有吃的？"

李夫人自然连连点头："臣妇这就吩咐下人给公主将糕点端上来。"

九公主今日来得确实早了一些，府上的宾客都未到齐。

九公主坐下来，众人却紧张着不敢坐，站在九公主身后，也不敢再谈话了。

园子里的热闹气氛一下子降了下来，李夫人却并不在意，只管吩咐嬷嬷在前面迎客。

一直到了巳时五刻，却一直没有李氏预想中的宾客拥至，这么长时间过去了，府上这才又零零散散地来了十几位夫人。

还都是一些小官夫人。

望着园子里这些全是小门小户出身的夫人，李夫人心里一咯噔，终于察觉出不对了。

别说园子里的其他夫人了，就是九公主也发现了不对，皱着眉头道："不是说今日宴会有很多人吗，怎么这个时辰了才来这么几个人？"

九公主的话一落地，园子便彻底寂静了下来，偌大的园子只听风声呼啸，哪里有府上要举办宴会该有的热闹。

紧紧地捏着帕子，李夫人安抚了九公主两句，自己却出了一身的冷汗。

快步走到府门口，李夫人吩咐管家去打探。

管家也发现了端倪，额上出了一头冷汗："隔壁韩夫人一早就备好了马车，却迟迟不见来人。"

李夫人的心已经提到了嗓子眼里，闻言大怒道："为何不早些过来禀报！"

管家哆嗦了一下，不敢回话。

没过一会儿，派去打探的小厮便回来了。

小厮身子抖如筛糠，哆哆嗦嗦地说："奴才方才去打探，原来……原来今日魏安王府也举办了宴席，很多宾客都朝魏安王府去了。"

说完，小厮看李夫人变了脸色，顿时吓得跪倒在地，管家见状也险些腿一软跟着跪了下来。

李夫人脑子嗡嗡直响，一时都有些没有反应过来，直到小厮哆哆嗦嗦地重复了一遍后，她这才猛地反应过来，身子顿时一僵。

嬷嬷也慌了："这、这是怎么一回事，怎么从未听说魏安王府要在今日办宴席！"

小厮抖着声音回道："之前是没听说过，直到……直到今日这才得知此事。"

一听此言，李夫人还有什么不明白的。

李夫人气得身子直发抖，脸上一阵青一阵红，几番喘气却依旧压不住心中蹿起的怒火："魏安王府这是故意的！"

嬷嬷惊了一下。

李夫人闭了闭眸子，心中怒火四起。

魏安王府这是故意在给她难堪，给李府难堪！

李夫人狠狠地握紧手，面色阴沉，怒火中烧。

长长的指甲戳进掌心，一道道鲜血从掌心滑落，李夫人却不知道疼一般，只是身子一直控制不住地发抖。

[78]

李府府门前两侧种着梧桐树,到了冬日里虽然早已经没有了夏日的枝叶繁茂,只余下光秃秃的树干和萧瑟之意,但梧桐树的身姿依旧挺拔伟岸。

薄雪覆盖枝干,有雪水从上头落下,不知名的鸟雀落在树干上,正叽叽喳喳地叫个没完。

李夫人被身后的嬷嬷搀扶着,身子上下起伏,过了好一会儿,她才知道疼一般地松开了手。

她气得脸色铁青,缓了好一会儿这才勉强克制住抖动的身子。

睁开眼,李夫人硬吞下心头这口恶气,问被派去打探的小厮:"都有何人去了魏安王府的宴席?"

小厮缩着身子:"吏部尚书王夫人、礼部尚书韩夫人、南阳侯府的、谢侯府的、淮阳侯府的、禁军统领李夫人、邵太傅夫人杨夫人、威武将军府虞夫人……京城好些夫人都去了魏安王府。"

李夫人连连冷笑,几乎要咬碎一口银牙。

这是京城的高门大户都去了魏安王府!

"好好好。"李夫人一连道了几声"好",眼中迸射出寒光,"这是打量着我李府不如魏安王府权势滔天,都上赶着巴结魏安王府去了!欺辱到我头上来,踩在我脸面上蹦跶!"

嬷嬷心中一紧,这门口还围着那么多百姓,万一此话传出去,岂不是得罪了魏安王府。

李夫人却是寒着脸:"还怕什么得罪不得罪的,都到了这个地步,眼瞅着是要撕破脸了!"

话虽如此,但李夫人再气也不敢冲上魏安王府讨个说法。

强压下满腔怒火,李夫人甩袖回了府上。

纵使已经落到了这般田地,但宴会既然已经办在这里了,府上还有宾客和九公主在,李氏不得不打起精神去招待。

李夫人强笑着走过来,园中的十几位夫人却不是傻的。

已经到了这个时辰,偌大的园子里也只有她们十几个宾客,怎么不让人多想。

眼瞅着要到午时了,李府才又断断续续来了六七位夫人,原先那十几位夫人面面相觑，脸上的笑就不免变了味。

李夫人捏紧了帕子，却又无计可施。

到了晌午，别的夫人坐得住，九公主却是坐不住了。

枯坐了半天，也不见什么有趣的玩意儿，九公主哪里会乐意，登时沉着脸站起身，不满道："这算什么宴会！点心不好吃，茶也不好喝，到了这个时辰就这么十几个人，也不见有什么新奇的玩意儿，就会哄着我看花！几盆破花翻来覆去地看，本公主是没见过还是怎么着！"

来往的下人倏地一停，园子里本就安静，九公主这火一发，好似连窸窸窣窣的风声都轻了下来。

小声议论的夫人都被吓得噤了声，齐齐站起身来愣愣地看着九公主。

一时之间，园子里针落可闻。

其实李府的糕点都算是精致可口的，茶水也用的名贵茶叶。可再好的糕点、茶水也比不过皇宫里头的。

九公主娇生惯养，自然觉得李府的糕点茶水不合胃口。

李夫人不在园中，李府的下人们面对九公主的怒火都心惊胆战，谁也不敢上前劝说。

面面相觑之下，园子里一片寂静。

九公主今日已经被冷落半天了，眼见发了火也没人上来，自觉是没被人放在眼里。

等李夫人得到信时，九公主已经怒气冲冲地快要出了府门。

府上的下人谁也不敢上去拦，管家刚上前劝说了两句，就被九公主随行的侍卫给请到了一边。

等李夫人匆匆赶到门口时，只见各位夫人手足无措地站在府门口。

九公主已经上了轿辇，下巴一抬对李夫人说："真是扫兴，下回皇祖母说什么我也不要来了！"

说罢，轿辇就被抬起，不再给李夫人说话的机会。

九公主的阵仗大，李府门外看热闹的百姓并没有散去，眼见这么一遭，人群顿时哗然，纷纷议论了起来。

嘈杂的声音经久不息，百姓对着李府门前指指点点，都猜测着到底发生了什么事。看着逐渐远去的公主仪仗，站在李府门前的诸位夫人也都是面面相觑。

李夫人惨白着一张脸，握在手里的帕子随风扬去，满脑子都是"完了"。

这场洗尘宴算是彻底完了，别说风光了，只留下满满的笑柄供人取笑。

"我跟你说，这下李府可是丢大人了。公主声势浩大地去了李府，没两个时辰却怒气冲冲走了的事已经传遍了京城。我的仆从都不用多打听，现如今满京城的百姓都在议论此事。"

即使身在魏安王府的宴会上，宁和立依旧不忘打听李府的事。派去打探的仆从刚回来，他就迫不及待地跑来谢殊跟前。

他和王严自从在茶楼里打了一架后，梁子就自此结下了，如今得知此事自然幸灾乐祸。

慢悠悠地在谢殊跟前坐下，宁和立笑道："这下风光变笑柄，我看王严还怎么继续在京城里耀武扬威。"

这处是魏安王府后院的一个亭子，围坐在此处的人不多，谢殊本想落个清静，宁和立却是紧随其后地来了。

睁开眸子，谢殊灌了一口茶。

宁和立未完的话一顿，随即说道："我怎么瞧你这几日无精打采的，这是怎么了？谁招惹你了？"

谢殊没有说话，眼眸微垂，又抬手灌了一口茶。

宁和立调侃道："别人都是借酒消愁，你倒是好，借茶消愁。"

顿了顿，谢殊放下手里的茶盏。

舒开眉头，谢殊换了个坐姿，抬眸笑骂道："胡闹。"

冲谢殊眨了眨眸子，宁和立笑说："借茶消愁愁更愁，有什么事不如和我说说，说不定我能开导你两句。"

不等谢殊说话，宁和立凑近低语道："尤其是女人的事。"

谢殊一顿。

宁和立还在对他挤眉弄眼。

冷笑一声，谢殊抬腿踹了他一脚。

宁和立没躲过去愣是挨了这一脚，倒也不生气。

四周看了一圈，宁和立又凑到谢殊跟前，贱兮兮地说："我们锦衣卫谢大人无所不能，除了女人的事，还有什么能让你这么愁眉不展的，嗯？"

宁和立小声道："你不如和我说说，女人的事我可最了解不过了。咱们兄弟一场，我定帮你排忧解难。"

谢殊斜倚着身后的朱红的栏杆，眼眸微闭，闻言喉结滚动了一下。

不等宁和立再说，谢殊睁开眸子："你方才说李家怎么了？"

宁和立虽然不满谢殊转移话题，但说起李家他也是兴致不减，笑道："还能怎么，这下李府可是丢大人了。"

看着前头的热闹景象，宁和立说："虽然魏安王妃邀请的都是彼此经常往来的人家，但端看李府对此事一无所知便知京城里看不惯李府，想给李家一个下马威的人家不少，不然此事也不会如此密不透风，打了李家一个措手不及。"

宁和立慢悠悠地总结："恩宠太甚，自然就成了活靶子，更何况李家还无功无德就得了这么大的恩赏。"

左腿屈起，谢殊短促地笑了一声："谁说李家无功无德？"

宁和立一顿："他们有何功德？从未听人提起过。"

眼眸微垂，谢殊漫不经心道："只是有些功劳不方便公之于众罢了。"

宁和立愣住了。

"因为王严立了功，所以陛下奖赏李府上下？"戚秋诧异，"王严立了什么功，怎么从未听人说起过？"

霍娉、戚秋和井明月三人缩在一处无人的水榭里说着话，寒风呼啸，三人冷得直发抖，却也没有从这处水榭里离开。

霍娉谨慎地左右看了看："我也是进宫的时候听我姐姐说的，但既然姐姐这么说，十有八九是真的。"

都知道霍娉姐姐受宠，从她口中传出来的消息确实可信许多。

井明月了悟地点点头："我就说若是无功，陛下何故这么抬举李家。如此大的恩宠，前段时间李夫人恨不能翘着尾巴走路。"

霍娉低头喝了一口热茶暖身子："可不是？陛下和李家又不沾亲带故，干吗要无故抬举他们。纵使是要……"

霍娉一顿，及时止住了话。

井明月眨巴了一下眸子，不解道："怎么了？"

咬了咬牙，霍娉终是没藏住话，低声道："纵使有要制衡魏安王府的打算，可若是李家无功，陛下也不用非要抬举他家。"

"制衡魏安王府？这是为什么！"井明月瞪大眸子，"陛下和魏安王不是……"

霍娉急着打断道："小声些，别让人听见了！"

井明月赶紧闭上了嘴。

霍娉左右看了一下，见四下无人这才含糊道："具体因为什么我也不知道，好像是因为魏安王在朝堂上插手太多，惹得陛下龙心不悦……"

"罢了罢了，不说这个了。"霍娉不想再继续说下去，转了话题，"总之就是王严立了功，陛下这才顺势分了一些恩宠给李家。"

眼眸微垂，顿了一下，戚秋问："王严立了什么功？"

霍娉摇了摇头："这个我就不知道了，姐姐没跟我说。"

霍娉话音刚落，系统的提示音就响了起来。

经检测，宿主接触隐藏剧情，请宿主调查清楚王严到底立了什么功。

顿了一下，系统补充道——

任务期间，宿主可以随时查看终极攻略目标谢殊的好感度。

[79]

魏安王府邸占地面积大，前后院都不小。

后院里随处可见绿植。若不是顶上落了一层薄霜，还真是让人不敢相信这是能在冬日里看到的。

今日虽然天晴，风却不小，吹得人直哆嗦。

缩在暖阁里，魏安王妃备上了暖身的果酒。今日到场的夫人不少，倒也热闹。

一直到了夕阳西垂的傍晚，这场宴会这才散了。

果酒虽然劲儿不大，却耐不住谢夫人贪杯，上马车时身形便不免有些摇晃。

戚秋和王嬷嬷搀扶着谢夫人，却有些吃力。

谢殊被魏安王叫住说话，刚刚从魏安王府出来，见状大步上前，从戚秋手里接过谢夫人。

戚秋一顿，缓下脚步。

她和谢殊已经好几日没有见过了。

自那日在马车里，他们各自回了院子，就几乎没有再碰过面。

不是正好错过，而是戚秋有意为之。

想必谢殊也看出来了，今日哪怕一起出府，两人也只是点头示意，并没有说上一句话。

　　谢殊身量高，合身的锦缎将他的身形勾勒得极其挺拔。他侧颜生得好，鼻梁高挺，轮廓清晰，清冷的薄唇此时轻抿。

　　戚秋刚准备垂下眼，却见谢殊突然看了过来。

　　他已经将谢夫人扶进马车里，玄靴踩在马车前沿上，转身看着戚秋。

　　两人四目相对，戚秋抿了抿唇。

　　不等她避开谢殊的视线，谢殊突然朝她伸出手来。

　　骨节分明的手伸到戚秋跟前，谢殊颔首，静静地看着她："上来。"

　　戚秋一愣，突然觉得这个场面有些眼熟。

　　搭谢殊的手上去，戚秋依稀想起来了一些。

　　上一次谢殊伸出手，扶着她上马车，还是在从长公主的花灯宴上出来的时候。

　　那时候她刚入京，和谢殊还不甚相熟。

　　掀开厚厚的车帘，谢夫人依着马车车壁正在出神。

　　马车内熏烟袅袅。

　　见戚秋和谢殊前后进来，谢夫人这才回过神。

　　看着分坐在马车两边的戚秋和谢殊，谢夫人顿了顿，不解地问道："你们两个这是怎么了？这段时日也不见你们在一处，今日出来也都是互相不搭话。"

　　想了一下，谢夫人轻声问："可是闹矛盾了？"

　　戚秋和谢殊皆是一顿，抿了抿唇，谁也没有抬头看向对方。

　　缓了片刻，戚秋避重就轻说："表哥最近忙，我不好打扰表哥。"

　　谢夫人微紧的眉头一松，转身看向谢殊，问道："你这阵子到底在忙什么？瞧着确实憔悴了一些。"

　　谢殊也避重就轻道："不过是锦衣卫里的一些事。"

　　谢夫人嗔怪道："再忙也别累坏了身子，瞧你这副疲倦的样子，秋儿都不敢找你说话。"

　　谢殊眼皮微抬，眸子漆黑，看着戚秋。

　　顿了顿，谢殊又垂下眼眸，喉结上下一动，说道："表妹若是找我，我自会腾出空。"

　　风吹动马车侧窗的帘子，从外面挤了进来，街上黄昏洒下一片橙黄。

　　袅袅烟雾被吹散，只留下拨动心弦的余香。

戚秋没有说话。

马车一路平稳，回到了谢府，谢夫人并没有留戚秋和谢殊坐下来说话，而是让他们回了自己的院子。

石子路上有些湿润，是刚刚化掉的雪水。

戚秋一路上不发一言，便是山峨也发现了戚秋的心事重重。

在外面也不方便问，回到院子里山峨刚想开口，却被戚秋拦在了门外。

戚秋没让人跟着伺候，一个人径直去了内室。

内室里烧着地龙，戚秋脱下斗篷，走到了一旁的圆桌子前坐着。

白玉花瓶里插了两枝红梅，娇艳欲滴。

戚秋坐着看了一会儿，却依旧有些无精打采。

她趴在桌子上，手指拨弄着花瓶里的梅花花瓣，清晰地感受到自己有些无法言说的失落。

早在宴会结束前，戚秋就查看了谢殊的好感度值。

六十四分。

谢殊的好感度只有六十四分。

这个好感度说高不高，说低也不低，却让戚秋有些愣神。

戚秋知道谢殊的这个好感度是在正常的范围内，也比自己预期的五十分多了许多，可不知为何，心尖上依旧萦绕着一股说不出来的滋味。

戚秋也觉得自己这股失落来得莫名其妙，却懒懒地不愿去琢磨，只想就这么趴着，谁也不理。

外面夕阳西垂，夜色即将笼罩，明月已经露出了尖。清冷的风吹了一阵又一阵，带动着藏匿在树梢上的落雪，树影重重之下，雪落得悄无声息。

戚秋不知道在屋子里趴了多久，直到身子僵硬了这才起来。

端坐在椅子上，戚秋唤来了水泱。

"明日拿了令牌，去把郑朝叫进来吧。"戚秋道。

不管如何，既然谢殊的好感度大于五十分，她就要为了戚家的事博一博。

是时候安排一下，将戚家的事告知谢殊了。

一连几日过去，快到年底，新年将至。

戚秋这几日都懒懒的，不爱出院子，一到下雪天更甚，连屋子都不愿意出来。

马上就是新年，府上正张灯结彩，一片喜气洋洋。

今日宫里赏赐的年货也下来了，谢夫人赏了谢府上下的丫鬟，连山峨和水泱也得了不少的赏赐。

府上正是高兴的时候，谢夫人终于等来了谢侯爷回京的消息。

之前谢侯爷外出办差却因大雪被困回不了京城，后来好不容易雪化了，道能走了，却又被指派了别的差事，连城门都没入，又马不停蹄地去了永安县。

几个月过去，如今临近新年，谢侯爷差事办完，终于得以回京。

谢夫人这几日盼得急切，常常站在谢府门前张望，就今日雪下得大了没去，偏偏谢侯爷今日回来了。

守在府门口的下人从府门一路跑到了谢夫人院子里，为了通报这一声，还险些摔了一跤。

戚秋得到消息后，换了一身衣裳，去了谢夫人的院子。

谢侯爷已经换下了一身朝服，洗去风尘，正品着茶和谢殊说话。

谢夫人张罗着晚膳，见到戚秋进来，忙让人端来一碗银耳燕窝粥："怎么这几日越发瘦了，脸都小了一圈。"

戚秋应了谢夫人的话，对谢侯爷请过了安，转身坐到谢殊对面。

见戚秋从始至终没有侧眸看过他，谢殊放在桌子上的手指缩了缩。

静静地看着戚秋落座，谢殊忽然垂下眸哂笑了一声。

自那日从相国寺回来，戚秋就一直躲着他，直到现在。

……直到……现在。

谢侯爷许久没有回来，自然有好多话要说，还从永安县带回来了礼物给戚秋。

一直聊到了晚上，谢侯爷这才站起身。

窗外夜色笼罩，烛火微亮，红梅覆雪。

到了晚膳时间，谢夫人问谢侯爷："差事可办妥了？能留在京城过完这个年吗？"

谢侯爷点点头："已经办妥了，到年初应该都不会再离开京城了。"

谢夫人松了一口气："这就好，我们一家人也该团聚一下了。"

谢侯爷却是叹了一口气，看着谢殊说："可惜还是回来得迟了，错过了殊儿的及冠礼。"

谢夫人也觉得可惜，却也只能道："你这也实属无法。"

用完了晚膳，谢侯爷便把谢殊叫到了书房。

戚秋陪谢夫人说了会儿话，眼见变了天，便也回到了院子。

山峨备好了热水，戚秋沐浴完便躺到了床上，熄了蜡烛。

时辰还早，戚秋却觉得有些倦了。

懒懒地躺着，看着外面的蜡梅，戚秋出了神。

发了好一会儿呆，戚秋眼看也睡不着，便又坐起了身。

披上外衣，趴在窗户上，戚秋百无聊赖。

外面天寒地冻，带起一阵寒气。

白雪纷纷似柳絮，下得无声无息，夜色笼罩之下，却也只能看见这点白了。

庭院的青瓦上落了一层白，便是窗沿上也毫不例外。

戚秋用指尖蹭了一些雪，看着白雪在指尖上化开。

似叹似无奈地笑了一声，戚秋抬头之际，目光却突然凝住。

院外，站着谢殊。

谢殊一身玄色衣袍，宽肩窄腰，眉目低垂，站在皑皑白雪之中，似有几分落寞。

内室窗户只开了一条缝，想必谢殊没看见她，只低着头不知在想什么。

白雪茫茫，夜色之下，寒风肆虐带起一片细雪，庭院阁楼都变得模糊，可谢殊伫立在院子门口的一角，身影在风雪中屹然不动。

戚秋抿了抿唇，突然问系统："我要看谢殊此时的好感度。"

看着伫立在风雪中的谢殊，她不信……她不信谢殊对她的好感度只有六十四分。

顿了片刻，系统显示出来：

经检测，终极攻略目标对您的好感度为五十二分。

戚秋一愣，随即失声道："多少？"

这才短短几日，谢殊对她的好感度已经降到了五十二分了吗？

系统顿了一下，又道：

现在是四十一分。

戚秋:"……"

震惊地看向立在院子外面的谢殊,戚秋整个人都是蒙的。

……这短短的三秒过去,她究竟是做了什么能让谢殊的好感度从五十二分变成四十一分。

谢殊是被冻傻了吗?

戚秋不信邪,愣是在心里数了十个数,然后又问系统:"现在谢殊对我的好感度是多少?"

系统陷入了长达五秒的沉默之后,冰冷的机械音才又响起来。

经检测,谢殊此时对您的好感度为七十九分。

戚秋:"???"

现在是八十二分。

戚秋:"……"

戚秋:"到底是你系统出问题了,还是谢殊疯了?"

系统沉着冷静:

应该是谢殊疯了。经检测,他对您此时的好感度又降到了三十分。

戚秋:"……"

经检测,攻略目标最近十天内好感度起伏过大,或许无法作为您的参考。

戚秋:"……"

[80]

冬日的夜里总是格外寒冷,夜色深沉,白雪倾斜,树欲静而风不止,落下的只有刺骨的寒。

京城一到冬日雪便下个不停,常常无声无息地落着,灵山尖上很快便是白茫茫的一片,若是眼神好,才能看见那隐在银装素裹下的一个朱红亭子。

系统的声音落下,四周便安静了下来,只余阵阵呼啸的北风还叫嚣个不停。

谢殊站得偏僻,皑皑白雪下的青松遮挡住了他的身影,院子里还未歇息的下人并没有看见他,依旧在忙手里的活。

屋内灯火通明,屋外微弱的烛光摇晃,在白雪苍茫的天地间就像是落入水中的一簇火,遇水则灭。

戚秋转身进了内室。

拉出搁在床下的木箱子，戚秋从里头拿出藏起来的玄色大貂。

这是谢殊之前留下来的，她一直没来得及归还，如今正是时候。

打发走了院子里洒扫的下人，戚秋捧着这一袭大貂出了院子。

窸窣的脚步声缓步传来，谢殊心有所感，从青松树下走了出来。

戚秋里头穿了一件绣着并蒂莲花的青色袄裙，外面罩了一件红梅缠枝的白色斗篷，斗篷上的帽子严严实实地扣在脑袋上，只露出一双水汪汪的杏眸。

风雪不断，肆意弥漫，戚秋从雪色中缓步走来。

谢殊放在身侧的手悄然无息地握紧，目光深邃，漆黑的眸子一眨不眨地看着戚秋。

戚秋走到他跟前，笨拙地想要将手里的这件大貂披在谢殊身上，也算物归原身。

谢殊身量高，身姿挺拔，比戚秋愣是高了一头多，戚秋为了能将大貂披在谢殊身上，只能费力地踮起脚，扬着手。

戚秋贴得近，温热的气息尽数洒在谢殊身上，顿时激起一阵涟漪。

谢殊喉结上下一滚，垂眸静静地看着戚秋，眸色在这漫天大雪的陪衬下深了不少。

戚秋一边踮着脚替谢殊系带子，一边附在谢殊耳边小声地问："这个时候站在我的院子外面，表哥，姨母若是知道了，我可怎么办？"

戚秋的话轻轻细细，像是在埋怨，又像是在撒娇，落在风里不甚清晰。

戚秋断断续续的呼吸声尽数落在谢殊耳畔，像是冬日里最炽热的一把火，烧得谢殊嗓音沙哑。

谢殊声音低沉，又带着哑意："母亲不会知道的，这附近有暗卫守着。"

戚秋不罢休："万一知道呢？"

垂下眸子，谢殊看着戚秋。

戚秋眉眼弯弯，巴掌大的小脸尽显狡黠。

"若是知道……"

顿了顿，谢殊未完的话便只散落在风里。

系好大貂的带子，戚秋退后一步，与谢殊拉开距离。

抬眸看着谢殊，戚秋眉眼一弯，狡黠地笑了："若是知道怎么了？表哥怎么不继续说了？"

谢殊闭了闭眸子："说了……"

说了,你又要躲着我了。

四周静了一瞬。

见谢殊不愿意再说,戚秋也不勉强,搂紧自己身上的斗篷,问道:"这么冷的天,表哥站在这里是有事找我吗?"

谢殊垂着眸子,棱角分明的脸庞已经卸下桀骜。

他站在外面太久,脸庞已经被雪花打湿,留有淡淡的雪水。

过了好一会儿,谢殊才道:"无事,我只是四处走走。"

戚秋也不拆穿他,只是道:"这么冷的天,表哥还有这份雅致。"

谢殊没再接话,过了许久这才反问:"表妹怎么不睡?"

他不动声色地抿唇,轻声问:"梅花好看吗?"

戚秋挑了挑眉。

谢殊抬手指了指戚秋院子里的两株蜡梅。

戚秋恍然,又有两分惊讶。

没想到窗户开的缝隙并不大,谢殊竟然还是看到了她。

谢殊抿唇说:"梅花是好看,表妹竟都看笑了。"

戚秋又添两分讶异,没想到谢殊连这个都看到了。

顿了顿,戚秋一笑:"梅花是好看,表哥觉得不好看吗?"

谢殊没有说话。

上前拍落谢殊肩上的雪,戚秋气若幽兰:"天色已经不早了,雪也下大了,我不看梅花了,表哥……也该回去了。"

北风呼啸,大雪纷飞,戚秋得到了自己想要的答案,今晚注定是个好眠夜。

新年在即,谢府上下已经装扮起来了,沿着游廊挂起的红灯笼一片火红,尽显热闹。

越是这时候,登门的宾客越是多,来谢府来往走动的人家还不少。

府上正是一片热闹之际,戚秋却把自己闷在屋子当中,一连几日都没有出来。

临近新年府上事情多,谢夫人忙前忙后,几乎都没有得空的时候,等注意到此事的时候,已经到了年尾的前两日。

以为是戚秋怕冷,谢夫人也没多在意,只是对王嬷嬷道:"秋儿畏寒,将我库房里皇后娘娘赏赐的那件云缎锦织的海棠披风拿去给她。这个冬日尤其冷,别冻坏了。"

王嬷嬷正陪着谢夫人缠丝线，闻言应了一声，刚准备放下手里的活，一旁坐着的谢殊却站了起来。

"我正要去东边的宝阁院，便交给我吧，我顺带捎过去。"谢殊说。

谢夫人一想也是，便让王嬷嬷取来了那件披风交给谢殊。

外面还落着雪，东昨撑着一把油纸伞跟在谢殊身后。

披风已经被王嬷嬷包好，谢殊没交给东昨，自己拿着。

等到了戚秋院子里，这才发现院子里寂静得有些不像话，下人们也不知去了哪里，偌大的庭院竟只有山峨和水泱站在门外。

谢殊眉头一皱，阔步走了进来。

山峨和水泱低着头神色蔫蔫，也不知道在想什么，等谢殊走近了这才反应过来。

还不等她们说话，谢殊就听到了里头传来戚秋的阵阵哭声。

谢殊一怔，随即眉头皱得更紧了。

山峨和水泱伸了伸手想拦谢殊，顿了顿，却又缩了回来。

犹豫了半天，水泱带着哭腔说："小姐已经把自己缩在屋子里哭了好几日，也不让我们进去，更不让我们告诉谢夫人。若是可以，谢公子还是进去劝劝吧。"

一听此言，谢殊立马推门进去。

戚秋趴在贵妃榻上，手边还搁着两封信，许是察觉出有人进来，哭声一滞。

她抬起头，三千青丝尽垂身后，唇色苍白，精致的小脸也多有憔悴，脸上皆是泪痕。

见到谢殊进来，她许是有些慌乱，仓促之下刚想伸手将放在手边的信给收起来——

可谢殊进来得快，她刚拿起信，谢殊就走了过来。

屋子里烧着炭火，却并不暖和，戚秋也穿得单薄。

谢殊看了一眼被戚秋抓在手心里的信，却并没有低头去问，而是先环顾了一圈屋内，将敞开的窗户给合上了。

窗户一关，源源不断往屋子里钻的寒气便止住了。

外面雪落不止，窗外的蜡梅树上全是厚雪，寒风肆虐，阵阵撞击着窗户和屋门，像是不撞开一个缝隙就誓不罢休一般。

外面风声大，大到让人心焦，屋子里却是一片静谧，只偶有炭火的噼啪声。

戚秋坐在地上，华裙散开，过了许久，她趴在贵妃榻上的身子缓缓直起。

看着戚秋擦了擦脸上的泪痕，谢殊慢慢向她伸出手。

骨节分明的手指伸到戚秋跟前，谢殊垂眸看着她，即使身在高处，却也没有居高临下的姿态。

谢殊声音不重，却莫名带着一股力量："起来。"

抿了抿唇，戚秋止住抽噎，缓缓将手放在谢殊手里。

戚秋的手刚放上去，谢殊一使力，便将戚秋从地上拉了起来。

谢殊依旧没有问戚秋怎么了，他转身给戚秋倒了一杯茶端过来，将戚秋摁坐在贵妃榻上，将这杯茶递给她。

戚秋捧着热茶，冰冷的手这才逐渐有了温度。

她脸上的泪痕并没有擦干净，谢殊转身去内室的洗脸架上拿过帕子沾了点水，给戚秋净脸。

谢殊的力道并没有戚秋想的那么重，甚至比山峨轻。

湿润的毛巾从戚秋的眉眼滑至下巴，自始至终谢殊的手都隔着帕子，很小心、很规矩地替戚秋擦着脸上的泪痕，并没有越矩地碰到戚秋的脸。

直到戚秋脸上的泪痕被擦拭干净，谢殊一直紧绷僵硬的身子终是松了一些。

戚秋坐在贵妃榻上，看着谢殊。

谢殊自以为隐藏得很好，在戚秋的眼里，他的担忧和紧张却是一目了然。

他紧抿的薄唇、紧绷的身子、颤抖着的手，无一不在告诉戚秋他的慌乱。

而这就是戚秋勇气来源，这是手里毫无证据的她唯一的赌注。

她赌谢殊信她。

可时到今日她才发现这一赌注让她难过，无关结局的难过，她清楚地知道，自己在利用谢殊。

咬着下唇，戚秋心神已经乱了，手没有克制住地抖了抖。

滚烫的茶水洒在戚秋的手背上，烫起一片红。

深吸了一口气，谢殊将茶水从戚秋的手里接过来。

"疼吗？"谢殊背对着戚秋问。

咬着唇，戚秋轻轻地摇了摇头。

谢殊手撑着桌子停顿片刻，过了许久他这才转过身。靠着戚秋身前的柜子，谢殊垂眸静静地看着戚秋。

他在等，等戚秋开口。

不知过了多久，只听寒风凛冽，白雪窸窣，哪怕是合着窗户，苍茫的白依旧映入眼帘，格外刺眼。

戚秋眼眶里还盛着泪珠，终于在又一阵呼啸的北风中落了下来。

戚秋抬起头，脸上泪珠顺势滑落。

戚秋哽咽道："表哥，求你帮帮我。"

[81]

天色雾蒙蒙的，有些阴沉。

雪天酷寒，风声呼啸不止，如刀子一般往人身上贴。

天地茫茫，白雪纷纷，大得能眯住人眼睛，树干上冻着厚厚的冰凌，放眼望去无处不是白，银装素裹之下连水榭亭楼都矮了去。

屋子里炭火噼里啪啦地响着，全是炽热，内室的地龙已经烧起来了，烘得房间里都是热气。

戚秋坐在贵妃榻上，头发垂在腰间，单薄的裙摆散落在地面。

屋内熏烟袅袅，早先那盏烫手的茶已经凉了，谢殊也走了有一会儿了。

可他敲击着桌面，落下的一声一声响动仿佛还落在这寂静的屋内，不曾离去。

戚秋愣愣有些出神。

她手边还放着两张信纸，这是她找人代笔的戚家家信。

她原本的打算是伪造戚家父母的信件，以戚父戚母的口吻来诉说此事，她再借机以刚刚知晓此事为名，顺势向谢殊请求帮忙。

这样她知晓此事的源头便能够名正言顺了，起码不会让谢殊在源头上就生疑。

只是追根究底，她还是骗了谢殊。

如果可以，她比谁都不愿意这样做。

可她对谢殊不能说的东西太多了，无法做到对谢殊坦白。

她能判断戚家出了什么事的源头全部都在系统给的刘刚线索片段的回忆里，可这些都是不能对谢殊提起的。她若是不这样做，等谢殊问起，她自是哑口无言。

戚家既然被冤枉贪污，戚父已经有所察觉却无可奈何，只能破釜沉舟将女儿送往京城谢家求一线生机，就说明藏在暗处的人早已经将伪证做好了，就等着给戚家致命一击。

想来即便是谢殊去查的时候，首先面对的也是戚家贪污的"确凿证据"。谢殊会不会继续查下去，全凭借着他的一时之念。

本就落了下乘，若是她再瞻前不顾后，岂不是平白惹谢殊怀疑？

涉及戚家那么多人的性命，她岂敢为了这一丝坦白意气用事？

只是……

戚秋侧目看向自己身旁的信纸，缓缓地叹了一口气。

为了确保此事无疑，她特意让郑朝找来了会模仿字迹的书生伪造了这两封戚家家信，就是怕谢殊拿起来看时发现端倪。

可谢殊从始至终都没有看过这两封信。

他只是在听她说。

戚秋想起谢殊临走前看她的目光，深邃且复杂，好似又带着一些妥协。

戚秋想，谢殊可能是已经知道了什么，甚至也已经起了疑心。

是了，就算起因瞒过去了，总还有别的圆不过去，若是没有起疑心就不是谢殊了。

炭火噼里啪啦地响着，许是坐得有些久了，炭火炙烤之下，戚秋的眼尾竟然有些酸涩。

戚秋重重地垂着头。

不知坐了多久，外面的水泱走了进来。

看着戚秋，水泱面带焦急，试探地问："小姐……事情怎么样了？"

戚秋抿了抿唇，身子朝后靠去。

见戚秋这个样子，又不说话，水泱还以为是出了什么纰漏，当即着急了起来。

她本来不信戚家出事了，如今却也不由自主地慌了起来。

水泱声音一轻，心慌道："小姐，可是……"

戚秋这才回过神来，想起谢殊的那一抹目光，艰涩地说："谢殊已经答应了。"

他明明起了疑心，却什么也没问，什么也没看，只是应了一声"好"。

戚秋突然有一丝心慌。

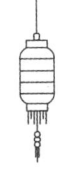

窗幔拉上，明明外面一片雪色，书房里却有些昏暗。

东昨见屋子里面实在太暗，便在谢殊身前的紫檀木桌子上点了两根蜡烛。

烛火摇晃，映在谢殊漆黑的眸子里，忽明忽暗。

他身前还站着一个人，锦衣卫的装扮，看服饰像是个锦衣卫的总旗。

若是戚秋在这儿，准能认出来，这也曾是蓉娘客栈的一位跑堂小二。

景悦客栈的事牵连甚广，也甚为棘手，锦衣卫又怎么会只安插一个人进去。

不知那人说了什么，谢殊静默许久才挥了挥手，示意那人退下了。

谢殊下颌微收，薄唇轻抿，眸中跳跃的烛火随着他的合眸消失不见。

东昨深吸了一口气，却还是没忍住问道："公子，您真的要插手戚家的事吗？"

谢殊合着双目，没有说话。

"戚家的事牵连颇深，是不是真的被冤枉还一概不知。若是您贸然插手，戚家并不是被冤枉的可怎么办？王家公子本就在捉您的把柄，若是因此把您打成和戚家一伙的人，岂不是连累了您……"东昨奉上一盏茶，担心地说。

去戚秋的院子里，他就跟在谢殊身后。等谢殊进去后，他和山峨、水泱等人一起等在正屋门外，可不同的是，他会武功。

里面的谈话也并没有刻意小声，所以屋子里头的动静他听得一清二楚。

也正因为听得清楚，他这才格外担忧。

戚家身处旋涡里头尚且无可奈何，谢殊远在京城又何必去蹚这片浑水。

况且……

江陵这个地界早就烂透了，当年连先帝派下去的巡抚大臣都在江陵一个县州没了一个。

当年先帝大怒，督察院的官员和锦衣卫的大人往返了几趟，却什么也没查出来。

如今这么些年过去，只怕江陵的浑水会更深。

便是陛下登基之后，对于江陵此处也是多有束手无策的无奈。

戚家能好好地在江陵这么复杂的地界屹立这么多年，还真不一定经得起查。

谢殊骨节分明的手摩挲着扶椅，等东昨的话音落下，这才淡声道："你还记得锦衣卫的职责吗？"

东昨低下头，面色一愧："察明理，究对错，掌直驾侍卫、巡查缉捕。"

东昨与东今不同，东昨不仅是谢殊的随从，也是锦衣卫的百户，有职位在身。

"可为了戚小姐……"顿了顿，东昨又有些迟疑。

谢殊睁开眸子："戚家到底是否被冤枉，不是……戚秋说了算，也不是我说了算，需要查过才知道。若真是事有蹊跷，戚家上下岂不是白白含冤。"

"此番我谁也不为，只为对得起这身飞鱼服。"谢殊冷声道。

东昨不敢再说，连连称是。

正巧这时，外面传来一阵窸窣的脚步声，随即暗卫隔门禀告说："公子，宁公子来了。"

不等谢殊说话，门"吱呀"一声直接被宁和立从外面推开："年关将近，府上正事如此之多，你急匆匆地叫我来做甚？"

宁和立进来，便带来了一身的寒气。

谢殊挥退东昨，起身将窗幔给拉开了。

外面明亮的雪色透进来，驱散了屋子里的阴郁，谢殊颔首："坐。"

宁和立笑了："如此客气，你这是有求于我的样子啊，谢公子？"

谢殊也笑了，却没有说话。

宁和立一把拍在椅子扶手上，凑近谢殊脸上看，得意地说："果然是有事求我，没想到你谢殊也有有求于人的时候。"

谢殊身子往后轻仰，顿了顿，说道："你姑母一家在安陵郡可好？"

宁和立哑然说："好端端的，怎么想起问候我姑母了？"

烛火摇晃，谢殊抬起眸子。

宁和立恍然："原来是有求于我姑母？说吧，你想做什么？"

安陵郡临近江陵，宁和立的姑母便嫁去了安陵郡的于家。

谢殊将桌子上早就准备好的一封信递给宁和立："帮我把这封信交给你姑母，以你的名义。"

宁和立皱眉："这封信上写了什么？"

谢殊抬手，示意他打开看。

宁和立拆开信，一目十行看下去，顿时惊愕："你要我姑母帮忙打听戚家的这件事？"

宁和立站起身来，匪夷所思道："戚秋不是你表妹吗？你有什么疑问直接问她好了，这么大费周折做什么？到时候姑母还以为我看上了戚家小姐，回头给我上门提亲怎么办？"

谢殊单手拿起茶盏灌了一口冷茶，淡声道："你想得美。"

宁和立着实不明白谢殊此举的含义。

暗暗琢磨了一下，宁和立拿着信凑到谢殊跟前，笑得不怀好意："你为何要打听这个，莫不是对人家起了别的心思？"

谢殊眸子微垂，揉着眉心，脸上并没有因为这句玩笑话而掀起丝毫波澜。

他手指弯曲，正敲着桌面，一声一声的响动在寂静的屋子里传开，垂下的眼眸遮住所有思绪。

宁和立一顿，这才发现谢殊紧绷的唇。

摩挲着手里的信，宁和立心道，谢殊这副神情可不像是能跟儿女之情扯上联系的。

沉思半晌，宁和立抬起头："罢了，这件事我替你做了就是，反正我一向不着调惯了。"

"只是……"宁和立半真半假地笑道，"这亲兄弟还明算账。谢殊，我此番帮你，你就不……表示表示吗？"

说着，宁和立搓着手，一副讨债的模样。

谢殊抬起眸子，淡扯嘴角："放心，明日便给你送一份大礼。"

宁和立一顿，随即挑了挑眉梢。

翌日一早，白雪纷纷，一则有关李、王两家的通闻便传遍了京城。

[82]

檐上被新雪覆盖，窗前的蜡梅开得正盛，明黄的花瓣在白雪皑皑之下显得格外娇艳温雅。

正值年尾，京城里也正是热闹。

长安大道上张灯结彩，红色灯笼沿街挂起，绵绵不绝。酒楼里人满为患，街道两旁皆是停驻看景的行人，走在街上已然是炮仗声不断。

新年之际，家家户户都忙，本无暇顾及其他，可这几日有一则小道消息传到大街小巷，闹得沸沸扬扬，便是寻常百姓也都多有议论。

谢府上下，也是如此。

今日兵部侍郎的崔夫人便登了门，坐在暖阁里品着茶，一起闲聊。

想着崔夫人府上也有适龄的男子，谢夫人便把戚秋也叫出来陪着一同说话。

京城之中左不过是这些事，不论说什么都绕不开最近风头正盛的李家。

不想今日崔夫人提起李家的时候，却是眼眸一转，掩着嘴笑了："夫人可知道近日传得正盛的一件传闻？"

谢夫人心里门清，却佯装不知，笑道："临近年尾府上忙，倒还真没听说过近日京中有什么传闻，是哪家的？"

崔夫人扬唇一笑，朝东边指了指，说道："还能是哪家的，自然是最近风头正盛的李家。"

闻言，兴致缺缺的戚秋抬起了头。

她这几日经常把自己闷在屋子里，许多事都不打听，还真不知道李家近日又闹出什么事了。

谢夫人端起茶盏："哦？他家又闹出什么事了？"

崔夫人轻声说："夫人可知李家因何得到陛下恩宠？王家公子王严又因何晋升得如此之快？"

谢夫人摇头不语。

崔夫人便继续说道："近日李家风光，襄阳王家却是落了难。襄阳王家的王大人身负太守一职，却贪赃枉法，贪污受贿，被人检举，下了大牢，如今王家可是乱成一团了，想必这个年是过不好了。"

贪污受贿？

戚秋手上动作一顿，如今她对于"贪污受贿"几个字极其敏感。

抬眸望去，只见崔夫人神神秘秘地说："夫人可知王家是被何人检举的？"

戚秋心里有了答案。

果然就听崔夫人咋咋呼呼地说："正是那个王家公子王严！人家大义灭亲，上京头一件事就是将自己的亲伯父给检举了。如今李家风光得意，王家却是大祸临头了。"

"要说当年，王二老爷病逝，就留下李夫人和王严这对孤儿寡母，还是已经分了家的王大人将他们接回府上，多般照料，谁想到王严竟这般……忠贞不贰，对自己亲伯父也能如此刚正。"崔夫人哼笑着说。

抿了一口茶，谢夫人慢悠悠地说："京中传闻也未必可信。"

崔夫人急了，立刻说："如今京城里头都传遍了，若是假的，李家也应该站出来解释才是，可端看如今李府无声无息的做派便知，此事多半是八九不离十。"

谢夫人低头笑了笑，没有说话。

崔夫人扬起眉梢说："不然凭借着李家那些个上不了台面的东西，陛下何苦抬举李家，给他们这么大的颜面？这是在感念王严的大义灭亲呢！"

垂首笑罢，谢夫人倒是没有失了分寸："若是王大人真的犯下如此罪过，也算罪有应得，怨不得旁人。"

崔夫人左右看了一下，压低声音道："这才是最蹊跷的事，王大人入了牢狱之后连连喊冤，据说跪下来磕得头破血流，一口咬定是被人陷害的。如今王大人在牢狱里长跪不起，瞧着倒真有几分真切在里面。"

戚秋心里顿时咯噔了一下，手上的茶盏都险些落了地。

心里百转千回，戚秋不由得将此事和戚家联想到一块，越想眉头皱得越紧。

一听此言，别说是戚秋了，便是谢夫人也皱了眉头："竟还有此事？"

崔夫人连连点头："可不是？正因如此，此事才传得沸沸扬扬，好些人都说……"

崔夫人压低声音："都说是王严为了攀权位，故意栽赃陷害王大人……就是此事被压得好好的，也不知是谁给透露了出来。"

谢夫人抿了一口茶，顿了半晌后才笑道："察院左佥都御史和锦衣卫已经去了襄阳王家，若真是被冤枉的，自然会还王大人一个清白。"

崔夫人此趟跑来本是想撺掇谢夫人趁势去李府踩上一脚，见谢夫人不接茬只能歇下这门心思，撇着嘴郁郁道："那可说不准。"

崔夫人是个闲不住的，即使没能如愿，话也不停。

托她的福，暖阁里话语不断，而与此同时，戚秋脑海里也响起了系统的提示音。

恭喜宿主，"调查王严立了什么功"任务进度已完成百分之五十，请宿主继续加油。

垂下眸子，戚秋半天无言。

宁和立到谢殊院子里的时候，谢殊正在院子里喂鸡。

显然谢殊的心思没在喂鸡上面，他斜倚着朱红的栏杆，手里捏着玉米粒却迟迟不喂给小毛，急得小毛一个劲儿地扑棱着翅膀想要跳起来啄他。

等宁和立走过来之后，谢殊将碗里的玉米粒尽数倒在了小毛的窝里，转身和宁和立进了书房。

书房的窗幔被挽上，雪色洒进来，里头一片亮堂。

宁和立冒雪前来，一身寒气，却一直乐呵呵地傻笑。

独自笑了一会儿，宁和立觉得没滋味，便拉着谢殊说："还真有你的，你藏的这一手，直接打得王严措手不及。"

拽着谢殊，宁和立非要问个究竟："你为什么突然对王严出手了？"

谢殊把玩着搁在书房里的短刀，刀刃锋利，带有寒光，他漫不经心地说："不能一直让他躲在后面。"

宁和立笑道："即便如此，突然对王严出手，这也不像是你的性子。"

谢殊没有接话。

宁和立凑近了一步，想试探一下谢殊的心思，问道："事出突然，你不会是单为了还我一份礼才出手的吧，就没个私心、没个缘由吗？"

放下手里冒着寒光的短刀，谢殊退后一步坐在了书桌上。

脚踩着椅子，玄色衣袍四散，谢殊淡扯着嘴角，忽然笑了一声："要何私心？要何缘由？"

他抬眸问："对付这么个杂鱼，还需要什么私心、缘由？"

这话说得张狂，却无人敢驳。

宁和立一顿，转身跟着坐了下来，也笑了。

笑罢，宁和立也不再啰唆，拎着他那把冬日里也要随身携带的扇子去到谢殊放着贵重宝器的架子前，仔细挑看着。

摸着下巴，宁和立盘算着临走时能不能给谢殊磕个头叫声"爹"，趁机要走一个。

屋子里陷入一片寂静，只余下宁和立偶尔传来的窸窣脚步声。

谢殊垂着眸子，看向身侧已经空了的碗。

碗里盛着的山药老鸭汤已经被饮尽，只残留淡淡的香气。

这是戚秋方才送过来的，亲自送过来的。

戚秋的眼眶有些红，神色萎靡，像是又哭过了一场，讨好又忐忑地将汤递给他，眼神里全是不安。

像是怕他撒手不管一般。

谢殊想着，自嘲一笑，"没有私心"这话他自己说着都不信。

站起身，谢殊咳了一声。

宁和立手里拎着一把长剑，问道："怎么了，受寒了？"

谢殊没有回话，背对着宁和立，问道："事情已经办好了？"

宁和立笑："我还以为你能憋着不问呢。自然办好了，你谢公子还了我这么大一份礼，我要是不上心岂不是说不过去。"

摩挲着手里一直心心念念的长剑，宁和立心道，一会儿就为了这把剑"认谢作父"一次好了，嘴上心不在焉道："送信的人已经派出去了，你要我帮你找的人也在路上了，到了京城就第一时间送到谢府上。"

沉默了片刻，谢殊点点头。

等宁和立心满意足地抱着长剑走后，谢殊也披上了大氅。

东今这个耳报神跟着就过来了："马上就要用午膳了，公子做何去？"

谢殊抬手拍了他一下，示意他去备马。

东今乐颠颠地去了，可等到谢殊翻身上马这才发现谢殊并没有带他的打算。

东昨跟在谢殊后面，也骑着马，等谢殊骑马冲出去之后紧随其后。

天上还飘着雪花，两人在风雪中远去。

东今气得在谢府门前直跺脚。可谁让他不会骑马，如今只能眼睁睁地瞧着。

干瞪着眼瞧了一会儿，东今却发现不对劲儿了。

两人策马奔去的方向好像是皇宫。

东今顿时一愣。

年节时分，也无差事，又不用上朝，去皇宫里干吗？

东今满腹疑惑地回了府。

谢府的宅子坐落在皇城脚下，倒也不远。

红墙黄瓦错落有致，飞檐之上残留淡淡薄雪。

非帝王召见和上朝时间任何官员不能随意进出皇宫，到了皇城脚下，谢殊翻身下马，取了令牌让侍卫前去通传。

两炷香后，前去通传的侍卫回来，身后还跟着一位太监。

这是常在陛下身边伺候的福公公。

见到谢殊，福公公行了一礼后，笑道："陛下此时正在宣晖堂和张大人商讨襄阳王家的事，谢大人来得正好，陛下吩咐老奴领着您前去，也给出出主意。"

皇宫威严壮丽，金碧辉煌，一花一木皆尽善尽美。

福公公笑着在前面领着路，绕过银装素裹的御花园，将谢殊径直领去了宣晖堂。

里面的张御史和刑部的几位大臣正说着王家的事，出了分歧，两派谁也不让谁，彼此吵了起来。

咸绪帝看着，头疼地揉了揉眉心，却未加以阻拦。

两派人越吵越激烈时，谢殊进来了。

咸绪帝顿时如释重负，坐直了身子，说道："既然你来了，便一起听听吧。"

两派人因为如何处置王府家眷起了争执，一派认为证据确凿应该定罪抄家，另一派以为证据尚有漏洞，应该再审一审。

为了这个，两派人已经在咸绪帝跟前吵了半天。

闻言，张御史对谢殊拱了拱手道："谢大人以为如何？"

谢殊淡声说："此案并非我负责，我无权干预，还听几位大人所言。"

张御史却并不罢休："既然陛下允许，谢大人直言无妨。"

谢殊颔首推辞了两句，最终在咸绪帝首肯之下道："那证词臣瞧过，确有不妥之处。为了公正起见，臣觉理当重审。"

刑部的几位大臣这才反应过来，原来张御史和谢殊是一伙的。

刑部侍郎当下就道："可证人、证词皆有，如何……"

谢殊抬眸打断道："证人、证词皆有却翻案的例子也不少，连大人身为刑部侍郎，应该比我清楚才是。"

刑部侍郎还要再说，咸绪帝却挥手道："既然锦衣卫也觉得有不妥之处，便该重审。"

刑部几位大臣一愣，不明白为何谢殊一说，咸绪帝便下了结论。

不等他们再说，咸绪帝道："朕与谢殊还有话要说，众卿退下吧。"

刑部几人多有不甘心，但张御史已经跪下，高呼："臣告退。"

无法，刑部几人互看一眼，跟着咬牙退了下去。

殿内一空，咸绪帝便冷笑出声："这几个老东西，风声一出就巴不得赶紧结案。"

说罢，咸绪帝抬手："赐座。"

谢殊坐下来之后，咸绪帝自己收拾了桌案上的奏折，忽然一笑："这次京城的风声是从你那里传出去的吧，为了给王严个下马威？"

谢殊站起身，拱手说道："臣泄露此事有罪，甘愿受罚。"

"你这是做什么？"咸绪帝无奈，"坐下吧，朕还能真的怪你不成？"

直起身子，咸绪帝沉吟片刻道："此次去庆安县，东西可拿回来了？"

谢殊将账本递了上去。

咸绪帝掀开一看，顿时大笑："好好好，虽未抓到逃犯，但有了这东西，要你跑这趟也算不虚此行。"

咸绪帝连连赞赏，谢殊却突然单膝跪了下来。

咸绪帝一愣，还未说话，谢殊便沉声说道："臣谢殊有一事恳求陛下。"

咸绪帝挑了挑眉。

等谢殊从皇宫里出来时，已经过了午时。

东昨将大氅给谢殊披上，犹豫着上前说："您这是为了……"

谢殊抬手示意他住口，自己系上大氅的带子，翻身上马。

居于高处，谢殊看着马下的东昨，脑海里却全是戚秋红肿的眼眶。

戚秋肤白，染上红色便格外显眼，那日眼尾的红便是半天都不褪。

她哭了多久，才能将眼睛哭得这般肿。

勒紧缰绳，谢殊缓缓吐出一口气，过了许久才道："回府。"

终于到了年尾这一日，谢殊和谢侯爷都卸去了一身公务，赖在谢夫人院子里喝茶。

谢夫人院子里张灯结彩，檐下挂着红灯笼，谢殊和谢侯爷就坐在檐下，赏着雪。

谢夫人正教着戚秋年三十的晚宴应当如何安排饭菜，嫌屋子里这爷俩碍事，赶了几次，却也不见谁起身。

无可奈何之下，只能眼不见为净，好在谢殊还算识趣，跟着帮忙。

戚秋正在小厨房里盯着炖煮的羹汤，听到身后的脚步声还以为是谢夫人回来了，便笑道："姨母，这是什么汤，闻着好香。"

顿了顿，却不听后面回话。

戚秋转头一看，却见身后立着的人是谢殊。

门口一片白茫茫，许是新年的缘故，谢殊身着一身红袍，站在飞雪前，肤若冰霜，棱角分明，眉眼却多了一丝温和。

见戚秋扭过身来，他一顿，随即走上前来说："这是翡翠人参鸡汤，给你补身子用的。"

戚秋抿唇："我不用补身子。"

谢殊看了戚秋一眼："瘦得都……"

瞥见戚秋的眼神，谢殊及时止住了话音。

戚秋瞪着他，闷闷地说："瘦得都怎么了？又跟狗尾巴草一样了吗？"

谢殊一怔，随即低声笑了起来："还挺记仇。"

净了手，谢殊替戚秋盯着羹汤，眸中映着灶台下的火光，身侧坐着戚秋。

两人谁也没有说话，一左一右地坐着，厨房里一时静静的，只残留着外面的落雪声。

万般心事浮上心头，此时却是无声胜有声。

难得的独处，他们彼此都享受着这难得的安谧时刻。

外面风声赫赫，雪落不止，屋檐之上是厚厚的积雪，檐下的四角铃铛在呼啸的风下丁零作响，屋内静谧而悠然。

到了晚间，席面张罗好。

府外面已经热闹起来了，随处可听爆竹声。

今日谢夫人筹备了一大桌子的菜，颇为丰盛。

伴着爆竹声声，坐在席间，谢夫人和谢侯爷都准备了压岁钱给戚秋，独独没有谢殊的份。

谢殊垂首哂笑一声。

用着晚膳，谢夫人对戚秋和谢殊说："今日外面热闹，陵安河和长安街都有戏班子和舞狮舞龙的，你们也出去凑个热闹。"

戚秋一顿，问道："姨母和姨父呢？"

谢夫人叹了口气说："绥安长公主邀约，我们要去赴约，便不能随你们一道了。"

话落，外面"轰隆"一声响后，一道绚烂色彩在夜空中四散开来，照亮眼前的这片苍穹。

众人抬头一看，竟是外面突然开始放起了烟花，在漆黑的夜里灿烂夺目。

这烟花是宫里放的，一道接一道，震耳欲聋又格外盛大夺目。

索性膳食已经用得差不多了，谢夫人张罗着众人一道去了院子里看烟花。

夜色如墨，檐下铃铛轻响，朱红的廊檐之下亮着一盏盏温暖的烛火。

众人站在檐下，寒风微扬，前后而立，在阵阵响声之中欣赏着这灿烂的烟花。

烟花璀璨，朵朵多姿，戚秋抬头望去，只觉得万般色彩皆汇聚于此。

新年没有那么多规矩，下人们搁下手里的活，也纷纷抬头望去。

烟花在天际炸开，仰首望去，便是一道道绚烂。

众人沉迷之际，只有谢殊一人默默垂着眸子。

摇晃的烛光下，他看着前头的那道身影。

缤纷的色彩尽数落在戚秋身侧，她仰着头，露出雪白的脖颈，在这万般烟火气下盈盈而立。

无视烟花的凋零与盛开，谢殊静静地看着戚秋，忽然轻轻地笑了。

[83]

烟花灿烂，却也只有一刻。

宫里的烟花已经停了，京城也恢复了短暂的宁静，绚烂过后，是空落落的夜色，大地一片苍茫，幽蓝深沉的夜里寒风渐止。

风虽然止住了，但冬日的夜依旧是冷得出奇。众人拢紧衣领，回过神来，都有些意犹未尽。

谢夫人打发戚秋和谢殊去添衣，打算一会儿一起出府门。

谢夫人的院子离戚秋的院子不远，山峨和翠珠又手脚麻利，不过一盏茶的工夫戚秋便回到了谢夫人的院子里。

正屋里头，谢夫人刚刚换好了衣裳。

王嬷嬷亲自奉上了两盏红枣茶，谢夫人拉着戚秋坐下，沉思过后还是挥退了左右，轻声问道："秋儿，你这几日怎么了？瞧着闷闷不乐的样子。"

戚家的事压在戚秋心头，尤其是向谢殊说了之后，不安焦躁的情绪更是无法退去。戚秋就怕自己会弄巧成拙，自此一直提心吊胆。

将戚秋鬓前的碎发别到耳后，谢夫人询问道："可是想家里了？"

谢夫人想着这还是戚秋头一次离开家过新年，想家也无可厚非。

戚秋想不出更好的借口来掩饰自己这几日的闷闷不乐，于是便点点头。

谢夫人道："我给你家里人写了信，等过了新年就快马加鞭地递回去，你若是也有什么要捎带回去的，便让下人送来，一并带回家里去。"

戚秋应了一声"好"。

犹豫了一下，谢夫人还是说："你初入京城时，你父母就曾写信拜托我替你相看人家，如今……罢了，屋子里也没旁人，我便直说了。"

屋内寂静，蜡烛轻摇。

谢夫人轻声问："你觉得韩家公子如何，你曾经不也说过十分仰慕他？"

心一紧，戚秋倏地一愣。

抬起头来，还不等戚秋反应过来，只听外面突然传来了王嬷嬷的声音。

王嬷嬷刚从院子外面回来，手里还捧着果子，抬眼便看见负手站在屋檐下的谢殊。

谢殊又换回了玄袍，外头罩了一件紫色大氅，面朝着院子站在屋檐下，半个身子却都在淋雪，好在外面的雪下得不大。

王嬷嬷不禁问道："公子，您怎么站在外头？夫人已经换好了衣裳，正和表小姐说话呢。"

谢殊这才蓦然回神一般，抬起眸子。

谢殊抿了抿唇，不等他回话，正屋的门已经被打开，谢夫人领着戚秋出来了。

"又下雪了。"谢夫人朝院子里看了一眼，叹声道，"好在雪还不大，你们出去时记得捎上伞。"

谢殊走过来，扑面就是寒气，他低声应了一句"好"。

待到众人一道出府时，街上已经是熙熙攘攘。

夜幕已经垂下，街上却是华灯初上，张灯结彩，一片热闹景象，竟比白天还要繁华。

灯笼挂得密集，走两步头顶便有横着的一排，照得整条街明明亮亮，退去幽暗，丝毫没有夜晚该有的宁静和寂寥。

街上摩肩接踵，常见行人结伴而行，街道两旁摆放着琳琅满目的饰品、花灯和各式甜食，舞龙舞狮随处可见，杂技喷火更是不绝于目。

戚秋和谢殊并肩走在街上，却是谁也没有开口说话。

戚秋不知在想什么，半天都没有回过来神，险些撞到舞狮的队伍。

谢殊拉住了她，也不知在想什么，不等戚秋反应过来就松了手。

仿佛与热闹隔绝开来，两人一路沉默着穿过大街小巷、热闹人群。

满腹心事，两人不是没话说，而是不知如何开口。

不知走了多久，直到东大街的尽头，这阵无法言说的沉默才被打破了。

傅吉领着夫人正站在一家卖面具的摊子前，两人正挑选着面具，回首间便看见了谢殊和戚秋。

放下面具，傅吉赶紧领着夫人走了过来："谢大人，戚小姐。"

戚秋和谢殊停下脚步。

互相拜了年后，傅吉笑道："这次大人休息了够久，过了年想必就要忙起来了。"

谢殊扯了扯嘴角。

傅吉问："今年最后一日，谢大人可许了新年的愿望？"

傅吉的夫人一听此言就掩嘴笑了："真是的，见人就问，不就是等着别人问回来你？"

谢殊挑了一下眉。

被自家夫人毫不留情地揭穿，傅吉不好意思地挠了挠头，小声说："我今年去了灵山寺，求到了惠安大师的灵签，说我新的一年有可能会升官发财，我便和夫人又去相国寺拜了拜，这刚从相国寺里出来。"

惠安大师是灵山寺的座元，常年云游海外，到处讲经，不怎么久留京城，但他的签是出了名的灵，年年都有去灵山寺打探惠安大师行踪的人。

谢殊淡笑一声："那你今年可要抓住机会。"

傅吉嘿嘿一笑，赶紧拱手说："属下一定勤奋办差，不负大人栽培之恩。"

傅吉这礼行得不伦不类，便是戚秋有满腔心事也不由得笑了起来。

只是说归说，傅吉还是有些自知之明的，愁眉苦脸道："如今王家公子刚被封为镇抚使，想必属下这一签还真不一定灵。"

傅吉的夫人笑着接过来话："就是因这个，他从灵山寺下来就非要拉着我去相国寺，说什么两个都拜拜，总能感动一方神佛。"

几人都笑了起来，傅吉的脸都红了。

等傅吉和他夫人走后，戚秋如被千石压住的心里松了一些，想要跑去买两根糖葫芦，和谢殊一人一根。

谢殊让戚秋站在原地等着，自己去了卖糖葫芦的摊子上。

谢殊宽大的大氅被风微微扬起，头顶上烛火微微摇曳，映在他线条流畅、棱角分明的脸上，只剩下淡淡光晕。

他生得桀骜冷硬，本是握刀的手此时偏偏拿着两根糖葫芦，站在华灯升起的人间烟火气下显得极为不搭，又让人呼吸一滞。

从谢殊手里接过糖葫芦，戚秋却猛然想到了一件事。

方才傅吉说锦衣卫的镇抚使职位分东西，只有两位，现如今人员已经满了，他再无可升的余地。

可王严进京时锦衣卫的镇抚使也并没有空缺，既然如此，如今王严被封为镇抚使，那原先的另一位镇抚使去哪里了？

王严既然能直接被封为锦衣卫的镇抚使，就说明当时镇抚使一职定是有空缺的，可最近京城里风平浪静，并没有再生波澜，她也并没有听到过有什么大事发生。

到底是什么事能让一个四品的官员无声无息地罢了官，还无人知晓？

是被贬了，还是……

握紧手里的糖葫芦，戚秋越想越不对劲儿，她隐隐觉得此事跟王严进锦衣卫的事有关。

只是还未整理出思绪，她突然被拽了一下。

手里的糖葫芦倏然落地，戚秋猛地回过神，就见自己被谢殊拉到了一旁——她差点走进了正在喷火的杂技团里。

谢殊缓缓地叹了一口气。

将自己手里的糖葫芦递给戚秋，谢殊无奈地说："今日是大年三十，有什么事明日再想吧。"

以为戚秋还是惦记着戚家的事，谢殊不知该怎么劝，又不知该怎么让戚秋安心。

在事情尚未查清楚之前，再多安抚的话语好似都显得过于苍白，只有查清此案，戚秋才能放下心来。

戚秋手里被滴上了糖葫芦融化开来的糖汁，谢殊将帕子放在戚秋手心："擦一擦吧。"

夜色越发黑沉，明月不知踪影，星星也不知了去向，街上却是依旧热闹。

谢殊微微低着头，身后是色彩浓重的玲珑灯，线条流畅的下颌清晰，面上尽显无奈。

戚秋低下头，抿着唇沉默了一会儿，说道："我手里还拿着糖葫芦。"

谢殊一愣，顿了顿，抬手去接戚秋手里的糖葫芦。

戚秋躲了一下，不给。

谢殊不解地皱眉，却听戚秋细声说："表哥帮我擦吧。"

说着，戚秋把手朝谢殊的方向伸了伸。

戚秋白皙的手沾上了橙红的糖汁，黏黏的，不怎么好擦拭干净。

眼见谢殊拿着帕子愣了，戚秋便也沉默着不说话。

几次喘息过后，谢殊紧抿着唇，握着帕子小心翼翼地擦拭着戚秋手上的糖汁。

许是这糖葫芦裹的糖汁太厚，有些难擦，两人的手指难免触碰，四周更是弥漫着淡淡甜腻的味道。

戚秋问："表哥，擦完我的手后，你这张帕子会扔掉吗？"

谢殊一顿："什么？"

戚秋垂着眸子，不轻不重地说："以前我拉你的袖子，你虽然什么都不会说，但都会把那件衣裳扔掉再也不穿，现在呢？"

谢殊抿着唇，低声说："那是刚入京的时候。"

戚秋不罢休地问："那现在呢？"

将戚秋已经擦干净的手放下，谢殊顿了一会儿，老实回答："现在不会了。"

戚秋这才笑了。

咬了一口糖葫芦，戚秋和谢殊并肩继续朝前走去。

戚秋问："表哥，王家公子被封为了锦衣卫的镇抚使，那原先那位镇抚使呢，是被顶替下来了吗？"

谢殊说："他被撤职了。"

戚秋一顿："因为什么？"

谢殊垂眸深深地看了她一眼，过了半响才道："因为之前锦衣卫纵火一事。"

戚秋脚步一停："纵火的锦衣卫是镇抚使？"

谢殊点点头。

戚秋顿时倒吸了一口凉气。

锦衣卫的镇抚使，朝廷的四品官员竟和贼人是一伙的，难怪当时陛下如此大怒。

知道再问便是为难谢殊了，戚秋闭了口，却是满心不解。

这幕后之人到底有何权力，能在朝堂之中安插这么多官员。

戚秋不敢想象。

寒风徐徐，扬着细雪，一个劲儿地往人脖颈里钻。

远处阁楼上的四角铃铛不知响了多久，戚秋正在沉思时，谢殊突然开口问："表妹，你要去北大街还是南大街？"

一片嘈杂声中，只听谢殊低声说："韩言去了北大街。"

[84]

张灯结彩的长街之上人声鼎沸，热闹非凡。

头顶的玲珑灯红火透亮，挂满一整条街，夜色被击退，到处都透着明亮之意，杂技团就在眼前，行人三两结伴，或驻足，或嬉闹。

风掀起戚秋身上的斗篷，露出戚秋纤细的身子，身上的脂粉味若有若无。

衣裙翻飞，戚秋站在亮光中，抬起头朝北大街看过去。

只见北大街口站着几位衣冠富贵的公子，不知说了些什么，个个正朗声笑着。韩言走在这群人后面，正同随行的一位公子说话，眉目带着温和。

戚秋没直接回话，而是问谢殊："我瞧着这群人面熟，可都是京城里的世家子弟？"

谢殊低低地"嗯"了一声。

戚秋问："他们要去哪儿？"

谢殊想了想，说："应当是北大街的醉楼。"

醉楼是一家酒楼，里面由掌柜的亲自酿的酒堪称一绝，招牌的醉花酒是连宫里都不常见的。

戚秋收回视线："宁公子好似也在里面。"

谢殊道："今晚便是他张罗起来的。"

戚秋沉默下来。

若是宁和立张罗起来的，不可能不叫谢殊，那谢殊为何……

捏紧手里的糖葫芦，停顿半响，戚秋报紧唇问："表哥为何不去？"

不远处的杂戏班子围了许多人，敲锣打鼓声越来越响，也越来越急促，像极了催促紧张的钟声,声声扣人心弦。

谢殊的声音落在这些动静里不轻不重,又带着些微心不在焉:"没什么意思,便不想去。"

阵阵寒风落下,吹得人透心凉。

顿了须臾,戚秋这才低低地"哦"了一声。

梨园的角儿已经开嗓,隔着老远便能听见悠然的戏腔。雪越下越小,街上的行人也越来越多,街道两旁人满为患。

两人站在无人的角落里,一时之间都没有说话。

过了半晌,戚秋闷声问:"表哥想去哪里?"

谢殊抿着唇说:"我都听表妹的。"

互相执拗地看着对方,等梨园的戏腔落下,戚秋缓缓吐出一口气,面上不见丝毫波澜地说:"我想去北大街。"

收回目光,谢殊垂下眸子,几次喘息过后,他点点头,平静地说:"好。"

说罢,谢殊并无丝毫犹疑地转过身,迈步朝北大街走去。

他朝前走着,走过热闹的人群,却只觉得寒风冻人,唇不动声色地绷直,垂在身侧握紧的手也渐渐松开。

明明寒风已经止住了,这冬日的街道却好似更加寒冷,不少人都裹紧了身上的衣袍。

街上人多,谢殊虽转过身,却也注意着戚秋,走了两步便发现戚秋并没有跟上。

身形微微一顿,谢殊又不明所以地转回身来。

本以为是戚秋又在发呆,转过身却见戚秋看着他笑。

戚秋头顶的玲珑灯在夜色中轻轻摇晃,她微抿着唇,正在轻笑,湘妃色的衣裙在身后的爆竹声中轻扬。

见他转过身来,戚秋挑了一下眉,转身向南大街走去了。

谢殊一愣,大步走过去,拉住了戚秋。

谢殊不解地往身后指了指:"怎么了?那边是北大街。"

戚秋眉眼含笑,盈盈地看着他:"可表哥不想去北大街。"

谢殊微微皱眉,刚张了张口,却见戚秋朝他身前迈了一步,一双含水的眸子静静地看着他。

不知是不是头顶的烛火太过耀眼，映在戚秋眸子当中，竟带了几分让谢殊无处躲藏的被人看穿感。

戚秋看着他，不紧不慢地问："表哥想去吗？"

谢殊微微退后，想要躲避她的视线。

戚秋却是不依不饶，又走近了一步，好似一定要他把心里话说出来。

"表哥，你想去北大街吗？"戚秋又问了一遍。

面对戚秋不依不饶的视线，谢殊耳尖映在烛光下微微泛红，他轻闭下眸子，好似在躲避着戚秋的咄咄逼人。

顿了片刻，在戚秋不满的蹙眉中，谢殊垂在身侧的手不自然地收紧，又睁开了眸子。

他双耳通红，薄唇紧绷，定定地看着戚秋。

在戚秋如水的目光中，谢殊压在心里的话已经卡在喉咙间，不上不下。

可他不能说，他怕戚秋问"为什么"。

谢殊的身子慢慢僵住，紧握的手渐渐松开，垂下眸子，半天无言。

他心乱如麻。

为什么？

谢殊也在问自己。

为什么不想去北大街，他又有什么资格，有什么权利能限制戚秋去北大街？

答案好似就在眼前，却又如被蒙上了一层烟雾，若隐若现，就像是冬日被雪色蒙住的窗户，让人有心窥探却又不得瞧见。

他迟迟不说话，戚秋也不说话，两人静静地僵持在大街上。

静谧的气氛四散，气氛紧绷。

天上的雪也识趣地慢慢止住了，这断断续续落了几日的雪停了喧嚣的气势，渐渐萎靡。

直到远处响起一声呼唤。

"戚秋！"

一声女子的娇喊过后，便见井明月跑了过来。

井明月着一身粉色的衣裙，满脸笑意地跑过来挽住戚秋，并没有注意到这边微妙的气氛。

走过来之后，井明月这才注意到一侧的谢殊，赶紧福了福身子："谢公子好。"

谢殊微微颔首，退后了一步，拉开他和戚秋之间的距离。

井明月拉着戚秋，笑道："我刚去了谢府，下人们说你已经上街了，我便想着在街上说不定能遇上你。"

戚秋说："我以为你今日会在王府守岁。"

魏安王府有守岁的习惯，所以井明月早早派人递来了信，说今日不用等她。

井明月道："我原本也以为王妃会留我守岁，没想到王妃竟然放我上街了，我便赶紧去谢府寻你，没想到还是迟了，好在还是在街上遇到了你。"

井明月说着，便激动道："听说今日北大街有南北堂的舞狮队伍，我们一起去看看吧，我想看许久了。"

话落，戚秋和谢殊身子皆是一僵。

远处的杂技表演到了最精彩的地方，围观的人群纷纷喝彩，见状杂技团的领头人便上前冲众人讨赏，一时之间，嬉笑怒骂皆有。

然而一步之遥的这边却是静悄悄的。

见两人都不说话，井明月不明所以地问："怎么了？"

顿了须臾，戚秋看向谢殊，轻声问："表哥想去吗？"

谢殊垂着眸子，轻轻吐出一口气："走吧。"

许是都听闻了北大街有南北堂的舞狮队伍，这条街上早已经挤得水泄不通，上下阁楼也都有探出头看热闹的人。

谢殊走在前头，戚秋跟在谢殊后面，紧紧地拉着井明月衣袖，领着她走过拥挤的人群。

戚秋本想找处安静的茶楼，没想到在离醉楼老远的地方便被宁和立瞧见了。

主要是谢殊身量高，走在人群中那张冷硬的面容也格外显眼，刚跨入北大街没多久，便被宁和立一伙人看到了，连忙招呼。

宁和立半个身子探出窗户对着谢殊招手，嘴上还不忘一声声地喊着谢殊。

戚秋几人停下脚步，一时之间都没有想好到底要不要上去。

宁和立立马不满了："你们愣在那里做什么？还不赶紧上来！"

见几人还是不说话，坐在厢房里面的几位公子也探出了头，包括韩言。

看见戚秋，他一愣，随即点头对着戚秋笑了笑。

不等戚秋反应，只见又一个圆溜溜的脑袋探出来，竟是霍娉。

霍娉欢快地对着戚秋招手："快上来。"

这么多人都看着，倒也不好不上去了，见宁和立欲下来拉人，谢殊便道："上去吧。"

戚秋一愣，随即一言不发地拉着井明月跟在谢殊身后。

醉楼里的人不少，一楼已经人满为患，宁和立亲自将三人领去了二楼的厢房内。

说是厢房，其实就是四方用帘子隔开的空间，虽然左右都围得不够严实，但男女一处倒也不用避嫌了。

走上去这才发现里面除了先前看到的几位公子哥，还有好几位女子坐在里头。

便是两位郡主也在。

霍娉腾出了两个空位，招呼戚秋和井明月坐在身侧。

宁和立跟在谢殊身后烦着他："早些就派了下人去叫你，你说你不来，如今不还是转悠到了北大街。"

谢殊一声不吭地坐下，身边便立马有人倒酒起哄："谢公子来得晚了，理应罚酒。"

谢殊身子一顿，不等他说话，宁和立便挥着手说："闹什么，喝多了不是！谢公子你也敢灌酒？"

都知道谢殊不善饮酒，三杯就倒，所以不论什么时候，只要是在外面，谢殊很少碰酒。如今还有各府的几位小姐坐在跟前，自然是不能乱喝酒的。

那人却是不依不饶，手里还举着酒杯，硬是想要谢殊喝下这杯酒："大过年的，谢公子不能扫兴。"

宁和立的眉头蹙了起来，刚欲说话，就见谢殊冷着一张脸接过酒盏一饮而尽。

别说是宁和立了，便是劝酒的那人都惊了一下。

酒醒了一大半，那人匆匆放下手，悻悻地看着谢殊，半句话都不敢说了。

不等众人回神，下面便又传来了一阵响动。

众人侧身一瞧，只见王严领着一众人从外面走了进来，径直就要上二楼。

宁和立当即冷笑一声，放下了手里的折扇。

番外

时辰不早了。

　　窗外长夜沉寂，冷风凄凄，浓雾自江河中肆意弥漫，岸边打更声遥遥传来，到了近处，便只能惊动那两只在船上歇脚的灰喜鹊。

　　谢殊收回视线，剑眉微拧，不知在思索些什么，顶着凛冽的江风咳了两声，正巧衙役前来禀报："大人，那二人已经被绑了起来，经确认，正是这段时间频频在街上偷窃的赵、刘二人，人赃并获，抵赖不得。"

　　谢殊侧身看去。

　　这两名江洋大盗都年过三十，干这下三滥的勾当少说也有十余年了，这还是头一次栽这么大的跟头，此时脸色又青又白。

　　寒冷的江风从敞开的窗户中挤了进来，赵、刘二人被衙役捆在船舱的柱子上冻得瑟瑟发抖，抬头看着昏暗烛火旁一身艳红飞鱼服的谢殊，纳闷得直瞪眼。

　　他们怎么也想不明白，一个时辰前在街上还是个落魄书生的男子怎么就突然摇身一变成了那位大名鼎鼎的锦衣卫谢殊。

　　早知如此，便不该贪图那块玉佩。

　　不过话说回来，那块玉佩也不是什么上好货色，拿去当铺也不过是换一些铜板，若不是最近他们二人赌得手头有些紧，也不会对这种货色的玉佩动心思。

　　京城人人都知这位锦衣卫指挥同知乃是簪缨世家谢府的世子，备受皇帝倚重，金尊玉贵的身份，怎么身上佩戴的玉佩还不如一些扬州富商？

　　莫不是传言都是假的？或者眼前的男子是在冒充锦衣卫？

　　可瞧着这身飞鱼服和男子浑身的气派也不像啊……

　　赵、刘二人正胡乱揣摩着，便瞧见谢殊在粗略地翻过衙役递上来的赃物后，眉心一深，抬步朝着他二人走来了。

赵、刘二人虽然手法高超但胆小如鼠，这么些年来只敢做一些小偷小摸，见过最大的官也就是县太爷了，如何敢与名震朝野的锦衣卫叫板？

他们当即吓得冷汗直流，只顾求饶："大人，大人，我们二人被猪油蒙了心，这才走上这条歪路，冒犯到您的身上去了，大人您大人有大量，饶了小的这一回吧……"

"东西呢？"

求饶声没喊完，便被径直打断了。

谢殊许是染上了风寒，声音喑哑低沉，本就冷峻严肃的面容眉心微皱，便显出两分不耐，那身象征着尊贵身份的飞鱼服将他冷冽的气质展现得淋漓尽致，腰间的那把绣春刀更是折射着瘆人的冷光。

赵、刘二人打了个冷战，不敢直视谢殊，嚅嗫道："那、那玉佩已叫我们拿去西街的当铺卖了……"

谢殊喉结轻滚，再次打断："我说的是荷包。"

"荷、包……"赵、刘二人皆是一愣，随即反应过来，身子却往后缩了缩，更是害怕了，"那荷包里的银子也叫我们拿去赌了，一文不剩……"

偷谢殊腰间玉佩的时候，赵二顺手将谢殊腰间佩戴的荷包也给偷了，里面也没多少金银，不过一两块碎银子和一些铜板罢了，二人便都没放在心上。

赵二现下是越想越后悔，早知里面金钱少得可怜，便不出手了，如今落得这般田地，也太不值了。

刘三更觉谢殊小气，堂堂侯府世子，竟也在乎这些杂碎小钱？还追他们到了江上，真真还不如那些富商大气！

这样想着，刘三却不敢说，谄媚一笑道："爷，这位爷，那些银子我们还您，我们双倍……不，三倍还您可好，您就网开一面……"

本就是夜里，又在江上，谢殊风寒未愈，这下又多了几分病气，煞白冷硬的脸倒是更唬人。

他眉眼一抬，虽未露怒，便已然让人心尖发虚。

刘三说不下去了。

谢殊强压下咳意，再次询问："银子花了，装银子的荷包哪里去了？"

赵二终于反应了过来，咽了咽口水："您说的是那绣着小鸡图案的荷包吗？我、我们将银子拿走，荷、荷包就扔在岸边的那片锦灰堆里了。"

那荷包布料不错,但针线功夫太差,顶上绣着的图案似鸡又像鸟,不伦不类的也卖不出去,两人索性就给扔了。

谢殊的脸色终于沉了下来。

他咬了咬牙,手背却依旧蹦出来了两根青筋。

赵二顿时被吓得噤了声。

船靠岸边停下,谢殊下了船,前来接应的锦衣卫属下已等候多时,见谢殊下船,忙迎上来:"大人,听说那两个小贼就在船上,您的贵重东西可找到了吗?"

他们锦衣卫此次前来柳赋县是来抓捕一位朝廷通缉的要犯,乔装打扮后上街,好不容易追踪到了那个要犯的行踪,将人抓捕后却见谢大人转身就走,脸色还十分不好。

原来在抓捕前一刻,谢大人挂在腰间的荷包被人偷走,为了不打草惊蛇,谢大人那时并未发作,但想必荷包里面是有十分贵重的东西在,才让谢大人事后不辞辛苦跑到江上来抓捕这两名小贼。

谢殊并未答话,下颌紧绷,快步掠过杂草地,来到了赵二所说的锦灰堆。

柳赋县靠江,当地不少人都会下水捕鱼,来往的百姓不少,这片锦灰堆里自然什么垃圾都有。淤泥随处可见,吃剩的羹汤、果子,破损的鞋子,死鱼烂虾遍地都是,更甚至还有一些……粪便。

谢殊却没有二话:"掌灯。"

下属愣了一下,赶紧掏出火折子。

豆大的火光在天幕下摇曳,微弱得毫不起眼,谢殊接过火折子,一头扎了进去。

下属人都蒙了,谢殊毕竟是千尊万贵养起来的世家公子,除了办案时候,何曾踏足过这种污秽之地。

到底是多贵重的东西,值得如此?

别是什么御赐之物。

下属不敢怠慢,掀开袍子,便也要跟去一同寻找。

谢殊却已然从那片污秽之地走了出来。

他脚上价值千金的鹿皮靴已脏得不能看,下颌也被蹭了些许淤泥上去,双手更是看不清原本的白皙，只能透过火光瞧见那个被握在手里早已看不出颜色的荷包。

下属掏出帕子递过去，低声询问道："用不用属下把荷包打开瞧瞧里面的贵重物品可少了？"

谢殊避开帕子，走到河边将沾满淤泥的荷包放在水里轻轻冲洗了一番。

瞧见那顶上露出的呆头呆脑的小鸡图案时，他这才松了一口气。

下属举着火折子站在身后，火光将谢殊挺拔高大的身影照在波光粼粼的河面上。夜色融融，浓雾氤氲，清冷的月色穿过层层树梢洒在身前的江面，留下千丝万缕的白。

芦苇深深，江面幽静。

无尽的夜幕天穹下，江风徐徐，不知几时，灰喜鹊扑棱着翅膀掠过，冷薄的月色与昏暗的火光交织，尽数映在谢殊眉眼处。

低下头，谢殊一手撑着膝盖，许是被自己狼狈的模样逗乐了，他红唇轻勾，站起身来，摇头道："不必了，我要的就是这个荷包。"